EIN FANTASY-SPIELBUCH

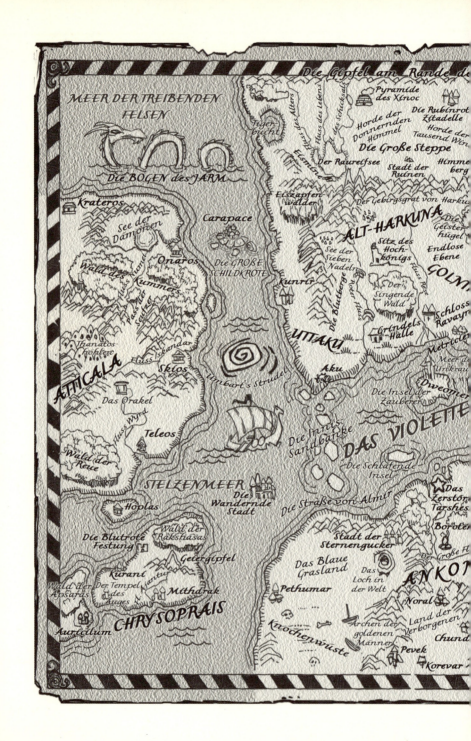

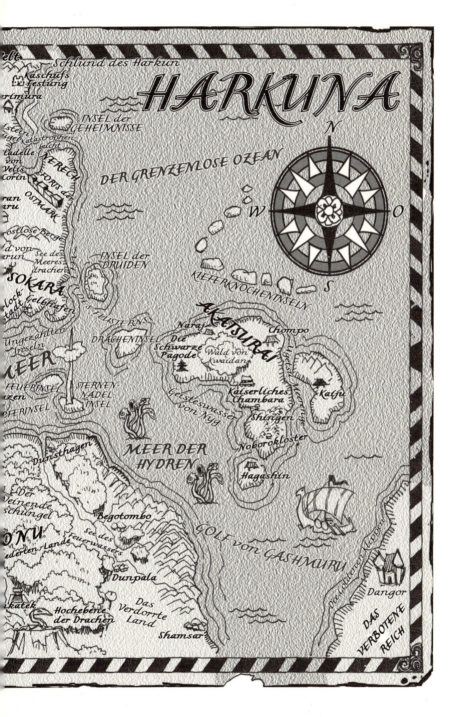

Titel der englischen Originalausgabe
The Plains of Howling Darkness

Bisher in der Reihe *Legenden von Harkuna* erschienen:

Das Reich des Krieges
Das Reich des Goldes
Die Meere des Schreckens
Das Reich des Frosts

In Vorbereitung:

Das Reich der Masken
Das Reich der aufgehenden Sonne

---

1. Auflage

Veröffentlicht durch den MANTIKORE-VERLAG NICOLAI BONCZYK
Frankfurt am Main 2014
www.mantikore-verlag.de

Copyright © der deutschsprachigen Ausgabe
MANTIKORE-VERLAG NICOLAI BONCZYK
Englische Originalausgabe von Fabled Lands Publishing
Text © Dave Morris, Jamie Thomson 1996, 2010
Illustrationen © Russ Nicholson
Titelbild und Karten © Rich Longmore

Illustrationen: Russ Nicholson
Titelbild und Landkarte: Hauke Kock
Weltkarte: Rich Longmore
Deutschsprachige Übersetzung: Alexander Kühnert
Lektorat und Satz: Karl-Heinz Zapf
Bildbearbeitung: Pierre Voak
VP: 069-57-01-06-0514

Printed in the EU

ISBN: 978-3-939212-52-2

LEGENDEN VON HARKUNA
BAND 4
DAS REICH DES FROSTS

Dave Morris
und Jamie Thomson

Aus dem Englischen von Alexander Kühnert

Illustrationen: Russ Nicholson
Titelbild: Rich Longmore

MANTIKORE
VERLAG

Aktionsblatt

NAME

BERUF

GOTTHEIT

STUFE **VERTEIDIGUNG**

FÄHIGKEITEN — WERT

- CHARISMA
- KAMPFKRAFT
- ZAUBERKRAFT
- HEILIGKEIT
- NATURWISSEN
- DIEBESKUNST

BESITZTÜMER (maximal 12)

LEBENSKRAFT

Maximalwert:

Aktueller Wert:

WIEDERBELEBUNGSVERTRAG

GELD (in Shards)

TITEL UND EHRUNGEN

SEGNUNGEN

CODEWÖRTER

- ❏ Dämmerung
- ❏ Darstellung
- ❏ Decke
- ❏ Delikt
- ❏ Despot
- ❏ Dimension
- ❏ Dolch
- ❏ Drache
- ❏ Dreckig
- ❏ Dunkelheit
- ❏ Durchreise

- ❏ Dämon
- ❏ Dauerhaft
- ❏ Defensive
- ❏ Demut
- ❏ Diamant
- ❏ Dingfest
- ❏ Donner
- ❏ Drama
- ❏ Drohung
- ❏ Dunst
- ❏ Düsternis

- ❏ Dank
- ❏ Däumling
- ❏ Dekoration
- ❏ Denunziant
- ❏ Diebstahl
- ❏ Dogge
- ❏ Dorn
- ❏ Draufgänger
- ❏ Druck
- ❏ Duplikat

SCHIFFSLADEVERZEICHNIS

Schiffstyp	Name	Qualität der Mannschaft	Ladekapazität	Momentane Fracht	Aktueller Ankerplatz

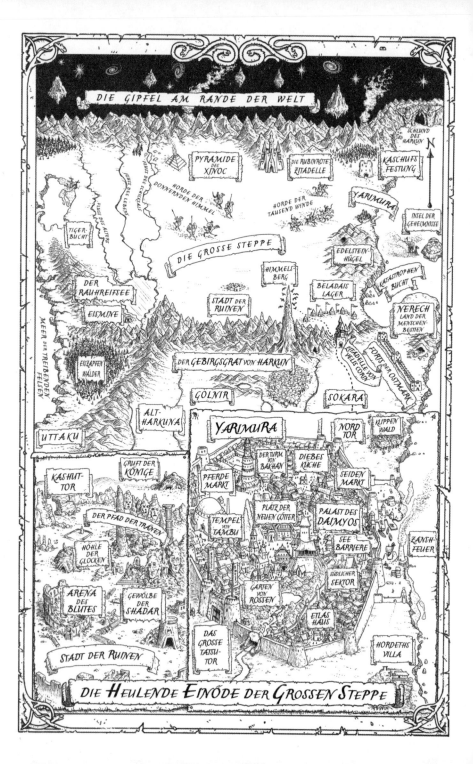

ABENTEUER-TAGEBUCH
(für deine Notizen und Aufzeichnungen)

ABENTEUER-TAGEBUCH
(für deine Notizen und Aufzeichnungen)

KURZREGELN

Um eine Fähigkeit einzusetzen (KAMPFKRAFT, DIEBESKUNST, usw.), wirf zwei Würfel und addiere den Wert der Fähigkeit hinzu. Um erfolgreich zu sein, muss das Ergebnis höher als der angegebene Schwierigkeitsgrad sein.

Beispiel: Du möchtest einen zornigen Gastwirt beruhigen. Dazu musst du einen CHARISMA-Wurf mit dem Schwierigkeitsgrad 10 machen. Angenommen, du hast CHARISMA 6. Das bedeutet, dass du mindestens eine 5 würfeln musst, um erfolgreich zu sein.

Ein Kampf besteht aus einer Reihe von KAMPFKRAFT-Würfen. Der Schwierigkeitsgrad des Wurfes entspricht dem VERTEIDIGUNGSWERT des Gegners. (Deine eigene VERTEIDIGUNG addiert sich aus deiner KAMPFKRAFT + deiner Stufe + dem VERTEIDIGUNGS-Bonus deiner Rüstung.) Der Betrag, um den du den Schwierigkeitsgrad übertriffst, entspricht der Anzahl an LEBENSKRAFT-Punkten, die dein Gegner verliert.

Das ist eigentlich alles, was du wissen musst. Wenn du genauere Fragen hast, schlag im Abschnitt „Abenteuer in Harkuna" nach.

SPIELCHARAKTERE

Du kannst deinen eigenen Charakter erschaffen oder dir einen der folgenden aussuchen – **außer den letzten beiden Charakteren.**
Übertrage die Angaben des Charakters, für den du dich entschieden hast, in das Abenteuerblatt.

Kitunai der Wolfsschamane

Stufe: 4
Beruf: *Priester*
LEBENSKRAFT: 20
VERTEIDIGUNG: 10
Geld: 65 Shards

CHARISMA: 5
KAMPFKRAFT: 3
ZAUBERKRAFT: 4
HEILIGKEIT: 7
NATURWISSEN: 5
DIEBESKUNST: 32

Besitz: Speer, Kettenrüstung (VERTEIDIGUNG +3), Landkarte

Kitunai ist ein Schamanenpriester der Nomaden der Ebene. Der Geist von Tambu – dem Gott der Steppe – hat Kitunai in seinen Träumen als weißer Wolf aufgesucht und ihm gesagt, dass er die Welt bereisen soll, um die Bräuche und Götter der Stadtmenschen kennenzulernen.

Kitunais erste Aufgabe ist es, die Tempel der Stadt Yarimura zu besuchen.

ILAK DER SCHWERTMEISTER

Stufe: 4
Beruf: *Krieger*
LEBENSKRAFT: 20
VERTEIDIGUNG: 14
Geld: 65 Shards

CHARISMA: 4
KAMPFKRAFT: 7
ZAUBERKRAFT: 2
HEILIGKEIT: 3
NATURWISSEN: 4
DIEBESKUNST: 3

Besitz: Schwert, Kettenrüstung (VERTEIDIGUNG +3), Landkarte

Ilak hofft seinen Namen mit Blut in die Seiten der Geschichtsbücher schreiben zu können, so dass man sich in epischen Erzählungen am Lagerfeuer an ihn als den größten Schwertmeister erinnert, der jemals gelebt hat. Er reist von Ort zu Ort und sucht nach Abenteuern und Gelegenheiten, um seine tödliche Kunst zu verbessern.

Ilak hat von einem unsterblichen Krieger namens Kaschuf gehört und will seine Kräfte mit ihm messen.

Arabal die Mystikerin

Stufe: 4
Beruf: *Magierin*
Lebenskraft: 20
Verteidigung: 10
Geld: 65 Shards

Charisma: 3
Kampfkraft: 3
Zauberkraft: 7
Heiligkeit: 1
Naturwissen: 6
Diebeskunst: 4

Besitz: Stab, Kettenrüstung (Verteidigung +3), Landkarte

Arabel ist die siebte Tochter einer siebten Tochter und verfügt daher von Geburt an über mystische Kräfte. Von Visionen des Schicksals geleitet, will sie sich alle Formen der magischen Künste aneignen.

Sie hat von einer rätselhaften Insel gehört, die von Zauberern bewohnt wird und auf der sie ihr Wissen erweitern kann.

Vilss Schlangenfinger

Stufe: 4
Beruf: *Schurke*
Lebenskraft: 20
Verteidigung: 12
Geld: 65 Shards

Charisma: 6
Kampfkraft: 5
Zauberkraft: 5
Heiligkeit: 2
Naturwissen: 3
Diebeskunst: 7

Besitz: Schwert, Kettenrüstung (Verteidigung +3), Landkarte

Vilss ist ein skrupelloser Taschendieb aus Yarimura. Jahre des tagtäglichen Kampfs gegen die Macht des Gesetzes und gegen seinesgleichen haben Vilss zermürbt und müde gemacht. Er hat vor, irgendein großes Ding durchzuziehen, um an genug Geld zu kommen, damit er die Welt erkunden kann – und sie ausrauben.

Zunächst einmal möchte er der örtlichen Diebesgilde beitreten, um seinen Anteil am Kuchen zu schützen.

Charyss Weide

Stufe: 4
Beruf: *Bardin*
LEBENSKRAFT: 20
VERTEIDIGUNG: 11
Geld: 65 Shards

CHARISMA: 7
KAMPFKRAFT: 4
ZAUBERKRAFT: 5
HEILIGKEIT: 4
NATURWISSEN: 3
DIEBESKUNST: 5

Besitz: Schwert Kettenrüstung (VERTEIDIGUNG +3), Landkarte

Charyss wurde darin ausgebildet, die großen Epen der Geschichte vorzutragen, und lebt ihr Leben so, als wäre sie selbst die Heldin ihres eigenen Epos. Eines Tages werden die Troubadoure sie als die größte Bardin besingen, die jemals gelebt hat.

Sie hat eine Geschichte über einen Zauberer gehört, der in einer Zitadelle aus leuchtendem, rotem Stein eingeschlossen sein soll. Vielleicht kann sie zu Ruhm gelangen, wenn sie ihn befreit.

Dilmun Schneeläufer

Stufe: 4
Beruf: *Wanderer*
LEBENSKRAFT: 20
VERTEIDIGUNG: 13
Geld: 65 Shards

CHARISMA: 3
KAMPFKRAFT: 6
ZAUBERKRAFT: 3
HEILIGKEIT: 4
NATURWISSEN: 7
DIEBESKUNST: 5

Besitz: Speer, Kettenrüstung (VERTEIDIGUNG +3), Landkarte

Dilmun ist ein Späher und Jäger, der Beste seines Stammes – aber er will der Beste der Welt werden.

Er hat von einer Treppe in den Gipfeln am Rande der Welt gehört, die zu einem Ort jenseits der Welt führen soll. Mit dem Segen von Tambu, dem Großen Geist der Steppe, kann er diesen Ort vielleicht finden und beweisen, dass er wahrhaftig der Beste ist.

Jamie Thomson

Stufe: 2
Beruf: *Autor*
LEBENSKRAFT: 9
VERTEIDIGUNG: „Ich wollte nie geboren werden"
Geld: 1 Shard

CHARISMA: 4
KAMPFKRAFT: 6
ZAUBERKRAFT: 1
HEILIGKEIT: 3
NATURWISSEN: 3
DIEBESKUNST: 10

Besitz: zerbrochener Säbel, zerbrochenes Katana, viele andere Gegenstände (alle zerbrochen)

Jamie Thomson fing im Rollenspiel-Geschäft als Hilfsredakteur des White Dwarf Magazins an. Er hat eine Unmenge an Spielbüchern und ähnlichem Zeugs geschrieben.

Zu seinen Hobbys gehören Spiele spielen und noch mehr Spiele spielen.

Dave Morris

Stufe: 10
Beruf: *Autor*
LEBENSKRAFT: 15
(am Morgen 1)
VERTEIDIGUNG: „Bitte nicht wehtun"
Geld: 7000 Shards

CHARISMA: 4
KAMPFKRAFT: 3
ZAUBERKRAFT: 9
HEILIGKEIT: 1
NATURWISSEN: 4
DIEBESKUNST: 6

Besitz: große Bibliothek ungelesener Bücher, Vampirumhang, großer, schwarzer Sarg

Dave liefert weiterhin Bücher wie am Laufband ab. Das gefällt ihm, denn er kann am Tag drinnen bleiben und fern des Sonnenlichts arbeiten, welches sonst sein bleiches, untotes Fleisch verbrennen würde. Nachts geht er in thailändischen Restaurants auf Beutefang und nimmt dabei manchmal die Gestalt einer Fledermaus an.

Dave ist 703 Jahre alt.

ABENTEUER IN HARKUNA

Legenden von Harkuna ist nicht wie andere Spielbücher. Der Grund dafür ist, dass du die Bücher in jeder beliebigen Reihenfolge spielen und jederzeit zu den früheren Büchern zurückkehren kannst. Du benötigst nur ein Buch, um zu beginnen, doch wenn du weitere Bücher der Reihe sammelst, kannst du neue Orte dieser vielseitigen Fantasywelt erforschen. Anstatt nur einer einzelnen Geschichte, kannst du in *Legenden von Harkuna* nahezu unendlich viele Abenteuer erleben.

Alles, was du dazu brauchst, sind **zwei Würfel, ein Bleistift und ein Radiergummi**. Hast du bereits Abenteuer in den anderen Büchern dieser Reihe erlebt, so wirst du wissen, bei welchem Abschnitt du in dieses Buch einsteigst und kannst sofort dorthin blättern.

Ist dies dein erstes *Legenden von Harkuna*-Buch, dann lies dir zunächst die Regeln durch, bevor du bei **Abschnitt 1** beginnst. Du wirst deinen Charakter in alle anderen Bücher mitnehmen können. Du beginnst in *Das Reich des Frosts* als Abenteurer der Stufe 4 und wirst über die Bücher hinweg immer mehr an Macht, Reichtum und Erfahrung gewinnen.

FÄHIGKEITEN

Du besitzt **sechs Fähigkeiten**. Dein Anfangswert bei jeder dieser Fähigkeiten liegt zwischen **1** (kaum ausgebildete Fähigkeit) und **7** (hoch ausgebildete Fähigkeit). Die Werte deiner Fähigkeiten werden sich während des Abenteuers ändern, können aber niemals unter 1 sinken oder über 12 steigen.

CHARISMA: das Talent, Freundschaften zu schließen
KAMPFKRAFT: deine Fertigkeit, zu kämpfen
ZAUBERKRAFT: die Kunst, Zauber zu sprechen

HEILIGKEIT: die Gabe göttlicher Macht und Weisheit
NATURWISSEN: deine Kenntnisse im Spurenlesen und dein Wissen über die Wildnis
DIEBESKUNST: dein Geschick beim Schleichen, Verstecken und Schlösser knacken

BERUF

Nicht alle Abenteurer sind in diesen Fähigkeiten gleich gut ausgebildet. Jeder hat seine Stärken und seine Schwächen. Die Wahl deines Berufes entscheidet, welche Anfangswerte deine Fähigkeiten haben.

Priester: CHARISMA 5, KAMPFKRAFT 3, ZAUBERKRAFT 4
HEILIGKEIT 7, NATURWISSEN 5, DIEBESKUNST 2

Magier: CHARISMA 3, KAMPFKRAFT 3, ZAUBERKRAFT 7
HEILIGKEIT 1, NATURWISSEN 6, DIEBESKUNST 4

Schurke: CHARISMA 6, KAMPFKRAFT 5, ZAUBERKRAFT 5
HEILIGKEIT 2, NATURWISSEN 3, DIEBESKUNST 7

Barde: CHARISMA 7, KAMPFKRAFT 4, ZAUBERKRAFT 5
HEILIGKEIT 4, NATURWISSEN 3, DIEBESKUNST 5

Krieger: CHARISMA 4, KAMPFKRAFT 7, ZAUBERKRAFT 2
HEILIGKEIT 5, NATURWISSEN 4, DIEBESKUNST 5

Wanderer: CHARISMA 3, KAMPFKRAFT 6, ZAUBERKRAFT 3
HEILIGKEIT 4, NATURWISSEN 7, DIEBESKUNST 5

Trage die Wahl deines Berufes und die sich daraus ergebenden Werte deiner Fähigkeiten in das Abenteuerblatt ein und gib deinem Charakter einen Namen. Du kannst dir auch einen der bereits **vorgefertigten Spielcharaktere** aussuchen.

LEBENSKRAFT

Wenn du verletzt wirst, verlierst du an LEBENSKRAFT. Führe während deiner Reisen und Abenteuer genau Buch über deine LEBENSKRAFT. **Sollte sie auf 0 sinken, so bedeutet das deinen Tod.** Behalte deine LEBENSKRAFT also immer im Auge. Verlierst du an LEBENSKRAFT, so kannst du sie auf verschiedene Weise wieder zurückgewinnen. Allerdings darf deine LEBENSKRAFT nie über ihren Anfangswert steigen, außer du erreichst eine neue Stufe.

Du beginnst mit einer LEBENSKRAFT von 20. Trage deine LEBENSKRAFT mit einem Bleistift auf dem Abenteuerblatt ein.

STUFE

Du startest auf Stufe 4. Trage diesen Wert auf deinem Abenteuerblatt ein. Wenn du Aufträge erfüllst und Gegner besiegst, kannst du in der Stufe aufsteigen. Du wirst im Laufe des Abenteuers erfahren, wenn du eine höhere Stufe erreicht hast. Hochstufige Charaktere sind zäher, erfolgreicher und in der Regel besser gerüstet, um Gefahren zu überwinden.

Stufe	Titel
1	Ausgestoßener
2	Bürger
3	Gildenmitglied
4	Herr / Herrin
5	Edelmann / Edelfrau
6	Baron / Baroness
7	Graf / Gräfin
8	Fürst / Fürstin
9	Marquis / Marquise
10	Herzog / Herzogin
11+	Held / Heldin

BESITZ

Du kannst bis zu 12 Besitztümer mit dir herumtragen. Alle Charaktere beginnen mit **65 Shards** (der allgemeingültigen Währung) und den folgenden Gegenständen, die du auf deinem Abenteuerblatt eintragen kannst: Schwert, Kettenrüstung (VERTEIDIGUNG +3), Landkarte.
Gegenstände, die du mitnehmen kannst, sind immer kursiv gedruckt (z. B.: *Goldener Kompass*). Du kannst jeden Gegenstand, der auf diese Weise hervorgehoben ist, zu deiner Liste an Besitztümern hinzufügen.
Denke daran, dass du insgesamt **nicht mehr als 12 Gegenstände** tragen kannst. Willst du einen weiteren Gegenstand mitnehmen, obwohl du schon 12 besitzt, musst du dafür etwas anderes von deiner Besitzliste streichen oder einen Ort finden, wo du einen Teil deiner Gegenstände lagern kannst. Du kannst jedoch **unbegrenzt Geld (Shards) bei dir tragen.**

VERTEIDIGUNG

Dein Verteidigungswert ergibt sich aus

deiner KAMPFKRAFT
+ deiner Stufe
+ dem Bonus der Rüstung, die du gerade trägst.

Jedes Rüstungsteil, das du findest, besitzt einen **Verteidigungsbonus**. Je höher der Bonus, desto besser die Rüstung. Du kannst mehrere Rüstungen bei dir tragen, wenn du willst – da du dir jedoch nur eine auf einmal überstreifen kannst, erhältst du auch nur den Bonus für die **beste Rüstung**, die du zur Zeit besitzt.

Schreibe deinen Verteidigungswert jetzt auf dein Abenteuerblatt. Er sollte zu Beginn deines Abenteuers der Summe aus deiner anfänglichen **Kampfkraft** + **4 (deiner Stufe)** + **3 (deinem aktuellen Rüstungsbonus)** entsprechen. Vergiss nicht, deinen Verteidigungswert anzupassen, wenn du eine bessere Rüstung findest, eine neue Stufe erreichst, oder an Kampfkraft gewinnst.

KAMPF

Wenn du gegen einen Feind kämpfst, wirf zwei Würfel und addiere deine Kampfkraft hinzu. Das Ergebnis muss höher sein als der Verteidigungswert deines Feindes. Der Wert, um den du die Verteidigung deines Feindes übertriffst, entspricht der Lebenskraft, die er verliert.

Sinkt die Lebenskraft des Feindes dabei auf 0, so ist er tot. Wenn nicht, schlägt er zurück. Der Ablauf ist dabei der gleiche, wie oben beschrieben. Überlebst du den Gegenangriff, so kannst du erneut angreifen. Der Kampf geht solange weiter, bis einer von euch siegreich war.

Beispiel: Du hast einen Stufe 3 Charakter mit einer Kampfkraft von 4 und musst gegen einen Goblin kämpfen (Kampfkraft 5, Verteidigung 7, Lebenskraft 6). Der Kampf beginnt und du greifst deinen Gegner an (du greifst immer zuerst an, wenn nichts anderes im Text steht). Angenommen, du rollst mit deinen beiden Würfeln eine 8. Du addierst deine Kampfkraft hinzu und kommst auf 12. Das Ergebnis liegt 5 Punkte über der Verteidigung des Goblins, also verliert er 5 Lebenskraft-Punkte.

Der Goblin hat noch immer eine Lebenskraft von 1, also kann er zurückschlagen. Er würfelt eine 6, was zusammen mit seiner Kampfkraft von 5 insgesamt eine 11 ergibt. Angenommen, du trägst eine Kettenrüstung (Verteidigung +3). Du hättest dann eine Verteidigung von 10 (4+3+3) und verlierst somit 1 Lebenskraft-Punkt. Danach greifst du wieder an.

FÄHIGKEITEN EINSETZEN

Ein Kampf ist oft nicht die einfachste oder beste Lösung, um eine gefährliche Situation zu meistern. Wenn du die Möglichkeit hast, eine deiner anderen Fähigkeiten einzusetzen, so zeigt dir der Text den Schwierigkeitsgrad der vor dir liegenden Aufgabe an. Du wirfst dann **zwei Würfel und addierst den Wert deiner Fähigkeit hinzu**. Um die Aufgabe erfolgreich zu bewältigen, **muss das Ergebnis höher als der genannte Schwierigkeitsgrad sein**.

Beispiel: Du stehst am Boden einer Klippe. Du kannst deine DIEBESKUNST nutzen, um hinaufzuklettern. Der Schwierigkeitsgrad für diesen Aufstieg liegt bei 9. Angenommen, du hast eine DIEBESKUNST von 4. Das bedeutet, du musst mindestens eine 6 würfeln, um den Aufstieg zu schaffen.

CODEWÖRTER

Am Anfang des Buches findest du eine Liste von **Codewörtern**. An manchen Stellen im Spiel erhältst du ein bestimmtes Codewort. **Wenn das passiert, mache ein Häkchen in das Kästchen neben dem betreffenden Codewort.** Solltest du das Codewort später wieder verlieren, entferne das Häkchen einfach wieder.

Die Codewörter sind den einzelnen Büchern dieser Reihe dem Alphabet nach zugeordnet. In diesem Buch beginnen daher alle Codewörter mit D. Das macht es für dich einfacher, zu überprüfen, ob du ein Codewort aus einem anderen Buch besitzt. Es kann z. B. passieren, dass du nach einem Codewort aus einem anderen Buch gefragt wirst, in dem du schon umhergereist bist. Der Anfangsbuchstabe des Codeworts verrät dir, in welchem Buch du nachschlagen musst (Beginnt es z. B. mit C, so stammt es aus Buch 3: *Die Meere des Schreckens*.)

ANTWORTEN AUF DEINE FRAGEN

Wie lang wird mein Abenteuer dauern?
Solange du willst! Es gibt viele Handlungsstränge, denen du in *Legenden von Harkuna* folgen kannst. Erforsche alle Orte, die du möchtest. Ernte Reichtum, Macht und Ansehen. Schaffe dir Freunde und Feinde.

Stell dir vor, es wäre wie das wirkliche Leben in einer Fantasywelt. Falls du einmal Pause machen musst, notiere dir den Abschnitt, bei dem du dich gerade befindest. So kannst du dein Abenteuer jederzeit wieder fortsetzen.

Was passiert, wenn ich sterbe?
Wenn du clever genug warst, einen Wiederbelebungsvertrag abzuschließen (wie das funktioniert, erfährst du während des Spiels), so ist der Tod nicht das Ende deiner Karriere.

Ansonsten kannst du jederzeit mit einem neuen Charakter ein neues Abenteuer starten.

In diesem Fall musst du nicht nur alle Codewörter, sondern auch alle Häkchen, Geldeinzahlungen und Einträge im Buch wieder entfernen.

Was kann ich auf der Landkarte alles sehen?
Die erste Karte zeigt dir die komplette Welt von Harkuna. Die zweite Karte zeigt die Große Steppe, in welcher die Abenteuer dieses Buches stattfinden.

Gibt es Regionen, die gefährlicher sind als andere?
Ja. Allgemein gilt, je näher du der Zivilisation bist (die Region

von Sokara und Golnir, wo die ersten beiden Bücher spielen), desto ungefährlicher ist dein Abenteuer.

Wohin kann ich in *Legenden von Harkuna* reisen?
Überallhin. Wenn du zum Rand der Karte dieses Buches reist, so wirst du zu einem anderen Abenteuer der Reihe weitergeleitet. (*Das Reich des Krieges* spielt in Sokara, *Das Reich des Goldes* in Golnir, *Die Meere des Schreckens* in den südlichen Gewässern, usw.)

Wirst du z. B. von den Uttakinern versklavt, wirst du zu *Das Reich der Masken* **321** weitergeleitet, also zu Abschnitt **321** in *Buch 5*.

Was passiert, wenn ich das nächste Buch nicht habe?
Du hast jederzeit die Gelegenheit, zurückzublättern. Wenn du irgendwann einmal das nächste Buch besitzt, kannst du zurückkehren und in die neuen Regionen vordringen.

Wie genau soll ich vorgehen, wenn ich von einem Buch zum nächsten reise?
Es ist ganz einfach. Notiere dir die Nummer des Abschnitts, zu dem du im neuen Buch reisen wirst.

Übertrage dann alle deine Informationen aus dem Abenteuerblatt und dem Schiffsladeverzeichnis in das neue Buch.

Entferne dann alle Aufzeichnungen aus dem alten Abenteuerblatt und dem alten Schiffsladeverzeichnis, damit sie leer sind, falls du zurückkehren solltest. Setze nun dein Abenteuer bei dem notierten Abschnitt im neuen Buch fort.

(Am Einfachsten ist es natürlich, wenn du dir vor Spielbeginn eine Kopie des Abenteuerblattes und des Schiffsladeverzeichnisses anfertigst. So brauchst du die Informationen nicht immer erst von einem Buch ins andere zu übertragen.)

Was ist mit den Codewörtern?
Die Codewörter stehen für wichtige Ereignisse in deinem Abenteurerleben. Sie „erinnern" sich an die Orte, die du besucht, und die Leute, die du getroffen hast.

Du darfst die Codewörter **auf keinen Fall** entfernen, wenn du von einem Buch zum anderen reist.

Gibt es ein Limit für die Fähigkeiten?
Deine Fähigkeiten (KAMPFKRAFT, usw.) können bis zu einem **maximalen Wert von 12** steigen. Sie können nie **unter einen Wert von 1** fallen.

Wenn du erfährst, dass du einen Punkt in einer Fähigkeit verlierst, die bereits bei 1 ist, so bleibt der Wert unverändert.

Gibt es ein Limit für LEBENSKRAFT?
Es gibt hier keine Obergrenze. Deine maximale LEBENSKRAFT steigt jedes Mal, wenn du eine neue Stufe erreichst.

Wunden werden deine aktuelle LEBENSKRAFT zwar verringern, ändern jedoch nichts an deinem Maximalwert für LEBENSKRAFT.

Sinkt deine LEBENSKRAFT zu irgendeinem Zeitpunkt auf 0, stirbst du.

Spielt es eine Rolle, welche Art von Waffe ich trage?
Wenn du dir auf einem Markt eine Waffe kaufst, so kannst du den Waffentyp frei wählen (z. B. Schwert, Speer, usw.).

Die Art der Waffe bleibt also dir überlassen.

Der Preis wird durch den Waffentyp nicht beeinflusst, sondern nur davon, ob die Waffe einen Bonus auf deine KAMPFKRAFT gibt und wie hoch dieser Bonus ist.

Einige Gegenstände geben einen Bonus auf Fähigkeiten. Sind diese Bonusse kumulativ?
Nein. Besitzt du bereits ein paar Dietriche (DIEBESKUNST +1) und findest dann zusätzlich ein paar magische Dietriche (DIEBESKUNST +2), erhältst du keinen +3 Bonus auf DIEBESKUNST, sondern nur +2.

Es zählt nur der Bonus des besten Gegenstands, den du zur Zeit trägst.

Warum komme ich immer wieder zu Abschnitten, bei denen ich bereits war?
Viele Abschnitte beschreiben wichtige Orte, wie z. B. eine Stadt oder ein Schloss.

Jedes Mal, wenn du an einen solchen Ort zurückkehrst, wirst du zu dem Abschnitt geleitet, der diesem Ort entspricht.

Wie viele Segnungen kann ich haben?
So viele, wie du kriegen kannst, doch niemals mehr als eine gleicher Art.

Du kannst nicht mehrere KAMPFKRAFT-Segnungen auf einmal besitzen, dafür jedoch eine KAMPFKRAFT-Segnung, eine DIEBESKUNST-Segnung, eine CHARISMA-Segnung, usw.

1

Du bist allein in einem offenen Boot und wartest auf den Tod. Wie sich dein Leben verändert hat, seit du von deinem Heimatland aus über den Grenzenlosen Ozean aufgebrochen bist! Du hattest ein Schiff bestiegen und gehofft, Dutzende von Häfen zu besuchen und Tausende von Wundern zu sehen.

Aber das Unheil brach bereits in der ersten Woche über eure Reise herein, als sich Piraten auf euer Schiff stürzten. Dir und einer Handvoll Schiffskameraden gelang es, das Beiboot zu Wasser zu lassen und euch davonzumachen, aber einige der Piraten sprangen vom Geländer herunter direkt in eure Mitte hinein. Der Kampf war hart. Du kannst dich kaum noch daran erinnern, aber als alles vorbei war, war das Boot voller Blut und du warst der einzige Überlebende. Von deinem Schiff und dem der Piraten war nichts mehr zu sehen – die Strömung hatte dich aus Sichtweite allen Lebens getragen.

Du willst gar nicht darüber nachdenken, wie du seither überlebt hast. Dem Wind und den Strömungen schutzlos ausgeliefert, bist du stetig nach Westen getrieben worden, in Regionen hinein, die dir vollkommen unbekannt waren. Trinkwasser ist dein größtes Problem gewesen – du musstest auf den Regen vertrauen, doch inzwischen hat es seit Tagen keinen mehr gegeben. Dein Körper ist schwach, dein Lebensmut dahin. Dann, gerade als der Tod sein Boot neben deines setzen will, siehst du etwas, was dir neue Hoffnung verleiht. Weiße Wolken. Vögel, die weit über dir kreisen. Der graue Rücken von Land am Horizont!

Während du auf das Ufer zusteuerst, spürst du, wie das Boot beim Eindringen in das unruhige Wasser zu schlingern beginnt. Der Wind peitscht Wolken feinen Sprühnebels auf und Brecher schlagen gegen die Klippen. Das Ruder wird dir aus den Händen gerissen. Das Boot wirbelt herum, gerät außer Kontrolle und stürzt auf die Küste zu.

Du springst im letzten Augenblick heraus. Du hörst das Krachen von Holz, das Tosen von Wellen – und dann Stille, als du untergehst. Du paddelst wild mit den Armen und versuchst wieder aufzutauchen, dann wirst du plötzlich von einer Welle erfasst und geradezu verächtlich an den Strand geworfen.

Du bist geschunden und tropfnass, aber am Leben. In der Nähe beherrscht eine große Stadt den Horizont.

Gehe zu **280**.

2
Welches dieser Codewörter hast du?

Defensive	gehe zu **57**
Despot	gehe zu **134**
Assistent oder *Donner*	gehe zu **242**
Keines davon	gehe zu **97**

3
Sobald du an Bord der Barke bist, erwacht sie mit einem tiefen, ächzenden Klang bebend zum Leben und schwebt nach

Westen davon. An Bord findest du etwas zu essen – stelle bei dir 3 LEBENSKRAFT-Punkte wieder her.

Schließlich legt die Barke an einem Kai an, das in der sternenverhangenen Dunkelheit jenseits der Gipfel am Rande der Welt aus der Felswand ragt. Du gehst von Bord.

Gehe zu **195**.

4

Ein großer Vorhang aus Flammen erhebt sich vor dir und tost auf die Druidin zu. Sie hat eine riesige Dornenhecke entfesselt, welche auf dich zurast und dich in Fetzen zu reißen droht. Doch dein Feuerzauber verbrennt das tödliche Dornengestrüpp und rollt weiter. Dialla kann sich zur Seite werfen und kommt mit ein paar kleineren Verbrennungen davon. Du wirst zum Sieger erklärt.

Gehe zu **24**.

5

Wenn du das Codewort *Drama* hast, gehe zu **640**. Wenn nicht, dafür aber das Codewort *Alissia*, gehe zu **251**. Hast du keines der beiden Codewörter, lies weiter.

Als du dich dem Hügel näherst, tauchen hinter der Kuppe einer niedrigen Erhebung Dutzende Gestalten auf. Sie tragen massive Helme, die Tiergesichtern ähneln – Eber, Drachen, Schweine und dergleichen. Ihre Körper sind menschlich, aber krumm und deformiert und mit fleckigem, silbergrauem Fell bedeckt.

Als sie dich sehen, brüllen sie vor Blutdurst und stürmen auf dich zu! Es sind so viele, dass dir keine andere Wahl bleibt, als um dein Leben zu rennen.

Wirf einen Würfel und zähle eins hinzu. Ist das Ergebnis kleiner oder gleich deiner Stufe, gehe zu **460**. Ist es höher als deine Stufe, gehe zu **180**.

6

Das Innere der Höhle ist pechschwarz und riecht stark nach Ammoniak. „Fledermausguano …", flüstert der Bootsmann mit Schaudern.
„Ich hasse Fledermäuse."

Ohne eine Lichtquelle wie eine *Kerze* oder *Laterne* könnt ihr nicht weitergehen.

Geht mit einer Lichtquelle weiter	gehe zu **115**
Kehrt zum Schiff zurück	gehe zu **191**
Lauft weiter landeinwärts	gehe zu **41**

7

Du bist tot. Streiche das Geld und die Besitztümer weg, die auf deinem Abenteuerblatt vermerkt sind.

Hast du eine Wiederbelebung vereinbart, dann kannst du jetzt zu dem Abschnitt blättern, den du dir notiert hast. Wenn nicht, dann ist dies tatsächlich das Ende; du solltest alle Kreuze und Codewörter in deinen Büchern entfernen und dann mit einem neuen Charakter von vorn beginnen (bei Abschnitt **1** in jedem beliebigen Buch der Reihe).

8

Es wirkt auf dich irgendwie versetzt, so als wäre das Leuchtfeuer am falschen Fleck. „Ihr könntet recht haben, Käpt'n", sagt der erste Maat, „andererseits heißt es, dass die Riffe und Felsen ihre Lage verändern können – vielleicht hat man das Leuchtfeuer verlegt, um dies zu berücksichtigen."

„Pah", sagt der Steuermann. „Du bist der abergläubischste Maat, unter dem ich je gedient habe! Wer hat denn jemals von Felsen und Riffen gehört, die sich bewegen?"

Segle direkt auf das Leuchtfeuer zu	gehe zu **79**
Folge deiner eigenen Route	gehe zu **208**

9

Du erinnerst dich an eine alte Liebesballade, die man am Hof des Hochkönigs für ihn und seine Gemahlin, Prinzessin Leanora, gesungen hat. Vielleicht schmilzt diese Ballade ja das gefrorene Herz der geisterhaften Eiskönigin – dem Geist von Leonora, der durch Zauberei dazu verdammt ist, an diesem Ort zu spuken.

Mache einen CHARISMA-Wurf mit dem Schwierigkeitsgrad 16. Zähle eins zum Wurf hinzu, wenn du ein Barde bist.

Erfolgreicher CHARISMA-Wurf	gehe zu **130**
Misslungener CHARISMA-Wurf	gehe zu **235**

10

Yarimura ist eine junge Stadt. Ihre Gebäude sind fein errichtete Häuser aus Holz und Stein mit pagodenähnlichen Dächern.

Der Clan des Weißen Speeres – Vertriebene aus dem Osten – regiert die Stadt. Vor einhundert Jahren herrschte in Akatsurai Bürgerkrieg. Der Clan musste mit seinen Schiffen nach Westen fliehen. Weil er in Sokara keine Zuflucht fand, gründete

der Clan Yarimura. Die bedingungslos treuen Samurai-Krieger des Clans konnten die einheimischen Nomadenstämme mühelos verdrängen.

Der aktuelle Daimyo – das Oberhaupt des Clans – ist Lord Kumonosu. Er träumt von dem Tag, an dem er als Shogun des Kaiserreichs nach Akatsurai zurückkehren wird.

Die Straßen und Plätze von Yarimura sind wahrhaft weltoffen. Fein gekleidete Samurai stolzieren hier Seite an Seite mit nomadischen Händlern aus den Ebenen und Kaufleuten und Söldnern aus Sokara und Golnir. Dies ist eine Stadt, wo der Osten auf den Westen trifft.

Der Clan des Weißen Speeres regiert jedoch mit eiserner Hand. Yarimura befindet sich fortwährend in Kriegsbereitschaft, denn

die Armeen und Flotten aus Akatsurai versuchen ständig, die Stadt für das Kaiserreich einzunehmen.

Du kannst in Yarimura für 150 Shards ein Stadthaus kaufen. Besitzt du ein Stadthaus, dann hast du damit einen Ort, wo du dich ausruhen und deine Ausrüstung lagern kannst. Wenn du eines kaufst, dann kreuze das Stadthaus-Kästchen weiter unten an und streiche 150 Shards weg.

Um Yarimura über das Meer zu verlassen oder um Schiffe zu kaufen oder zu verkaufen, musst du den Hafenmeister an der Seebarriere aufsuchen. Um Fracht zu kaufen oder zu verkaufen, besuche den Seidenmarkt.

Tambu, der große Geist der Ebenenbewohner, besitzt hier einen Tempel. Die Eindringlinge haben jedoch ihre eigenen

Religionen aus Akatsurai mitgebracht. Deren Tempel befinden sich auf dem Platz der Neuen Götter.

Besuche dein Stadthaus ❏ (falls angekreuzt)	gehe zu	**160**
Gehe zum Tempel von Tambu	gehe zu	**33**
Gehe zum Platz der Neuen Götter	gehe zu	**58**
Erkunde den südlichen Sektor	gehe zu	**77**
Gehe zum Palast des Daimyos	gehe zu	**101**
Gehe in die Diebesküche	gehe zu	**182**
Gehe zum Turm von Bakhan	gehe zu	**199**
Gehe zur Händlergilde	gehe zu	**220**
Gehe zum Seidenmarkt	gehe zu	**252**
Besuche den Hafenmeister	gehe zu	**141**
Gehe zum Pferdemarkt	gehe zu	**231**
Verlasse die Stadt	gehe zu	**280**

11

Ein dunkler werdender Himmel kündigt den heraufziehenden Sturm an. Regen wird in Strömen über dein Schiff gepeitscht und die Wellen heben und senken sich erbarmungslos, so dass sie euer Schiff hochwerfen und wieder fallen lassen.

Wenn du eine Segnung von Alvir und Valmir hast, welche dir „Sicherheit vor Stürmen" gewährt, kannst du den Sturm ignorieren. Streiche die Segnung weg und gehe zu **236**.

Andernfalls trifft euch der Sturm mit seinem ganzen Zorn. Ist dein Schiff eine Barke, wirf einen Würfel, ist es eine Brigantine, wirf zwei Würfel, ist es eine Galeone, wirf drei Würfel. Zähle 1 zum Wurf hinzu, wenn du eine gute Mannschaft hast; zähle 2 hinzu, wenn du eine ausgezeichnete Mannschaft hast.

Ergebnis 1-3:	Dein Schiff sinkt	gehe zu	**135**
Ergebnis 4-5:	Der Mast bricht	gehe zu	**106**
Ergebnis 6-20:	Ihr übersteht den Sturm	gehe zu	**236**

12

Es ist ein Leichtes, die in Gold geschriebene Schriftrolle mit dem Fluch von Tambu an einen ahnungslosen Händler zu verkaufen.

Als du dich von ihm entfernst, siehst du, dass er sofort von Schüttelfrost erfasst wird, als er die Schriftrolle liest. Du allerdings fühlst dich viel besser, da der Fluch nun von dir genommen ist. Erhöhe deine Werte für CHARISMA, KAMPFKRAFT und NATURWISSEN wieder um einen Punkt. Gehe zurück zu dem Abschnitt, den du dir notiert hast.

13

Es gibt keine weiteren Runden, da sich kein weiterer Wettbewerber für den Kampf eingetragen hat.

„Vielleicht taucht in ein paar Wochen ja wieder jemand auf", merkt ein vorbeigehender Magier an.

Es ist ganz normal, dass in der Arena mehrere Tage hintereinander nichts los ist, doch manchmal finden wochenlang an jedem Tag Kampfrunden statt. Der begehrte Titel des Arena-Champions und die Belohnungen, die dieser mit sich bringt, ziehen immer wieder jemanden an. Nur diejenigen, die von Beruf Magier sind, dürfen an dem Wettstreit teilnehmen.

Kämpfe in der Arena (nur Magier)	gehe zu	**214**
Besuche den Markt	gehe zu	**111**
Gehe zum Tempel von Molhern	gehe zu	**637**
Gehe zur Schenke Zum Weißen Hexer	gehe zu	**455**
Besuche den obersten Magier	gehe zu	**403**
Verlasse die Stadt der Geheimnisse	gehe zu	**90**

14

Du kannst nur vermuten, dass eine Rasse von Riesen die Stufen gebaut haben muss. Du kletterst höher und höher, immer weiter die dünne Luft hinauf. Die Große Steppe breitet sich unter dir aus und die Pyramide wirkt von hier oben wie ein Spielzeug.

Über dir steigen die Stufen bis zur Spitze des Vulkans hinauf. Die Kälte wird schon bald unerträglich und es fällt dir immer schwerer, die dünne Luft zu atmen.

Klettere weiter	gehe zu **684**
Steige hinunter	gehe zu **271**

15

Eis und Schnee bedecken die nördliche Steppe, welche sich nach Süden und Westen erstreckt, so weit das Augen blicken kann. Im Norden kennzeichnen schneebedeckte Gipfel den Rand der bekannten Welt. Du kannst eine steile Felswand sehen, an deren Fuß sich etwas Undeutliches befindet.

Untersuche die Felswand	gehe zu **706**
Nach Osten	gehe zu **398**
Nach Westen	gehe zu **535**
Nach Süden	gehe zu **442**

16

Du wirst von vielen Tieren der Herde niedergetrampelt, so als würden sie dies mit Absicht tun. Wirf drei Würfel und verliere entsprechend viele LEBENSKRAFT-Punkte. Wenn du dadurch stirbst, gehe zu **7**. Falls du noch lebst, reiten die Pferde weiter in die dunkler werdende Nacht hinein und du rappelst dich wieder auf.

Gehe zu **666**.

17
Du durchquerst die vom Wind gepeitschte, nördliche Steppe. Es ist bitterkalt.

Wirf zwei Würfel:
 Ergebnis 2-5: Eine Stimme im Wind gehe zu **525**
 Ergebnis 6-7: Kein Ereignis gehe zu **65**
 Ergebnis 8-12: Eine Gruppe Nomaden gehe zu **647**

18
Der Golem macht dich mit einem einzigen Hieb seiner riesigen Steinfaust platt.

Hast du eine Wiederbelebung vereinbart, dann blättere zu dem Abschnitt, den du dir auf deinem Abenteuerblatt notiert hast. Ansonsten kannst nur mit einem neuen Charakter von vorn beginnen, nachdem du zuerst alle Kreuze und Codewörter in deinen Büchern entfernt hast. (Du kannst bei Abschnitt **1** in jedem beliebigen Buch der Reihe neu anfangen).

19
Du bist absolut tapfer. Die Krieger sind mehr als erfreut darüber, ihre kurzen Krummschwerter ziehen zu dürfen und dich von allen Seiten anzugreifen.

Mache einen KAMPFKRAFT-Wurf mit dem Schwierigkeitsgrad 20.

 Erfolgreicher KAMPFKRAFT-Wurf gehe zu **577**
 Misslungener KAMPFKRAFT-Wurf gehe zu **379**

20
Die Wachen des Forts halten dich für verrückt, weil du das Land Nerech betreten willst.

„Dann auf Wiedersehen", sagt eine von ihnen, „für immer!"
Die andere lacht grausam, während sie die Tore öffnen.

| Kehre um | *Das Reich des Krieges* | **299** |
| Wage dich hinaus | gehe zu | **32** |

21

Der offene Eingang wird von zwei Steinidolen flankiert, die Menschen ähneln, aber die Köpfe von Schakalen besitzen. Ihre Juwelenaugen blicken dich teilnahmslos an. Du bist dir nicht sicher, aber du meinst zu glauben, dass ihre Augen deinen Bewegungen folgen.

Hast du das Codewort *Cheops*, gehe zu **689**. Wenn nicht, lies weiter.

Verschwinde	gehe zu **472**
Laufe an den Idolen vorbei	gehe zu **49**

22

Streiche die 10 Shards weg. Einer der Männer führt dich durch die Mine. Die Wände sehen aus wie Milchglas und das Eis gibt ein bläuliches Leuchten von sich, das die Mine mit einer unheimlichen, winterlichen Schönheit erfüllt.

Minenarbeiter entfernen hier mit Äxten und Sägen blaue Eisblöcke aus den Wänden.

Ihr kommt in eine große Kammer, wo mehrere Tunnel zusammenlaufen. Ein Tunnel wirkt dunkel und verlassen. Nicht einmal das kühle Licht des Eises erhellt seine finsteren Gänge.

„Was ist da unten?", fragst du.

„Da unten? Warum, das ist die alte Mine. Sie wurde aufgegeben", sagt der Minenarbeiter.

„Warum hat man sie nicht geflutet?"

„Wir haben es versucht, aber das Wasser will nicht gefrieren. Es ist ein böser Ort – und es spukt dort, ganz sicher."

„Ein Geist?"

Der Minenarbeiter blickt dich einfach nur an und sagt nichts.

Verlasse die Tunnel	gehe zu **320**
Steige in den dunklen Tunnel hinab	gehe zu **663**

23

Um dich von Juntoku loszusagen, musst du der Priesterschaft als Wiedergutmachung 40 Shards zahlen.

Der Hohepriester warnt dich davor, dass dir deine Mitmenschen den Rücken zukehren werden, falls auch du Juntoku den Rücken zukehrst. Willst du deine Meinung noch ändern?

Wenn du entschlossen bist, dich von deinem Glauben loszusagen, dann zahle die 40 Shards und entferne „Juntoku" aus dem Feld Gottheit auf deinem Abenteuerblatt.

Wenn du hier fertig bist, gehe zu **58**.

24

Dein nächster Gegner wird in die Arena geführt. Die Schiedsrichter kündigen ihn als Vulcis Glut aus Metriciens in Golnir an. Er ist in üppige, rot-goldene Roben gekleidet. Die Trommel wirbelt erneut und der Wettkampf beginnt. Entscheide dich, welchen Zauber du sprechen willst.

Feuerwand	gehe zu	**203**
Wasserwand	gehe zu	**179**
Dornenwand	gehe zu	**151**

25

Der Fischer setzt dich an Küste vor der Stadt Yarimura ab – er weigert sich, dich in den Hafen zu bringen.

„Ich werde ihre verdammte Hafengebühr nicht bezahlen!", knurrt er.

Gehe zu **280**.

26
Du erhältst das Codewort *Donner*.

„Ausgezeichnet!", sagt Kommandant Telana strahlend. „Die Hoffnungen und Gebete Sokaras sind mit dir. Also auf jeden Fall die Hoffnungen und Gebete der Armee! Trotzdem, viel Glück!"

Hast du das Codewort *Dunkelheit*, gehe zu **644**. Wenn nicht, verlässt du den Kommandanten. Gehe zu **152**.

27
Die Piraten töten die gesamte Mannschaft, verschonen aber die Galeerensklaven – vorerst. Ihr werdet vor den Kapitän geschleppt, ein riesiges, fettes Fass von einem Mann mit nur einem Ohr, der über euch richtet.

Diejenigen, die ihm nicht gut genug sind, werden über Bord geschmissen. Einige andere werden als Schiffskameraden auf dem Piratenschiff aufgenommen, um die Verluste auszugleichen.

Wenn du das Codewort *Chimäre* hast, gehe sofort zu **287**. Andernfalls mache einen CHARISMA-Wurf mit dem Schwierigkeitsgrad 12.

| Erfolgreicher CHARISMA-Wurf | gehe zu | **176** |
| Misslungener CHARISMA-Wurf | gehe zu | **253** |

28

Dein Erlebnis mit den Harmonien der Musik hat dich viel gelehrt. Du steigst eine Stufe auf. Wirf einen Würfel und zähle das Ergebnis dauerhaft zum Maximalwert deiner LEBENSKRAFT hinzu. Vergiss nicht, dass sich auch deine VERTEIDIGUNG um 1 erhöht, wenn du eine Stufe aufsteigst.

Wenn du bereit bist, gehe zu **499**.

29

Im Westen wird die endlose Monotonie der hügeligen Steppe vom Fluss des Schicksals unterbrochen, dessen halb gefrorenes Wasser träge in den Raureifsee hineinfließt.

Wirf zwei Würfel:
Ergebnis 2-5:	Ein Wohnwagen	gehe zu	**705**
Ergebnis 6-7:	Kein Ereignis	gehe zu	**676**
Ergebnis 8-12:	Ein schwarzer Hengst	gehe zu	**382**

30

Als der Hengst dich sieht, schnaubt er ängstlich und taucht in den Fluss hinein, wobei er mitten im Sprung seine Gestalt verändert und wie ein Biber im Wasser verschwindet. Er kommt nicht wieder heraus.

Gehe zu **676**.

31

Streiche die 5 Shards weg. Du nimmst die Schriftrolle an dich und liest sie. Darauf steht: „Der Fluch von Tambu, dem Khan der Himmel, ereile den Träger dieser Schriftrolle!" Du wirst augenblicklich von Schüttelfrost gepackt, welcher dir die Kraft raubt.

Der Händler springt auf und ist plötzlich wieder gesund. „Endlich frei!", brüllt er und rennt davon, während er vor Freude hüpft.

Du versuchst ihn aufzuhalten, aber der Fluch lässt dich zurücktaumeln. Notiere dir, dass du unter dem „Fluch von Tambu" leidest und dass deine Fähigkeiten CHARISMA, KAMPFKRAFT und NATURWISSEN um jeweils 1 Punkt sinken, bis du den Fluch aufheben kannst.

Dem Verhalten des Händlers nach zu urteilen, wirst du den Fluch los, indem du jemanden dazu bringst, dir die Schriftrolle abzukaufen.

Du quälst dich weiter. Gehe zu **144**.

32

Nerech ist eine kahle Halbinsel aus windgepeitschtem, hügeligem Heideland. Der Himmel zeigt ein trostloses Grau. Eine einsame Krähe kreist über dir und krächzt traurig. Wilde Klippen ragen aufs Meer hinaus. Landeinwärts kannst du in der Ferne einen hohen Hügel sehen.

Begib dich zum Hügel	gehe zu	**5**
Klettere zur Küste hinab	gehe zu	**688**
Reise westlich zu Fort Mereth	Das Reich des Krieges	**299**
Reise westlich zu Fort Estgard	Das Reich des Krieges	**472**
Reise westlich zu Fort Brilon	Das Reich des Krieges	**259**

33

Der Tempel von Tambu ist ein Holzgebäude, das derart gebaut wurde, dass es einem Rundzelt der Steppennomaden ähnelt. Tambu ist der Große Geist der Steppe. Es heißt, wenn am Himmel die Nordlichter flackern, dann tanzen die Geister der Erde, des Himmels und des Wassers für ihn. Tambus Segen soll jenen weiterhelfen, die durch die Steppe reisen.

Werde ein Geweihter von Tambu	gehe zu	**291**
Sage dich von ihm los	gehe zu	**143**
Bitte um Segen	gehe zu	**388**
Sprich mit dem obersten Schamanen	gehe zu	**457**
Verlasse den Tempel	gehe zu	**10**

34

Du rutschst weg und stürzt sofort ab. Du krachst auf den Boden, aber der dicke Schnee fängt dich etwas ab. Du verlierst 1-6 LEBENSKRAFT-Punkte.

Versuche es erneut	gehe zu	**175**
Gib auf	gehe zu	**668**

35

Hast du das Codewort *Dunkelheit* oder *Düsternis*, gehe zu **289**. Wenn nicht, lies weiter.

Du betrittst ein Netzwerk aus unterirdischen Tunneln, das unter den Bergen entlang verläuft. Es ist stockfinster und du brauchst eine *Laterne* oder *Kerze*, um weiterzugehen.

Erkunde die Tunnel	gehe zu	**174**
Keine Lichtquelle	gehe zu	**558**

36
Du überzeugst ihn davon, dass alles gutgehen wird, und machst dir dabei seine Gier zunutze. Der Händler stimmt deinem Plan zu. Streiche die 75 Shards weg. Du versteckst dich in einem leeren Weinfass. Der Handelsschein des Mannes ist in Ordnung und er darf ohne Probleme in die Zitadelle. In der Nacht schlüpfst du aus dem Fass heraus.

Gehe zu **295**.

37
Du beschwörst eine sechs Meter hohe Wasserwand herauf und lässt sie auf deine Gegnerin zuströmen. Die Druidin entfesselt eine dichte, stachlige Dornenhecke, die eilig auf deine Wasserwand zujagt. Zu deinem Entsetzen zerteilen die Dornen das Wasser in Rinnsale und Bäche, die im Boden der Arena versickern, bevor die Dornen weiter auf dich zuknirschen. Dir bleibt nur ein winziger Augenblick, um zur Seite zu hechten. Wirf zwei Würfel. Du verlierst entsprechend viele LEBENSKRAFT-Punkte, als du von den Dornen zerkratzt wirst.

Deine LEBENSKRAFT sinkt auf null	gehe zu	**7**
Du überlebst	gehe zu	**81**

38
Du gehst zum Fenster zurück. Die Konkubine setzt sich plötzlich auf und ihr blasses, weißes Gesicht, das von langem, dun-

klem Haar umrahmt wird, leuchtet wie der Mond an einem schwarzen Nachthimmel. Du glaubst schon, dass alles vorbei ist, doch sie lächelt dich kokett an und dreht sich wieder um.

Du kletterst ohne Problem wieder den Turm hinab.

Am nächsten Tag besuchst du Lochos Veshtu im Hauptquartier der Bruderschaft der Nacht.

Gehe zu **444**.

39

Du stößt auf eine große Steinplatte, die sich in der Seite eines Hügels befindet. Ein Rune ist darauf eingemeißelt, welche deiner Meinung nach das Zeichen der Trau ist – Kreaturen aus der Unterwelt.

Klopfe an die Platte	gehe zu **573**
Verschwinde	gehe zu **102**

40 ❑

Ist das Kästchen angekreuzt, dann weigert sich Orin Telana mit dir zu sprechen, bis du deine Mission erfüllt hast – gehe sofort zu **152**. Wenn nicht, dann kreuze es jetzt an und lies weiter.

Orin ist überrascht, dich zu sehen. „Es ist für uns alle von entscheidender Bedeutung, dass du Beladai tötest", sagt er. „Du musst in sein Lager im Norden eindringen, sein Zelt finden und ihn töten! Falls es dir schwerfällt, in das Lager zu gelangen, dann hilft dir das vielleicht weiter."

Er gibt dir einen *Heimlichkeitstrank* (DIEBESKUNST +1). Du kannst diesen nur einmal benutzen, bevor du einen DIEBESKUNST-Wurf machst. Er erhöht deine Fähigkeit DIEBESKUNST für diesen einen Wurf um eins. Vermerke ihn auf deinem Abenteuerblatt.

Wenn du das Codewort *Dunkelheit* hast, gehe zu **644**. Wenn nicht, dann verlasse den Kommandanten; gehe zu **152**.

41

Ihr kommt an einen Fluss. Das Wasser ist eisig grün und fließt sehr schnell. Gerade als du hineinspringen und zum anderen Ufer schwimmen willst, deutet der Bootsmann auf eine überdachte Brücke, die nicht allzu weit entfernt ist.

„Warum sich die Füße nass machen, Käpt'n?", fragt er.

Schwimme über den Fluss	gehe zu **257**
Benutzt die Brücke	gehe zu **328**

42

Du kletterst über einen felsigen, windumtosten Pfad den Hügel hinauf. Die eisigen Böen, die um den Hügel herum heulen, lassen dich bis auf die Knochen frösteln, und die düstere, graue Festung, die über dir aufragt, lässt deine Seele erstarren. Zwei massive, mit Eisen beschlagene Türen befinden sich in der strukturlosen Mauer der Festung. Neben dem Tor stehen keinerlei Wächter und auch auf den Wehrgängen zeigt sich niemand.

Klopfe an die Türen	gehe zu **486**
Verlasse Vodhya	gehe zu **398**

43

Der Sturmdämon erschaudert, als du Elnir darum bittest, ihn zu vertreiben. Der Dämon kann die Macht des Himmelsgottes nicht ertragen und verschwindet, indem er wie ein Pfeil aus grünem Licht zum Firmament hinaufschießt. Mit seinem Verschwinden lässt auch der Sturm nach.

Du hast die Gunst Elnirs erlangt. Wirf zwei Würfel. Ist das Ergebnis höher als dein CHARISMA-Wert, darfst du dein CHARISMA dauerhaft um 1 erhöhen.

Zudem hat der Sturmdämon das Geschoss fallen gelassen, welches er gerade auf dich werfen wollte. Nimm das *Selenerz* an dich und füge es deinem Abenteuerblatt hinzu.

Wenn du bereit bist, gehe zu **65**.

44

Du ziehst durch die endlose Steppe. Dein Blickfeld wird von weitem, blauem Himmel und hohen Gräsern ausgefüllt, die sich in alle Richtungen erstrecken und mit struppiger, niedriger Vegetation gesprenkelt sind.

Nach einer Weile erreichst du einen Bereich sumpfigen Bodens, der von einem plätschernden Fluss gespeist wird. Knorrige Bäume haben überall in diesem Sumpfgebiet Wurzeln geschlagen.

Wirf zwei Würfel:
    Ergebnis 2-5:   Ein Licht im Sumpf   gehe zu **707**
    Ergebnis 6-7:   Kein Ereignis   gehe zu **92**
    Ergebnis 8-12:   Eine Hütte auf Pfählen   gehe zu **126**

45

Du bewegst dich mit derart ruhiger Zuversicht über die schwindelerregende Felswand, dass manche Menschen allein beim Anblick weiche Knie bekommen würden. Du weißt, dass der Trick darin besteht, deinen Körper von der Felswand fernzuhalten und jede Griffmöglichkeit vorsichtig zu überprüfen, bevor du ihr dein gesamtes Gewicht anvertraust.

Wirf zwei Würfel, und wenn das Ergebnis höher ist als dein Wert für NATURWISSEN, darfst du diesen dauerhaft um 1 erhöhen.

Klettere zur Oberseite der Felswand	gehe zu **164**
Steige zum Boden hinab	gehe zu **706**

46
Du bist dir nicht sicher, ob das Leuchtfeuer an der richtigen Stelle ist oder nicht.

Segle direkt auf das Leuchtfeuer zu	gehe zu **79**
Folge deiner eigenen Route	gehe zu **208**

47
Du erhältst das Codewort *Defensive*.

Du wirst außerhalb von Beladais Zelt von einer Gruppe Soldaten mit Fackeln erspäht.

„Stinkender Mörder!", brüllt einer von ihnen und sie fallen im Zorn über dich her. In nur wenigen Sekunden wirst du in Stücke gehackt.

Gehe zu **7**.

48

Um dich von Amanushi loszusagen, musst du der Priesterschaft als Wiedergutmachung 40 Shards zahlen.

Der Priester fleht dich an, noch einmal darüber nachzudenken: „Vergiss nicht, dass dich Amanushi vor den Messern in der Dunkelheit und vor plündernden Dieben beschützt."

Willst du deine Meinung noch ändern? Wenn du dazu entschlossen bist, dich von deinem Glauben loszusagen, dann zahle 40 Shards und entferne „Amanushi" aus dem Feld Gottheit auf deinem Abenteuerblatt.

Wenn du hier fertig bist, gehe zu **194**.

49

Als du zwischen die Idole trittst, peitschen ihre Köpfe nach vorn und schnappen mit ihren scharfen, steinharten Zähnen nach dir.

Mache einen KAMPFKRAFT-Wurf mit dem Schwierigkeitsgrad 14.

Erfolgreicher KAMPFKRAFT-Wurf	gehe zu **617**
Misslungener KAMPFKRAFT-Wurf	gehe zu **675**

50

Du segelst entlang der südlichen Ufer von Nerech, dem Land der Menschenbestien. Die Küstenlinie ist ein einziger langer Streifen aus Klippen. Das Wasser ist seicht und felsig, was es unmöglich macht, hier anzulegen.

Missgestaltete Figuren springen auf der Oberseite der Klippen umher, brüllen laut und drohen deinem Schiff und deiner Mannschaft in ohnmächtiger Wut mit der Faust.

Wirf zwei Würfel:
- Ergebnis 2-4: Sturm gehe zu **11**
- Ergebnis 5-6: Eine ereignislose Reise gehe zu **236**
- Ergebnis 7-10: Ein schiffbrüchiger Seemann gehe zu **173**
- Ergebnis 11-12: Ein Handelsschiff gehe zu **514**

51

Zu deinem Pech ist der Kapitän des Schiffes Avar Hordeth, ein mächtiger Mann, dessen Weg du bereits gekreuzt hast.

„Warte mal", grölt er. „Ich kenne dich – du bist dieser überhebliche kleine Bandit, der meine Villa in Yarimura ausgeraubt hat! Ja, ja, wie nett, dass uns das Schicksal wieder zusammenführt."

Du bist zu schwach, um dich groß zu wehren. Seine Mannschaft packt dich, legt dich in Eisen und wirft dich ins Schiffsgefängnis. Du kannst dein Pech kaum fassen – von allen Leuten, die dich hätten aufsammeln können! Avar Hordeth nimmt dir all dein Geld und alle Gegenstände ab, die du bei dir trägst.

Später bringt man dich nach Yarimura, wo du an die kleine Marine der Stadt verkauft wirst und unter Peitschenhieben als Galeerensklave schuften musst.

Gehe zu **222**.

52

Du schlägst dein Nachtlager auf. Wenn du ein *Wolfsfell* hast, hilft es dir dabei, dich warmzuhalten. Hast du keines, verlierst du aufgrund der Kälte 1 LEBENSKRAFT-Punkt.

Du musst nach Nahrung jagen. Mache einen NATURWISSEN-Wurf mit dem Schwierigkeitsgrad 11. Hast du Erfolg, findest du ein paar Wühlmäuse, die du essen kannst. Scheiterst du, musst du hungern und verlierst 1 LEBENSKRAFT-Punkt.

Wenn du noch lebst, bricht der nächste Tag an.

Reise nach Norden	gehe zu	**15**
Reise nach Osten Richtung Yarimura	gehe zu	**280**
Reise nach Süden	gehe zu	**234**
Reise nach Westen tiefer in die Steppe hinein	gehe zu	**17**

53

Wenn du den Titel *Arena-Champion* trägst, gehe zu **71**. Wenn nicht, lies weiter.

Die Sternenstein-Arena heißt so, weil sie auf einem flachen Bett aus Fels steht – einem Meteoriten, der vor vielen Jahrhunderten auf die Erde gestürzt ist. Der Fels verfügt über sonderbare Eigenschaften. Er ermöglicht es denjenigen, die in den magischen Künsten bewandert sind, mächtige Zauber basierend auf den Elementen Feuer, Wasser und Holz zu beschwören.

Magier kämpfen regelmäßig in der Arena gegeneinander und ringen alle um den begehrten Titel des Arena-Champions sowie die Belohnungen, die dieser mit sich bringt.
Um den Titel zu erlangen, musst du zwei Runden gewinnen. Nur Magier dürfen an dem Wettstreit teilnehmen.

Kämpfe in der Arena (nur Magier)	gehe zu	**117**
Schaue beim Wettkampf zu	gehe zu	**127**
Besuche den Markt	gehe zu	**111**
Gehe zum Tempel von Molhern	gehe zu	**637**
Gehe zur Schenke Zum Weißen Hexer	gehe zu	**455**
Besuche den obersten Magier	gehe zu	**403**
Verlasse die Stadt der Geheimnisse	gehe zu	**90**

54

Ihre verfallenen Mauern sind noch immer so gewaltig und hoch, dass man nicht über sie hinwegklettern kann. Die Tore jedoch hängen schief in den Angeln und ihr faulendes Holz ächzt im Wind. Runen in der Sprache des längst untergegangenen Shadar-Imperiums sind über dem Tor eingemeißelt.

Als du unter ihnen hindurchgehst, materialisiert sich in der Luft vor dir ein gigantischer Kopf. Er sieht aus wie ein Schakal mit brennenden Augen aus Feuer.

Hast du eine *Fahne der Shadar*, gehe zu **695**. Wenn nicht, gehe zu **539**.

55

Streiche 10 Shards weg. Die Frau legt einige Ochsenhautkarten aus, die mit primitiv wirkenden Runenzeichen bemalt sind.

„Aha!", schreit sie, „der Dudelsackspieler und die Schlange." Sie schiebt ihr Gesicht ganz nah an deines heran und kläfft: „Stell dich darauf ein, der Dudelsackspieler zu sein, wenn du dort hinreist."

„Und das ist alles, oder wie?", fragst du.

Sie grunzt und starrt zum Fenster hinaus.

Du verlässt den Wald. Gehe zu **280**.

56

Einer der Nomaden, vermutlich der Anführer des Kriegstrupps, wirft die Zügel seines Pferdes einem anderen zu und marschiert zu dir herüber. Er tippt dir gegen die Brust, packt dich am Nacken, drückt sein Gesicht gegen deines und sagt: „Fineitri."

Ringe ihn zu Boden	gehe zu	**229**
Antworte auch mit „Fineitri"	gehe zu	**639**
Greife ihn und seine Männer an	gehe zu	**19**
Reiß dich los und renn weg	gehe zu	**664**

57

Die Wachen erkennen dich wieder. Sie grüßen dich und geleiten dich in die Zitadelle. Der Kommandant, Herzog Orin Telana, heißt dich als den Retter der Zitadelle willkommen. Du kannst hier so lange bleiben, wie du willst. Stelle alle verlorenen LEBENSKRAFT-Punkte wieder her. Die Ritter behandeln dich mit Respekt und salutieren dir jedes Mal.

Wenn du bereit bist, kannst du die Zitadelle verlassen.

| Begib dich Richtung Norden in die Ebene | gehe zu **145** |
| Richtung Süden nach Sokara | gehe zu **400** |

58

Der Platz der Neuen Götter ist ein großes Oval, dessen Boden von einem Mosaik aus bunten Ziegeln bedeckt wird, welches eine Frau darstellt, deren Gesicht wie die Sonne leuchtet – die oberste Göttin des Pantheons von Akatsurai. Um dieses Oval herum liegen mehrere prächtige Tempel. Ihre spiegelnden Türme und gegiebelten Pagoden glitzern in der Sonne.

Viele Leute füllen den Platz: Priester und Heilige, Straßenhändler und Krämer, Samurai und Nomaden. Von ihnen erfährst du ein paar Dinge über die Götter aus Akatsurai.

Auf dem Platz gibt es Tempel für Nisoderu, Göttin der Aufgehenden Sonne und Königin der anderen Götter; Juntoku, Herr des Krieges; Nai, Bringer der Erdbeben; und Amanushi, Meister der Nacht.

Du hörst außerdem das Gerücht, dass der Tempel von Nisoderu nach einem mutigen Priester sucht, der ihm bei einer Aufgabe hilft.

Besuche den Tempel von Nisoderu	gehe zu	**89**
Besuche den Tempel von Juntoku	gehe zu	**462**
Besuche den Tempel von Nai	gehe zu	**614**
Besuche den Tempel von Amanushi	gehe zu	**194**
Verlasse den Platz	gehe zu	**10**

59

Mit Bedauern sagt dir Bakhan, dass sie dir keinen weiteren Selen-Zauberstab anfertigen kann.

„Eine Zauberin kann in ihrem ganzen Leben nur einen solchen Zauberstab herstellen", erklärt sie.

Es gibt nur eines, was Bakhan für dich tun kann, nämlich einen Fluch aufzuheben, falls du unter einem leidest. Das macht sie kostenlos, da du sie von ihrem eigenen Fluch befreit hast. Streiche alle Flüche weg, die du dir notiert hast, und passe deine Fähigkeiten entsprechend an.

Wenn du fertig bist, gehe zu **10**.

60

Du beschwörst eine sich windende Dornenwand herauf, welche sechs Meter hoch ist, und schleuderst sie auf deine Gegnerin zu. Dialla Erdtochter tut im gleichen Augenblick dasselbe. Die beiden Wände treffen in der Mitte der Arena mit donnerndem Krachen aufeinander. Die Dornen und Stachel ringen miteinander, aber Diallas druidische Abstammung verleiht ihr einen Vorteil. Dein Zauber wird gebrochen und ihre Dornenwand kracht durch die Reste deiner eigenen Wand hindurch, um mit erschreckender Geschwindigkeit auf dich zuzujagen.

Dir bleibt nur ein winziger Augenblick, um zur Seite zu hechten. Wirf zwei Würfel. Du verlierst entsprechend viele LEBENS-KRAFT-Punkte, als du von den Dornen zerkratzt wirst.

Deine LEBENSKRAFT sinkt auf null	gehe zu	**7**
Du überlebst	gehe zu	**81**

61

Nach der Schlacht wirst du vor General Beladai gebracht. Sein strahlendes Lächeln wirkt in dem mürrischen, grauhaarigen Gesicht des Veteranen fehl am Platz. Er umarmt dich und sagt mit dröhnender Stimme: „Die Nördliche Allianz und König Nergan verneigen sich vor dir, mein Freund."

Beladai gibt dir eine persönliche Ausbildung in der Kriegskunst. Zähle dauerhaft 1 zu deiner KAMPFKRAFT hinzu.

Nach wenigen Tagen kommen König Nergan und sein Hofstaat an, um sich in der Zitadelle niederzulassen. Der König belohnt dich mit einem Titel, welcher in diesem Fall dem deiner nächsten Stufe entspricht. Du steigst eine Stufe auf. Wirf zudem einen Würfel und addiere das Ergebnis zu deinem Maximalwert an LEBENSKRAFT. Der König gibt dir außerdem 500 Shards. Nach einem Siegesbankett, bei dem du der Ehrengast bist, verlässt du die Zitadelle.

Gehe zu **152**.

62

Der Feenhund schnappt mit seinen grausam aussehenden Zähnen nach dir. Es fällt dir schwer, auszumachen, wo du die schemenhafte Bestie in dieser Finsternis am besten treffen sollst.

Feenhund:
KAMPFSTÄRKE 7, VERTEIDIGUNG 10, LEBENSKRAFT 12

Wenn du siegst, kannst du durch die Basalttür treten, die der Hund bewacht hat – gehe zu **108**. Wenn du verlierst, gehe zu **7**.

63 ❏

Ist das Kästchen angekreuzt, dann gehe sofort zu **279**. Wenn nicht, kreuze es jetzt an und lies weiter.

An einem Tisch in einer abgeschatteten Ecke unterhalten sich zwei Personen. Die eine ist ein kleiner, anrüchig wirkender Geselle, seinem Aussehen nach zu urteilen ein Nomade aus der Ebene. Die andere ist eine große, dicke und rotgesichtige Frau. Du gehst hinüber und stellst dich vor. Deine Unverschämtheit scheint sie zu überraschen und der Mann greift nach dem Langdolch an seinem Gürtel.

Mache einen CHARISMA-Wurf mit dem Schwierigkeitsgrad 14. Zähle eins zum Wurf hinzu, wenn du von Beruf Schurke bist, und noch mal eins, wenn du den Titel *Nachtpirscher* trägst.

Erfolgreicher CHARISMA-Wurf	gehe zu	**146**
Misslungener CHARISMA-Wurf	gehe zu	**109**

64

Deine Angeberei ist wenig überzeugend und deine Beleidigungen schaffen es einfach nicht, den Zuschauern Gelächter zu entlocken. Yagotai geht laut Publikum als Sieger vom Platz.

Du wirst von vielen Händen gepackt und an Händen und Füßen gefesselt. Yagotai bindet ein Ende des Seils an den Sattel seines Pferdes und reitet johlend und brüllend dreimal um das Lager herum, während er dich hinter sich herzieht. Die Nomaden schauen zu und lachen grausam. Du verlierst 2-12 LEBENSKRAFT-Punkte (wirf zwei Würfel).

Wenn du noch lebst, zerschneiden sie deine Fesseln und setzen dich in der Steppe aus. Von deiner Zähigkeit beeindruckt, entschließen sie sich dazu, dich nicht auszurauben.

Gehe zu **52**.

65

In der eisigen Steppe bricht ein neuer Tag an. Wenn du ein *Wolfsfell* hast, hilft es dir dabei, dich warmzuhalten. Wenn nicht, verlierst du aufgrund der Kälte 1 LEBENSKRAFT-Punkt.

Laut deiner Karte bist du irgendwo südlich der Rubinroten Zitadelle.

Nach Norden	gehe zu **535**
Nach Westen	gehe zu **383**
Nach Süden	gehe zu **44**
Nach Osten	gehe zu **442**

66
Du schaffst es sicher aufs Dach. Luroc nickt und klopft dir auf den Rücken. Lautlos stehlt ihr euch in den Innenhof hinunter, wo fröhlich ein Springbrunnen sprudelt.

Durch die Schatten schleichst du mit Luroc eine Treppe hinab, die unter die Villa führt. An ihrem unteren Ende entdeckt ihr eine schwere Bronzetür sowie einen Wächter. Zum Glück schnarcht er laut. Luroc erklärt dir, dass Floril dem Wächter ein Betäubungsmittel ins Getränk getan hat. Luroc versucht die Tür zu öffnen und sie schwingt auf – erneut Florils Werk.

Ihr betretet die Schatzkammer von Avar Hordeth.

Gehe zu **88**.

67
Du wirst an einen Kieselsteinstrand gespült und ringst halb bewusstlos nach Atem. Du nimmst die grapschenden Hände, die sich durch deine Sachen wühlen, kaum wahr. Du wurdest von Strandräubern entdeckt und verlierst all dein Geld und deine Besitztümer – streiche sie von deinem Abenteuerblatt.

Als du wieder zu dir kommst, hat man dich den Strand hinauf unter eine hohe Klippe gezerrt. Du bist wahrscheinlich an den Ufern von Nerech gelandet, dem Land der Menschenbestien.

Gehe zu **688**.

68
Die Glocke schlägt mit einem tiefen, lauten Ton. Doch dann fangen auch die anderen Glocken an zu läuten, irgendwie ausgelöst von der ersten. Das Läuten wird so laut, dass du mit den Händen über den Ohren zum Ausgang rennst und vor Schmerzen schreist. Blut rinnt aus deinen Ohren. Du verlierst 1-6 LEBENSKRAFT-Punkte. Du läufst in die Ruine hinaus und von der Höhle der Glocken fort.

Besuche das Gewölbe der Shadar	gehe zu **107**
Besuche die Gruft der Könige	gehe zu **298**
Verlasse die Stadt der Ruinen	gehe zu **266**

70
Du klammerst dich an Felsen fest, die so glatt sind wie Glas und die sich über einem Abgrund befinden, der bis in die sonnenlosen Tiefen des Nachthimmels hinabreicht. Wenn du doch nur aufwachen würdest, um festzustellen, dass dies alles nur ein Traum ist.

Steige hinauf	gehe zu **423**
Steige hinab	gehe zu **204**

71
Du wirst in der Arena als Champion begrüßt. Du kannst erneut kämpfen, aber du hast auch das Recht, in der Kammer des Champions zu wohnen, einem luxuriösen Gemach innerhalb der Arena. Hier kannst du dich kostenlos so lange ausru-

hen, wie du möchtest, und alle verlorenen LEBENSKRAFT-Punkte zurückerlangen. Die Magier können auch Vergiftungen und Krankheiten heilen sowie Flüche aufheben (etwa den Fluch der Shadar oder den Pesthauch von Nagil).

Wenn du bereit bist, gehe zu **274**.

72
Hast du das Codewort *Donner*, gehe zu **40**. Wenn nicht, lies weiter.

Orin Telana ist ein schlanker, hübscher Mann. Er begrüßt dich freundlich, aber seine Augen sind grimmig und entschlossen. Er erklärt dir, dass die Armee nördlich von hier nicht nur für die Völker der Steppe kämpft, sondern auch für die sokaranischen Rebellen, die noch immer den alten König unterstützen. Die Nördliche Allianz wird von dem charismatischen Beladai zusammengehalten.

„Entferne den Kopf und der Körper wird sterben", sagt er. „Wenn wir Beladai töten, werden seine Armee und die Allianz auseinanderfallen und die neue Ordnung ist gesichert."

Orin Telana will, dass du einen Weg in das feindliche Lager findest und General Beladai ermordest.

Wenn du diese Mission annimmst, gehe zu **26**. Wenn nicht, wirst du nach draußen gebracht – gehe zu **152**.

73
Trotz deiner besten Bemühungen verläufst du dich in dem Labyrinth aus unterirdischen Tunneln. Wirf zwei Würfel. Ist das Ergebnis kleiner oder gleich deiner Stufe, kannst du hinausfinden – gehe zu **558**. Ist das Ergebnis höher als deine Stufe, verläufst du dich für immer und verhungerst. Gehe zu **7**.

74

Der Mann wird an Bord gezerrt. Du entdeckst einen wasserdichten Beutel an seinem Gürtel. Darin befindet sich eindeutig die Hälfte einer Schatzkarte. Die Richtungsangaben sind jedoch verschlüsselt und du kannst sie nicht entziffern.

Nachdem man den schiffbrüchigen Seemann wiederbelebt hat, lässt du ihn in deine Kabine bringen und er erzählt dir seine Geschichte. Sein Name ist Etla, einst der erste Maat eines bösen Piratenkapitäns namens Nyelm Sternhand. Nyelm verriet seine Mannschaft und nahm die Karte mit, welche den Ort des Piratenschatzes zeigte, doch Etla konnte die eine Hälfte der Karte stehlen und mit ihr entkommen, indem er sich der Gnade des Meeres übergab. Er glaubt, dass Nyelm in Yarimura ist.

„Wenn wir Nyelms Hälfte bekommen, dann kennen wir die Lage des Schatzes. Du und ich, wir werden reich sein."

Etla gibt dir seine Hälfte und sagt dir, dass er dich in Yarimura treffen wird, sobald du bereit bist. Er weist dich darauf hin, dass du ihn noch immer brauchst – nur Etla und Nyelm kennen den Schlüssel, mit dem man die Worte der Karte übersetzen kann.

Du erhältst das Codewort *Dolch*. Anschließend lässt sich Etla von einem vorbeifahrenden Handelsschiff mitnehmen.

„Wir sehen uns in Yarimura!", sagt er mit einem zahnlosen Grinsen.

Ihr segelt weiter. Gehe zu **236**.

75

Am anderen Ende der Kammer steht ein Steinsockel, der höher ist als die anderen. Auf ihm schläft ein Mann, der in goldene Kleider mit violettem Saum gekleidet ist. Auf seinem bärtigen und patriarchalischen Haupt ruht eine goldene Krone, welche im flackernden Licht, das du mitgebracht hast, schimmert. Seine Hände liegen auf seiner Brust. In einer hält er einen Streitkolben aus Stahl, dessen Kopf aus Gold besteht, damit er einer flammenden Sonne ähnelt. In der anderen hält er eine silberne Sichel, deren Klinge die Form eines Halbmonds besitzt. Es ist der Hochkönig, der die verlorenen Jahrhunderte verschläft und auf den Tag seines Erwachens wartet.

Plötzlich sinkt die Temperatur noch weiter ab – eine abrupte Kälte droht dein Herz zum Stillstand zu bringen. Wenn du ein *Wolfsfell* hast, schützt es dich vor der Kälte. Hast du keines, verlierst du 2-12 LEBENSKRAFT-Punkte (wirf zwei Würfel).

Wenn du noch lebst, erscheint im Zentrum der Kammer eine neblige, unwirkliche Gestalt. Ihr gespenstisches, weißes Gesicht ist so ausdruckslos und glatt wie Schnee, und ihre geisterhaften Gewänder sind so blass wie das Mondlicht und wallen hinter ihr hoch wie ein Sternenschweif. Klauenhände, gleich den windgepeitschten Ästen eines verschneiten Baumes, greifen nach dir.

Hast du das Codewort *Elegie*, gehe zu **9**. Wenn nicht, gehe zu **110**.

76

Du eilst mit deinen Männern vorwärts, doch statt Gold findet ihr nur einen Haufen alten, glänzenden Messings.

„Schön, dass ihr vorbeischaut", sagt eine Stimme.

Du wirbelst herum. Von der Decke des Tunnels hängt mit dem Kopf nach unten ein großer, schlanker Vampir herab, der in ein schwarzes Leichentuch gehüllt ist. Er streckt seine dünnen Arme aus, um seine Opfer zu packen – dich und deine Schiffskameraden!

Vampir:
KAMPFKRAFT 8, VERTEIDIGUNG 12, LEBENSKRAFT 18

Nur wenn du den Vampir besiegst, kannst du an seinem baumelnden Kadaver vorbeilaufen und die Höhle verlassen – gehe zu **157**.

77

Der südliche Sektor ist ein Teil der Stadt, den man den Besuchern der Stadt überlassen hat. Er ist auch als das Fremdenviertel bekannt.

Hast du das Codewort *Dolch*, gehe zu **686**. Wenn nicht, lies weiter.

Du findest ein Gasthaus, das sich Nomadenrast nennt.

Besuche das Gasthaus	gehe zu **542**
Verlasse den südlichen Sektor	gehe zu **10**

78

Die untoten Krieger fallen deinen Kampfkünsten zum Opfer. Wenn du während des Kampfes verwundet worden bist, hast du dich mit einer schrecklichen Krankheit angesteckt – dem Pesthauch von Nagil, welcher Geschwüre und Wundbrand verursacht. Notiere dir, dass du unter dem „Pesthauch von Nagil" leidest, und verringere dein CHARISMA und deine KAMPFKRAFT jeweils um eins, bis du ein Heilmittel gefunden hast.

Du betrittst die Haupthalle. Gehe zu **372**.

79

Du segelst auf das Leuchtfeuer zu, ein trübes, orangefarbenes Licht am dunklen, stürmischen Horizont der Katastrophenbucht. Du bist schon ganz nah und durchquerst gerade eine Nebelbank, als dich ein schreckliches, knirschendes Geräusch auf eine Gefahr aufmerksam macht. Das Schiff ist gegen einen unterirdischen Felsen geschlagen und bricht bereits auseinander.

Der Nebel lichtet sich und du siehst, dass dein Schiff gegen eine kleine Insel aus zerklüftetem Fels gefahren ist, auf der bewaffnete Männer stehen.

„Strandräuber!", schreit der erste Maat. „Sie müssen das Feuer entzündet haben, um uns auf die Felsen zu locken!"

Ein Teil deiner Männer ist bereits über Bord gespült worden. Sie schwimmen auf die Insel zu, wo die Strandräuber auf sie warten. Grausam spießen sie deine wehrlosen Männer auf und plündern ihre Leichen. Fässer und Ballen werden aus deinem Frachtraum nach oben geschwemmt, damit die eifrigen Hände der Strandräuber sie einsammeln können.

Gehe zu **411**.

80
Du betäubst deinen Gegner mit einem Hieb deines Unterarms auf seinen Nasenrücken, gefolgt von einem Würgegriff, der ihn um Gnade heulen lässt. Nachdem du ihm auf diese Art und Weise deine Stärke bewiesen hast, lässt du ihn los. Die Nomaden respektieren diese ehrenhafte Reaktion und heißen dich in ihrem Lager willkommen.

Gehe zu **246**.

81

Dein Gegner wird zum Sieger ernannt. Man geleitet dich aus der Arena.

Gehe zu **274**.

82

Du räumst den Steinhaufen weg und windest dich in eine niedrige Kammer hinein, wo um einen Steinsarg herum viele Schmuckstücke aus Silber und blauer Jade verstreut liegen.

Du stopfst deine Jacke mit Beute voll; füge zu dem Betrag auf deinem Abenteuerblatt 3000 Shards hinzu. Dann wendest du deine Aufmerksamkeit dem Steinsarg zu.

Öffne den Sarg	gehe zu **527**
Verlasse den Hügel	gehe zu **226**

83

Die Menschenbestie hat dich erreicht. Du musst gegen sie kämpfen.

Menschenbestie:
KAMPFKRAFT 8, VERTEIDIGUNG 5, LEBENSKRAFT 10

Wenn du verlierst, gehe zu **7**. Wenn du siegst, gehe zu **124**.

84
Du stößt auf einen Kreis aus uralten, aufrecht stehenden Steinen, die vom Wind glatt geschliffen worden sind. In ihrem Zentrum steht eine verwitterte Stele, in die Runen und Symbole der Shadar eingeritzt sind.

Betrete den Kreis	gehe zu **696**
Verschwinde	gehe zu **224**

85
Es gibt einen blendend hellen Lichtblitz und du erlebst ein kurzzeitiges Gefühl des Vergessens, bevor du mitten in der Luft wieder auftauchst. Du krachst in einen Haufen auf dem Boden hinein. Du rappelst dich wieder auf und blickst dich um, während du aufgrund der plötzlichen Kälte zittern musst.

Du befindest dich in der Großen Steppe.

Gehe zu **668**.

86
Du stehst mitten in ihrem Weg, aber die Pferde wogen um dich herum und kommen dann stampfend und schnaubend zum Stehen, während ihr Atem in der kalten Luft kleine Wölkchen bildet.

Der schwarze Hengst trabt zu dir herüber und betrachtet dich mit Augen voll übernatürlicher Intelligenz. Du erkennst, dass dies das Ross von Tambu ist, dem Großen Geist der Steppe. Das Ross kann nur von einem würdigen Menschen geritten werden. Das Tier meint, dass du genug Gottesfurcht besitzt, um diese Ehre zu erhalten.

Steige auf das Ross von Tambu	gehe zu **239**
Verlasse die Pferdeherde	gehe zu **666**

87
Hast du das Codewort *Collier*, gehe sofort zu **367**. Wenn nicht, lies weiter.

Du musst kämpfen.

Kaschuf:
KAMPFKRAFT 8, VERTEIDIGUNG 8, LEBENSKRAFT 20

Wenn du siegst, gehe zu **304**. Andernfalls gehe zu **7**.

88
Ihr habt eine lange, niedrige Halle aus dunkelgrauem Stein betreten, die voller Reichtümer ist. Die Kisten hier sind gefüllt mit Kunstobjekten, Ballen aus akatsuresischer Seide, Gläsern voll Oleum aus den Gefiederten Landen, Barren aus Gold und Silber, Kisten voller Edelsteine und Münzen – das Schatzhaus eines der reichsten Händler der Welt.

„Tja", sagt Luroc, „jetzt stellt sich nur noch die Frage, wie viel wir tragen und wegbringen können, nicht wahr?"

Doch dann fällt dir auf, dass er dich seltsam und misstrauisch anschielt, so als wäre er sich deiner Absichten nicht sicher.

Bei genauerer Überlegung vertraust du ihm ebenfalls kein bisschen. Es wäre vielleicht besser, ihn zu töten und alles für dich selbst zu behalten – immerhin ist es genau das, was er versuchen wird zu tun. Du wirst von Sekunde zu Sekunde unruhiger und deine Überzeugung wächst, dass du Luroc töten musst.

Mache einen ZAUBERKRAFT-Wurf mit dem Schwierigkeitsgrad 13.

Erfolgreicher ZAUBERKRAFT-Wurf	gehe zu **137**
Misslungener ZAUBERKRAFT-Wurf	gehe zu **113**

89

Der Tempel von Nisoderu, Göttin der Aufgehenden Sonne, ist um einen offenen Hof herum mit einem großen Schrein in der Mitte errichtet worden, welcher mit Kerzen übersät ist.

Im Inneren singen einhundert Nonnen, die in fließende, weiße Gewänder gekleidet sind und aufwändige, breitkrempige Hüte tragen, ein endloses Lied zu Ehren ihrer Göttin.

Die Göttin selbst wird überall als schöne Frau dargestellt, deren Gesicht wie die Sonne strahlt. Sie verkörpert nicht nur die Sonne, sondern auch Frömmigkeit, Glaube und Reinheit.

Die Nonnen von Nisoderu sind darin erfahren, die Göttin darum zu bitten, die Toten wieder zum Leben zu erwecken.

Wenn du von Beruf Priester bist, dann gewährt dir die Hohepriesterin eine Audienz.

Sprich mit der Hohepriesterin (nur Priester)	gehe zu **618**
Werde ein Geweihter von Nisoderu	gehe zu **125**
Sage dich von ihr los	gehe zu **165**
Bitte um Segen	gehe zu **223**
Vereinbare eine Wiederbelebung	gehe zu **268**
Verlasse den Tempel	gehe zu **58**

90

Ein junger Magier spricht dich auf deinem Weg nach draußen an.

„Warte!", beschwatzt er dich. „Warum dich auf so profane Weise nach Hause schleppen, wie es die gemeine Masse der Menschen tut? Ich, Firgol der Fähige, kann einen Zauber sprechen, der dich augenblicklich in die Stadt Yarimura bringt! Und das für läppische 100 Shards."

Zahle 100 Shards für die Teleportation	gehe zu	**280**
Verlasse die Stadt zu Fuß	gehe zu	**407**

91

Hast du das Codewort *Diamant*, gehe zu **346**. Andernfalls lies weiter.

Du erreichst die Flussebene, wo sich drei halb gefrorene Flüsse träge zum Raureifsee winden. Eisiger Nebel steigt vom Wasser auf und verhüllt die gesamte Gegend mit einem undurchdringlichen grauen Schleier.

Es wird nicht einfach, einen Weg durch diesen Nebel zu finden.

Mache einen NATURWISSEN-Wurf mit dem Schwierigkeitsgrad 14.

Erfolgreicher NATURWISSEN-Wurf	gehe zu	**599**
Misslungener NATURWISSEN-Wurf	gehe zu	**697**

92

Die Sonne wird vom Horizont verschluckt, während die Nacht hereinbricht, und du schlägst dein Lager auf. Du bist nicht weit genug im Norden, damit die Kälte zu einem ernsthaften Problem wird, dennoch musst du nach Nahrung jagen.

Mache einen NATURWISSEN-Wurf mit dem Schwierigkeitsgrad 11. Hast du Erfolg, findest du einen Wildhasen, den du essen kannst. Scheiterst du, musst du hungern und verlierst 1 LEBENSKRAFT-Punkt.

Wenn du am nächsten Morgen noch lebst, schätzt du, dass du dich nördlich des Himmelsbergs und südlich der Rubinroten Zitadelle befindest.

Nach Norden	gehe zu **17**
Nach Westen	gehe zu **118**
Nach Osten	gehe zu **234**
Nach Süden	gehe zu **668**

93

Du befiehlst der Mannschaft, in den Nebel hineinzusegeln.

Der erste Maat sagt: „Die Männer werden Euch nicht dorthin folgen, Käpt'n. Es wird zur Meuterei kommen, wenn Ihr weiterfahrt."

Die Männer stehen herum und treten nervös von einem Fuß auf den anderen, während sie ängstlich in den Nebel blicken.

Wenn du dich dagegen entscheidest, das Schiff in den Nebel zu segeln, gehe zu **296** und triff eine andere Wahl.

Wenn du die Mannschaft davon überzeugen willst, dir zur Insel zu folgen, dann mache einen CHARISMA-Wurf mit dem Schwierigkeitsgrad 13. Für jede Stufe, die du über Stufe 1 hinaus erreicht hast, darfst du eins zum Wurf addieren (hast du z. B. Stufe 5, dann zähle vier zum Wurf hinzu; hast du Stufe 3, zähle zwei hinzu). Für jeweils 50 Shards, die du von deinem Abenteuerblatt streichst und der Mannschaft gibst, darfst du auch eins hinzuzählen. Du darfst ebenfalls eins addieren, wenn deine Mannschaft von guter oder ausgezeichneter Qualität ist.

Hast du Erfolg, gehe zu **138**. Scheiterst du, weigern sich deine Männer und du musst zu **296** gehen und eine andere Wahl treffen.

94

Sobald du das Loch betrittst, fühlst du dich seltsam benommen, so als würdest du dich in einem Traum befinden. Nichts scheint real zu sein. Das Loch wird von einem trüben, rötlichen Lichtschein erhellt, wenngleich du nicht sagen kannst, woher dieser kommt. Es ist, als würde die Luft selbst leuchten. Es riecht nasskalt, muffig und beißend zugleich.

Du steigst einen Tunnel hinab, der steil ins Innere der Erde hineinführt. Er verzweigt sich schon bald in ein wahrhaftes Labyrinth aus Gängen.

Mache einen NATURWISSEN-Wurf mit dem Schwierigkeitsgrad 14.

Erfolgreicher NATURWISSEN-Wurf	gehe zu **360**
Misslungener NATURWISSEN-Wurf	gehe zu **510**

95

Der Hengst wittert dich und schnaubt. Er trabt heran und stellt sich neben dich, so als würde er darauf warten, dass du aufsteigst.

Verschwinde	gehe zu **676**
Steige auf das Pferd	gehe zu **116**

96

Als Geweihter von Juntoku genießt du den Vorteil, dass du weniger für den Segen und alle weiteren Dienste des Tempels zahlen musst. Ein Geweihter zu werden, kostet dich 50 Shards. Du kannst dies nicht tun, wenn du bereits Geweihter eines anderen Tempels bist. Wenn du ein Geweihter werden willst, dann schreibe „Juntoku" in das Feld Gottheit auf deinem Abenteuerblatt – und denk daran, die 50 Shards wegzustreichen.

Sobald du hier fertig bist, gehe zu **462**.

97

Das Haupttor wird von den Rittern des Nördlichen Schilds bewacht, der stehenden Garnison der Zitadelle.

Wenn du den Titel *Protektor von Sokara* trägst oder einen *Offiziersausweis* hast, winken dich die Wachen hindurch – gehe zu **295**. Wenn nicht, verwehrt man dir den Zutritt. Gehe zu **596**.

98

Zu deinem Glück liest dich ein vorbeifahrendes Handelsschiff auf. Der Kapitän, ein Kaufmann aus Gelbhafen, bringt eine Ladung Textilien nach Yarimura. Er freut sich, dich mitnehmen zu können.

„Sammle immer die Schiffbrüchigen auf", sagt er. „Du weißt nie, wann es dir genauso ergeht." Nach einer ereignislosen Reise gehst du in Yarimura von Bord.

Gehe zu **10**.

99

Szgano bindet die Frau los, während der letzte deiner Gegner deiner Klinge zum Opfer fällt. Der alte Schamane lebt noch und die Frau packt ihn am und blickt ihm tief in die Augen. Er schreit fürchterlich, während ihm seine Seele – ein graues, höckeriges Ding – ausgesaugt und in den Mund der Frau gesogen wird. Alles, was von dem Schamanen übrig bleibt, ist eine vertrocknete Hülle, gleich einer eintausend Jahre alten Mumie.

Du verlierst dauerhaft 1 Punkt an HEILIGKEIT, weil du der Hexe geholfen hast.

Die Haut von Ruzbahn wird jünger und rosiger und sie stößt ein sattes, kräftiges Lachen aus. Szgano sinkt auf die Knie und küsst hingebungsvoll ihre Füße.

„Danke, mein Schoßhund", sagt sie mit verführerischer Stimme, während sie geistesabwesend Szganos Kopf tätschelt.

„Sie hatten natürlich recht", sagt sie und blickt dich mit ihren smaragdgrünen Augen an. „Ich bin die Vampirhexe. Aber du hast mich gerettet, daher werde ich dich am Leben lassen. Tatsächlich besitze ich noch ganz andere Kräfte. Gib mir etwas von deinem Blut und ich werde es in Gold verwandeln."

Gib ihr etwas Blut	gehe zu	**227**
Renn weg	gehe zu	**472**

100
Du reist durch die Berge.

Nach Süden	*Das Reich des Goldes*	**282**
Nach Norden in die Steppe	gehe zu	**643**

101
Der Palast des Daimyos erhebt sich im Zentrum von Yarimura und macht sich dort breit wie ein Koloss, der über diese Gegend herrscht.

Er wurde im akatsuresischen Stil erbaut, mit gewaltigen Mauern und Türmen – mehr eine Festung als ein Palast.

Wenn du das Codewort *Draufgänger* hast und nicht den Titel *Nachtpirscher* besitzt, gehe zu **354**. Andernfalls gehe zu **665**.

102
Die Edelsteinhügel wirken verlassen. Du siehst weder Haut noch Haar von irgendwas.

Nach Norden Richtung Yarimura	gehe zu **280**
Nach Westen in die Ebene	gehe zu **234**
Nach Süden	gehe zu **145**

103
Du wirst in die Gegenwart des Gottes höchstpersönlich geführt. Er trägt die Kampfausrüstung eines mächtigen Lords, während sein Gesicht in der Düsternis eines großen Eisenvisiers verborgen bleibt.

„Du hast lange und hart in meinen Diensten gearbeitet", sagt er. „Jetzt ist die Zeit gekommen, um dich zu entlohnen."

Ein Seneschall mit knochiger und lavendelfarbener Haut tritt nach vorn und hält ein prächtiges Schwert aus weißem Metall in seinen Händen. Dieses überreicht er dir sehr feierlich.

Die versammelten Toten jubeln laut – wenngleich es eher wie das Ächzen unzähliger Sterbender klingt –, während du das Schwert an deinem Gürtel festschnallst.

Füge das *weiße Schwert* (KAMPFKRAFT +8) zu deiner Liste an Besitztümern hinzu. Du kannst dieses Schwert niemals verlieren; weder kann es dir gestohlen werden noch kann es verloren gehen. Selbst wenn du stirbst und irgendwo anders wiedererweckt wirst, wird das Schwert noch bei dir sein.

Bist du ein *Geweihter von Nagil*, gehe zu **551**. Wenn nicht, gehe zu **387**.

104

Du rutschst auf einer losen Schindel aus und sie kracht zusammen mit dir scheppernd zu Boden.

„Idiot!", zischt Luroc, während er wieder nach unten krabbelt.

Der Lärm hat ein paar Wächter angelockt, und als sie euch sehen, schreien sie Zeter und Mordio.

„Lauf!", kreischt Luroc und rennt ohne dich in die Schatten davon, so dass du von einem halben Dutzend bewaffneter Männer verfolgt wirst. Du musst sie irgendwie in der Nacht abschütteln.

Mache einen NATURWISSEN-Wurf mit dem Schwierigkeitsgrad 14.

| Erfolgreicher NATURWISSEN-Wurf | gehe zu | **133** |
| Misslungener NATURWISSEN-Wurf | gehe zu | **168** |

105
Wenn du den *Spiegel der Sonnengöttin* hast, gehe zu **710**.

Hast du ihn noch nicht gefunden, gehe zu **435**.

Hast du ihn gefunden, aber wieder verloren (weil du ausgeraubt, getötet oder verflucht worden bist, oder noch schlimmer), gehe zu **361**.

106
Dein Schiff wird wie Treibgut umhergeworfen. Als der Sturm nachlässt, ziehst du Bilanz. Vieles ist über Bord geschwemmt worden – du verlierst 1 Ladeeinheit deiner Wahl, sofern du irgendwelche Ladung hattest. Außerdem ist das Schiff weit vom Kurs abgekommen und der Maat hat keine Ahnung, wo ihr seid.

„Wir haben uns auf dem Meer verirrt, Käpt'n!", stöhnt er.

Gehe zu **390**.

107
Das Gewölbe der Shadar ist ein großes, viereckiges Gebäude aus massivem Granit, unverziert und karg. Es gibt keine Tür und auch keine Fenster. Du kannst keinen Weg hinein finden.

Besuche die Höhle der Glocken	gehe zu	**657**
Besuche die Gruft der Könige	gehe zu	**298**
Verlasse die Stadt der Ruinen	gehe zu	**266**

108

Du betrittst eine kleine Kammer. In ihr stapeln sich Glastruhen und in deren Inneren kannst du Tausende unschätzbarer Edelsteine sehen. Doch wie sehr du dich auch anstrengst, die Truhen lassen sich weder bewegen noch zerbrechen.

Dennoch liegen einige Schätze umher, die sich nicht in einer Truhe befinden.

Du entdeckst einen großen, gelben Edelstein. Als du durch ihn hindurchblickst, fallen dir einige feine Linien auf, die wie eine Art Karte aussehen. Es gibt auch einen kleinen Pfeil, der nach Norden zeigt. Vermerke diesen *Pfadfinder-Edelstein* (NATURWISSEN +1) auf deinem Abenteuerblatt.

Die anderen Edelsteine, die hier herumliegen, sind 350 Shards wert. Notiere dir den Betrag auf deinem Abenteuerblatt.

Ansonsten gibt es hier nichts weiter, daher setzt du deinen Weg durch die Tunnel fort.

Gehe zu **123**.

109

Du probierst es mit Straßengeschwätz, aber du beleidigst sie nur.

„Wenn du Ärger willst, dann kannst du den haben!", brüllt der Mann. Er wirft den Tisch um und zieht ein langes, gezacktes Messer. Die Frau weicht zurück. Du musst kämpfen.

Nomade:
KAMPFKRAFT 7, VERTEIDIGUNG 6, LEBENSKRAFT 11

Wenn du siegst   gehe zu **197**
Wenn du verlierst   gehe zu **169**

110

Du versuchst zu kämpfen, aber es ist so kalt geworden, dass du kaum atmen kannst. Deine Augenlider frieren zu und du kannst nichts mehr sehen. Plötzlich wirst du bewusstlos geschlagen.

Du kommst am Ufer des Sees wieder zu dir, aber du bist von irgendeiner vampirischen Macht deiner Lebenskraft beraubt worden. Verringere deine Stufe um eins und wirf einen Würfel. Das Ergebnis entspricht der Anzahl an maximaler LEBENSKRAFT, die du dauerhaft verlierst.

Gehe zu **320**.

111

Der Markt der Stadt der Geheimnisse besteht aus einem einzelnen Laden, der sich auf Magie spezialisiert hat. Es gibt auch einen kleinen Stand, wo ein gelehrter Magier uralte Artefakte der Shadar kauft und verkauft.

Wenn du den Fluch von Tambu hast, dann notiere dir die Ziffer dieses Abschnitts (**111**) und gehe zu **12**. Wenn nicht, kannst du den Markt besuchen.

Magische Ausrüstung	Kaufpreis	Verkaufspreis
Bernstein-Zauberstab (ZAUBERKRAFT +1)	500 Shards	400 Shards
Ebenholz-Zauberstab (ZAUBERKRAFT +2)	1000	800 Shards
Kobalt-Zauberstab (ZAUBERKRAFT +3)	2000 Shards	1600 Shards
Selen-Zauberstab (ZAUBERKRAFT +4)	4000 Shards	3200 Shards
Coelestin-Zauberstab (ZAUBERKRAFT +5)	8000 Shards	6400 Shards

Tränke	Kaufpreis	Verkaufspreis
Kraft (KAMPFKRAFT +1)	100 Shards	90 Shards
Liebreiz (CHARISMA +1)	100 Shards	90 Shards
Geist (ZAUBERKRAFT +1)	100 Shards	90 Shards
Göttlichkeit (HEILIGKEIT +1)	100 Shards	90 Shards
Heimlichkeit (DIEBESKUNST +1)	100 Shards	90 Shards
Natur (NATURWISSEN +1)	100 Shards	90 Shards

Artefakte	Kaufpreis	Verkaufspreis
Fahne der Shadar	800 Shards	400 Shards
Shadar-Schriftrolle	–	150 Shards

Tränke können direkt vor einem Würfelwurf oder einem Kampf benutzt werden, um die betreffende Fähigkeit kurzzeitig um +1 zu erhöhen. Jeder Trank kann nur einmal angewandt werden.

Der Ladenbesitzer sagt dir, dass er dir für 150 Shards einen speziellen Trank mischen kann, aber er braucht dazu ein *Tintensäckchen* als Zutat. Wenn du den Betrag zahlst und ein *Tintensäckchen* hast (streiche es von deinem Abenteuerblatt) kann er dir einen *Regenerationstrank* herstellen, der für eine Anwendung reicht und alle verlorenen LEBENSKRAFT-Punkte wiederherstellt. Gehe zu **274**.

112
Es gelingt dir lediglich, den Händler zu beleidigen. Er brüllt nach den Wachen und ein Dutzend Soldaten kommen heraus, um dich festzunehmen. Es sind zu viele – du wirst gepackt und in Eisen gelegt. Du verlierst all dein Geld und alle Besitztümer auf deinem Abenteuerblatt.

Nach einigen Wochen in einer Gefängniszelle wirst du an Sklavenhändler aus Caran Baru verkauft. Schließlich kauft dich die Marine von Yarimura.

Gehe zu **222**.

113
Dir bleibt nicht viel Zeit, um mitzunehmen, was du kannst. Wähle aus der folgenden Liste lediglich drei Dinge aus:

1	*500 Shards*
2	*Staub der Gelassenheit*
3	*Streitaxt* (KAMPFKRAFT +3)
4	*Kästchen mit Edelsteinen*
5	*Selenerz*
6	*Heiliges Silbersymbol* (HEILIGKEIT +2)

Sobald du bereit bist, gehe zu **163**.

114
Avar Hordeth stirbt schließlich. Du erhältst das Codewort *Dorn*.

Du kannst Hordeths Schiff übernehmen, wenn du möchtest. Um das zu tun, übertrage die Einzelheiten in dein Schiffsladeverzeichnis. Es ist eine Galeone namens Meereszentaur; du kannst die Mannschaft deines eigenen Schiffes auf die Meereszentaur mitnehmen.

Entscheide dich, mit welchem Schiff du weiterreisen willst. Das Schiff, welches du nicht benutzt, segelt mit einer Mannschaft von erbärmlicher Qualität nach Yarimura. Notiere dir, dass es in Yarimura vor Anker liegt.

Die Meereszentaur war mit 1 Ladeeinheit Gewürze beladen, welche jetzt dir gehört. In Avars Meerestruhe findest du zudem 150 Shards und eine *Seemannskarte*. Dein erster Maat sagt dir, dass dir diese Karte dabei helfen wird, durch bestimmte gefährliche Gewässer zu navigieren.

Wenn du bereit bist, segle weiter. Gehe zu **236**.

115
Dein Licht offenbart das Glitzern von Gold am Ende eines langen Tunnels.

Geht den Tunnel entlang	gehe zu **76**
Verlasst die Höhle wieder	gehe zu **157**

116
Du springst behände auf seinen Rücken. Er wiehert wild und springt in den Fluss hinein. In dem Augenblick, als er aufs Wasser trifft, beginnt er seine Gestalt zu verändern – ihm wachsen Flossen sowie Hände und Füße mit Schwimmhäuten.

Er taucht tief in den Fluss hinab und schwimmt außer Sichtweite, während du strampelnd im Wasser zurückbleibst.

Als du dich wieder ans Ufer ziehen kannst, stellst du fest, dass du einige Besitztümer verloren hast. Streiche drei Gegenstände (deiner Wahl) von deinem Abenteuerblatt.

Gehe zu **676**.

117
Du musst Magier sein, um am Wettkampf in der Arena teilzunehmen. Bist du kein Magier, gehe zu **274**.

Bist du ein Magier, musst du zunächst eine Teilnahmegebühr von 50 Shards entrichten. Kannst du oder willst du nicht zahlen, gehe zu **274**. Ansonsten streiche das Geld weg und gehe zu **214**.

118
Die Steppe ist in der Tat riesig. Hier, mitten im Nirgendwo, verspürst das eindringliche Gefühl der Isolation – ein einsamer Reisender in einem verlassenen Land. Aber du bemerkst eine willkommene Abwechslung in der endlosen Monotonie der Ebene – eine Senke im Boden, die nur ein kleines Stück entfernt liegt.

Untersuche die Senke	gehe zu **683**
Reise nach Norden	gehe zu **383**
Reise nach Süden	gehe zu **266**
Reise nach Westen	gehe zu **29**
Reise nach Osten	gehe zu **44**

119
Du überraschst sie und streckst sie geräuschlos nieder. Du wuchtest einen gewaltigen Hebel nach unten und die großen Tore beginnen sich knirschend zu öffnen. Innerhalb von Sekunden herrscht in der Zitadelle Aufruhr.

Draußen auf der nördlichen Ebene zerreißt das ohrenbetäubende Brüllen von eintausend Stimmen die Stille der Nacht und eine Eliteeinheit von Beladais Armee stürmt auf das Tor zu. Im Inneren macht sich die Garnison hastig zur Verteidigung bereit.

In dieser Verwirrung hoffst du zu entkommen. Hast du das Codewort *Düsternis*, gehe sofort zu **655**. Wenn nicht, wirf zwei Würfel. Ist das Ergebnis kleiner oder gleich deiner Stufe, gehe zu **606**. Ist es höher als deine Stufe, gehe zu **375**.

120

Ihr segelt um die Spitze von Nerech herum. Draußen auf dem Meer umgibt eine große Wolke aus wogendem Nebel, der von einem unheimlichen, grünen Leuchten erfüllt ist, einen Berg, der sich aus dem Dunst erhebt.

„Das ist die Insel der Geheimnisse", sagt der erste Maat. Er spuckt aus und macht ein Schutzzeichen gegen das Böse.

Die Männer murmeln untereinander; sie haben Angst vor der nebligen Insel.

Wirf zwei Würfel:
- Ergebnis 2-4:   Sturm   gehe zu **161**
- Ergebnis 5-7:   Eine ereignislose Reise   gehe zu **296**
- Ergebnis 8-12: Geisterpiraten   gehe zu **443**

121

Dir stehen die Haare zu Berge und ein Kribbeln erfasst deinen ganzen Körper. Plötzlich findest du dich auf dem Strand einer Insel wieder.

Eine dichte, grünliche Nebelbank hängt draußen auf dem Meer und hüllt die Insel komplett ein.

Landeinwärts ist sie von einem heißen, dampfenden Dschungel bedeckt, aus dem sich ein bewaldeter Berg erhebt. Du bist auf der Insel der Geheimnisse gelandet.

Gehe zu **564**.

122
Hast du das Codewort *Duplikat* oder trägst du den Titel *Arena-Champion*, gehe sofort zu **302**. Wenn nicht, du dafür aber den Titel *Erleuchteter des Molhern* trägst, gehe zu **478**. Andernfalls gehe zu **552**.

123
Du kommst in eine große Höhle, wo vier weitere Tunnel in verschiedene Richtungen weiterführen. Über jedem Tunnel befindet sich eine Tafel, in die man Traurunen eingraviert hat.

Du versuchst sie zu entziffern.

Mache einen ZAUBERKRAFT-Wurf mit dem Schwierigkeitsgrad 13.

Erfolgreicher ZAUBERKRAFT-Wurf	gehe zu **495**
Misslungener ZAUBERKRAFT-Wurf	gehe zu **233**

124
Die Menschenbestie bricht zusammen. Ihr Körper fängt an zu rauchen und zu brennen und verdampft plötzlich in einem weißglühenden Flammenblitz.

Nur ihr Vogelhelm bleibt zurück.

Setze den Helm auf	gehe zu **219**
Lass ihn liegen und geh weiter	gehe zu **627**

125

Als Geweihter von Nisoderu genießt du den Vorteil, dass du weniger für den Segen und alle weiteren Dienste des Tempels zahlen musst. Ein Geweihter zu werden, kostet dich 50 Shards. Du kannst dies nicht tun, wenn du bereits Geweihter eines anderen Tempels bist. Wenn du ein Geweihter werden willst, dann schreibe „Nisoderu" in das Feld Gottheit auf deinem Abenteuerblatt – und denk daran, die 50 Shards wegzustreichen.

Sobald du hier fertig bist, gehe zu **89**.

126

Du siehst eine sonderbare Hütte, die aus Leder zu bestehen scheint und auf dünnen Pfählen ruht, welche wie die Beine eines riesigen Insekts im Sumpf stecken.

Mache einen ZAUBERKRAFT-Wurf mit dem Schwierigkeitsgrad 12.

Erfolgreicher ZAUBERKRAFT-Wurf	gehe zu **153**
Misslungener ZAUBERKRAFT-Wurf	gehe zu **178**

127 ❑

Ist das Kästchen angekreuzt, gehe sofort zu **13**. Wenn nicht, kreuze es jetzt an und lies weiter.

Der Boden der Arena besteht aus massivem Fels, so glatt wie Marmor, aber er gibt ein unheimliches, grünes Leuchten von sich. Die Schiedsrichter der Arena kündigen einen Wettkampf zwischen einem Schamanen der Flossenmenschen – einer humanoiden Rasse, die im Wasser lebt – und einem Zauberer an, der in orangefarbene Roben gekleidet ist und sich selbst die Rote Flamme nennt. Sie stehen sich in der Arena gegenüber.

Du kannst bis zu 50 Shards auf den Ausgang des Kampfes wetten, falls du das willst. Entscheide dich, auf welchen der Wettkämpfer du wie viel setzen möchtest (sofern du überhaupt wettest), und notiere dir deine Entscheidung. Die Quoten sind für beide gleich; wenn du also 20 Shards setzt und dein Kämpfer gewinnt, erhältst du 20 Shards dazu.

Sobald du bereit bist, gehe zu **263**.

128

Du kommst an einer windumtosten Stelle vorbei, wo sich eine grausige Szene abspielt. Eine Gruppe Nomadenkrieger hat einen Gefangenen an einem Felsen festgebunden und beobachtet, wie er in der Kälte langsam verendet. Die Aufmerksamkeit der Nomaden ist allein auf ihr Opfer gerichtet, daher hast du die Möglichkeit, ungesehen davonzuschleichen.

Setze deinen Weg fort	gehe zu	**52**
Mache dich bemerkbar	gehe zu	**56**
Schleiche näher heran	gehe zu	**480**

129
Er gibt ein leises Stöhnen der Erleichterung von sich, als du seine engen Fesseln lockerst. Du siehst sofort, dass er dem Tode nahe ist, aber seine flatternden Augenlider öffnen sich und er ringt sich ein schwaches Lächeln ab.

„Zumindest sterbe ich bequem", sagt er mit sokaranischem Akzent. „Diese Teufel glauben, dass ein Mensch, der unter Schmerzen stirbt, bis in alle Ewigkeit Qualen erleidet. Dank dir kriegen sie nun nicht, was sie wollen."

Er schwindet schnell dahin. „Nicht sprechen", sagst du zu ihm.

„Warum nicht?", schmunzelt er. „Ich werde später keine Gelegenheit mehr dazu haben. Hör zu. Du hast mir einen Gefallen getan und ich werde dir im Gegenzug auch einen tun. Gehe in die nördlichen Berge – suche dort ein Bronzetor. Verneige dich dreimal mit deiner Hand auf deinem Herzen …"

„Und dann?", fragst du, aber er ist bereits tot.

Du erhältst das Codewort *Druck*.

Gehe zu **52**.

130
Dein Lied ist zum Dahinschmelzen. Das Gespenst zögert und weicht zurück. Es neigt seinen gesichtslosen Kopf zur Seite und entfernt sich wirbelnd von dir.

Dann fängt es an zur Musik des Liedes zu tanzen, zuerst nur zögerlich, aber dann immer zuversichtlicher, von einer vertrauten Melodie verzaubert.

„Leanora", sagt eine Stimme voll unendlicher Traurigkeit.

Du drehst dich erstaunt um. Der Hochkönig ist von der uralten Ballade aufgeweckt worden und hat sich aufgesetzt.

Das Gespenst von Prinzessin Leanora sinkt auf seine geisterhaften Knie. Sie greift nach oben und zieht die ausdruckslose, weiße Maske weg, die ihre Gesichtszüge verbirgt. Darunter befindet sich nur gesichtslose Leere – die Leere trostloser, verschneiter Einöden und zugefrorener Meere.

„Ah, Leanora …", seufzt der König.

Gefrorene Tränen fallen von ihrem leeren Gesicht herab und klappern wie silberne Tautropfen über den Steinboden der Kammer. Der Hochkönig berührt ihre geisterhafte Gestalt vorsichtig mit seinem Streitkolben. Ein schauriger Wind kommt auf.

„Endlich Frieden", flüstert das Gespenst und wird vom Wind davongetragen. Mit einem Wehklagen löst es sich auf.

Der Hochkönig beugt kummervoll sein Haupt.

Nach einer Weile blickt er zu dir auf. Gehe zu **198**.

131
Du wirst mit einem Knüppel bewusstlos geschlagen und kommst auf der Straße außerhalb von Yarimura wieder zu dir. Du hast alles Geld verloren, was du bei dir hattest, zudem sind dir sechs Gegenstände (deiner Wahl) gestohlen worden. Streiche sie von deinem Abenteuerblatt.

Gehe zu **280**.

132
Welches dieser Codewörter hast du?

Defensive	gehe zu **57**
Despot	gehe zu **134**
Assistent oder *Donner*	gehe zu **242**
Keines davon	gehe zu **421**

133
Du kannst deinen Verfolgern in der Dunkelheit mühelos ausweichen. Was Luroc angeht, so ist von ihm weder etwas zu sehen noch zu hören. Du bezweifelst, dass du ihn jemals wiedersehen wirst. Du begibst dich nach Yarimura.

Gehe zu **280**.

134
Die Zitadelle von Velis Corin ist nun der Stützpunkt von König Nergan und der Nördlichen Allianz. Die Wachen begrüßen dich als den Champion des Königs und Helden des Volkes. Du

wirst nach drinnen eskortiert. Hauptmann Vorkung, der Helfer des Königs, empfängt dich hier. Er stellt dir ein paar Gemächer zur Verfügung. Du darfst hier so lange bleiben, wie du willst, und erhältst alle LEBENSKRAFT-Punkte zurück.

Der Hofzauberer heilt dich von allen Vergiftungen und Krankheiten, an denen du leidest, etwa dem Pesthauch von Nagil, aber er kann keine Flüche aufheben.

Wenn du keinerlei Geld hast (einschließlich bei der Bank und bei deinen Investitionen), gibt dir Vorkung 100 Shards, um dir wieder auf die Beine zu helfen.

Er erzählt dir, dass der Bürgerkrieg weitergeht. Jetzt, da die Nördliche Allianz die Zitadelle hält, hofft der König, dass er nach Süden vordringen und Caran Baru einnehmen kann, aber das liegt alles noch in weiter Ferne.

Wenn du bereit bist, gehe zu **152**.

135
Dein Schiff, deine Mannschaft und deine Fracht versinken im tiefen, dunklen Meer. Streiche sie aus deinem Schiffsladeverzeichnis. Du kannst jetzt nur noch daran denken, dich selbst zu retten. Wirf zwei Würfel. Ist das Ergebnis höher als deine Stufe, ertrinkst du (gehe zu **7**). Ist das Ergebnis kleiner oder gleich deiner Stufe, kannst du etwas Treibholz finden und schaffst es zurück an Land.

Wirf einen Würfel und ziehe das Ergebnis von deiner LEBENSKRAFT ab. Wenn du das überlebst, gehe zu **436**.

136
Du machst einen wahrhaft todesverachtenden Sprung, aber einer der Kadaver, die dich verfolgen, bekommt im gleichen

Moment deinen Knöchel zu fassen. Du stürzt zu Boden und landest mit deinem Kopf genau zwischen den Bronzetüren. Einen Augenblick später schließen sie sich und durchtrennen deinen Hals. Dennoch ist es ein besseres Ende als das, welches dich in der Grabhalle von Nagil erwartet hätte.

Gehe zu **7**.

137

Du erkennst, dass du irgendeinem Zauber oder Fluch ausgesetzt bist. Er beeinträchtigt dein Urteilsvermögen und erfüllt dich mit dem Wunsch, Luroc zu töten. Ihr seid beide davon betroffen, denn er starrt dich weiterhin an und greift mordgierig nach seinem Langdolch.

Du versuchst dich zu beherrschen und erklärst Luroc die Situation. Er begreift, was du sagst, aber es wird nicht lange dauern, bevor ihr beide dem Zauber verfallt und vollkommen wütend werdet.

Du musst mitnehmen, was du kannst, und dann schnell verschwinden oder einen Weg finden, um den Fluch aufzuheben. Wähle aus der folgenden Liste lediglich drei Dinge aus:

1	*500 Shards*
2	*Staub der Gelassenheit*
3	*Streitaxt* (KAMPFKRAFT +3)
4	*Kästchen mit Edelsteinen*
5	*Selenerz*
6	*Heiliges Silbersymbol* (HEILIGKEIT +2)

Sobald du bereit bist, gehe zu **163**.

138

Deine Rede erfüllt sie mit Mut und Treue. Ihr segelt langsam in den Nebel hinein, welcher sich um euer Schiff herum schließt wie ein Handschuh. Ihr könnt nicht weiter als ein paar Meter voraus blicken. Ein Seemann überprüft die Tiefe des Wassers mit einem Lot – seine Rufe, die vom Nebel gedämpft werden, sind das einzige, was du hörst.

Mache einen ZAUBERKRAFT-Wurf mit dem Schwierigkeitsgrad 12.

Erfolgreicher ZAUBERKRAFT-Wurf	gehe zu **476**
Misslungener ZAUBERKRAFT-Wurf	gehe zu **341**

139

Reiter kommen über eine Hügelkuppe auf dich zu. Ihre Reittiere sind keine Pferde, sondern riesige, flugunfähige Vögel, deren kräftige Beine die Gruppe mit beängstigender Geschwindigkeit auf dich zutragen. Die Reiter tragen lange Lanzen und ihre Reittiere besitzen grausam aussehende Schnäbel – eine unangenehme Kombination.

Einer der Reiter – ein untersetzter Nomade in stinkender Lederrüstung und mit einem langen, schmierigen Schnurrbart – reitet vorneweg, um dich mit seiner Lanze aufzuspießen.

Mache einen KAMPFKRAFT-Wurf mit dem Schwierigkeitsgrad 14.

Erfolgreicher KAMPFKRAFT-Wurf	gehe zu **703**
Misslungener KAMPFKRAFT-Wurf	gehe zu **420**

140

Du verläufst dich in den eisigen Tunneln und wanderst meilenweit umher. Schließlich erlischt deine Lichtquelle und du wirst von Dunkelheit umhüllt.

Ein pfeifender Wind kommt auf und etwas stürmt wie ein heulender Geist aus der Finsternis auf dich zu. Du wirst bewusstlos geschlagen.

Du kommst am Ufer des Sees wieder zu dir, von irgendeiner vampirischen Macht deiner Lebenskraft beraubt. Verringere deine Stufe um eins. Wirf einen Würfel. Das Ergebnis entspricht der Anzahl an maximaler LEBENSKRAFT, die du dauerhaft verlierst.

Gehe zu **320**.

141

Die Seebarriere ist eine große Mauer, die man vor den Eingang zum Hafen gebaut hat. Sie wird mit Hilfe riesiger Winden bewegt, die von Hunderten Sklaven bedient werden. Die Barriere ist normalerweise offen, aber in Zeiten der Gefahr kann man sie schließen, was es den Schiffen dann unmöglich macht, in den Hafen zu fahren. Daher ist Yarimura für feindliche Flotten nahezu uneinnehmbar.

Jeglicher eingehender und ausgehender Schiffsverkehr muss in der Stube des Hafenmeisters gemeldet werden. Du kannst hier eine Überfahrt in ferne Länder buchen oder sogar ein eigenes Schiff kaufen, um es mit Fracht und einer Mannschaft zu bestücken.

Du kannst hier eine Schiffsreise zu folgenden Zielen buchen:

Gelbhafen für 65 Shards	gehe zu **531**
Chambara für 65 Shards	gehe zu **205**

Wenn du dir ein Schiff kaufst, dann bist du der Kapitän und kannst damit fahren, wohin du willst, egal ob auf Entdeckungs- oder Handelsreise. Du darfst ihm auch einen Namen geben.

Es sind drei Schiffstypen verfügbar.

Schiffstyp	Kosten	Kapazität
Barke	250 Shards	1 Ladeeinheit
Brigantine	450 Shards	2 Ladeeinheiten
Galeone	900 Shards	3 Ladeeinheiten

Wenn du ein Schiff kaufst, trage es im Schiffsladeverzeichnis ein und gib ihm einen Namen deiner Wahl. Die Qualität deiner Mannschaft ist „erbärmlich", außer du wertest sie auf. Hast du bereits ein Schiff, so kannst du es dem Hafenmeister zur Hälfte des aufgeführten Preises wieder verkaufen.

Es kostet dich 50 Shards, deine Mannschaft zu „durchschnittlich" aufzuwerten, und weitere 100 Shards, um aus einer „durchschnittlichen" Mannschaft eine „gute" zu machen. „Ausgezeichnete" Mannschaften sind in Yarimura nicht verfügbar.

Fracht für dein Schiff kannst du auf dem Seidenmarkt erwerben und in anderen Häfen gewinnbringend wieder verkaufen.

Stich in See	gehe zu	**201**
Gehe zum Seidenmarkt	gehe zu	**252**
Kehre ins Stadtzentrum zurück	gehe zu	**10**

142

Offenkundig gibt es hier nichts außer dem heulenden Wind und den Gestank von Verfall. Es wird Zeit, die Insel der Geheimnisse zu verlassen, sofern du das kannst.

Gehe zu **407**.

143

Um dich von Tambu loszusagen, musst du den Schamanen als Wiedergutmachung 40 Shards zahlen.

„Narr! Diejenigen, die den Zorn von Tambu auf sich laden, werden in der Steppe niemals überleben!", sagt ein Geweihter, der an dir vorbeigeht.

Willst du deine Meinung noch ändern? Wenn du dazu entschlossen bist, dich von deinem Glauben loszusagen, dann zahle 40 Shards und entferne „Tambu" aus dem Feld Gottheit auf deinem Abenteuerblatt.

Wenn du hier fertig bist, gehe zu **33**.

144

Im Westen erstreckt sich die Große Steppe von einem Horizont zum anderen und das Flachland scheint endlos von hartnäckigem Gras überzogen zu sein. Im Osten markieren die Edelsteinhügel den Rand der Steppe. Du bist nicht weit genug im Norden, damit die Kälte zu einem ernsthaften Problem wird, dennoch musst du nach Nahrung jagen.

Mache einen NATURWISSEN-Wurf mit dem Schwierigkeitsgrad 12. Hast du Erfolg, findest du einen Wildhasen, den du essen kannst. Scheiterst du, musst du hungern und verlierst 1 LEBENSKRAFT-Punkt.

Nach Norden	gehe zu **442**
Nach Süden	gehe zu **145**
Nach Westen, tiefer in die Steppe hinein	gehe zu **44**
Nach Osten in die Edelsteinhügel	gehe zu **426**

145

Hast du das Codewort *Defensive* oder *Despot*, gehe zu **619**. Wenn nicht, lies weiter.

Du befindest dich zwischen den Edelsteinhügeln und der Zitadelle von Velis Corin. Ein riesiges Heer hat hier in der Nähe sein Lager aufgeschlagen, nur wenige Meilen nördlich der Zitadelle. Es wimmelt dort vor Aktivität – überall sind Nachschubkarawanen und Lageranhänger unterwegs.

Du erfährst, dass dies die Armee der Nördlichen Allianz ist, angeführt von General Beladai. Beladai war der Heerführer von König Corin von Sokara, bevor Gram Marlock den Thron an sich riss. Nun hat der neue Exilkönig ein Bündnis mit der Horde der Tausend Winde, den Trau und dem Mannekynvolk vom Himmelsberg geschlossen. Gemeinsam hoffen sie, dass sie die Zitadelle einnehmen und den König zurück auf den Thron setzen können. Sie machen sich bereit, um nach Süden zu marschieren und die Zitadelle zu belagern. Aber die Zitadelle soll als uneinnehmbar gelten.

Besuche das Lager	gehe zu **660**
Gehe nach Süden zur Zitadelle	gehe zu **308**
Nach Norden in die Edelsteinhügel	gehe zu **426**
Nach Westen in die Ebene	gehe zu **668**
Nach Nordwesten in die Ebene	gehe zu **234**
In die Berge westlich der Zitadelle	gehe zu **558**

146

Der Nomade mustert dich von oben bis unten. Er scheint mit dem, was er sieht, zufrieden zu sein und bietet dir einen Platz an. Seine Name ist Luroc Bans, ein Mann aus der Steppe, der in Yarimura ein neues Leben begonnen hat.

„Ich stehle gern von den Stadtbewohnern", sagt er ungeniert, „und ich könnte jemanden wie dich gebrauchen."

Der Name der Frau ist Floril Dellas. Sie ist eine Waschfrau und arbeitet für einen reichen Händler aus Metriciens namens Avar Hordeth, dem eine Villa vor der Stadt gehört. Laut der Waschfrau ist sein Schatzgewölbe voller Reichtümer.

Luroc Bans sagt: „Floril hat mir eine Karte des Ortes gegeben. Ich kann dort hineingelangen, aber ich brauche einen zähen Komplizen, der mir dabei hilft, die Schutzvorrichtung des Gewölbes zu überwinden. Es gibt eine Schutzvorrichtung, aber keiner weiß, wie sie aussieht. Sobald wir die Beute haben und wieder draußen sind, teilen wir alles durch drei. Was sagst du – bist du dabei?"

Mach mit	gehe zu	**488**
Lehne ab	gehe zu	**406**

147

Der Durchgang am anderen Ende der Kathedrale ist noch immer offen. Dahinter liegt das Gewölbe der Shadar, welches nun das Lager eines Wolfsrudels ist. Die Wölfe springen aus den Schatten heraus, um dich anzugreifen. Behandle sie wie einen einzelnen Gegner.

Wolfsrudel:
Kampfkraft 9, Verteidigung 8, Lebenskraft 18

Wenn du verlierst, gehe zu **7**. Wenn du siegst, kannst du ein *Wolfsfell* mitnehmen.

Besuche die Gruft der Könige	gehe zu	**298**
Verlasse die Stadt der Ruinen	gehe zu	**266**

148

Der Sarg steht noch immer in der Mitte der Kammer, wie beim letzten Mal, als du hier warst. Du fährst mit dem Finger über die geheimnisvollen Gravuren, die in den Deckel geritzt sind, und fragst dich, wie lange die Person darin bereits in diesem trostlosen Teil der Welt herumliegt.

Hebe den Deckel hoch	gehe zu **527**
Verschwinde	gehe zu **226**

149

Deine Männer treiben die Enterer auf die Mereszentaur zurück, wo du den lädierten und schwachen Avar Hordeth in seiner Kabine findest.

Er knurrt und sagt: „Du kriegst mich niemals lebend!" Dann stürmt er mit seiner Axt auf dich zu. Du musst ihn erneut bekämpfen.

Avar Hordeth:
KAMPFKRAFT 7, VERTEIDIGUNG 8, LEBENSKRAFT 3

Wenn du gewinnst, gehe zu **114**. Wenn du verlierst, gehe zu **7**.

150

Du hast keine Ahnung, wer diese Kerle waren, aber ihre Dolche waren mit irgendeiner Art Gift benetzt. Du findest zudem ein paar *Dietriche* (DIEBESKUNST +1), welche du mitnehmen kannst. Alles bleibt ruhig, also kehrst du ins Stadtzentrum zurück.

Gehe zu **10**.

151

Du beschwörst Dornen aus der Erde herauf und eine Hecke aus grausamen Stacheln rast auf deinen Gegner zu. Leider hat er eine Feuerwand herbeigerufen. Die Flammen verbrennen deine Dornenwand zu Asche und jagen auf dich zu. Du versuchst zur Seite zu hechten, aber die Flammen verbrennen dich, während sie vorübertosen. Wirf zwei Würfel. Du verlierst entsprechend viele LEBENSKRAFT-Punkte.

Deine LEBENSKRAFT sinkt auf null	gehe zu	**7**
Du überlebst	gehe zu	**81**

152
Du kannst hier nichts weiter tun und verlässt die Zitadelle.

Richtung Norden in die Steppe	gehe zu	**145**
Richtung Süden nach Sokara	gehe zu	**400**

153
Du erkennst sie als die legendäre Hütte von Gura Goru wieder. Gura Goru soll ein böses, altes Weib sein, deren Hütte lebendig ist und auf Beinen herumläuft.

Rufe: „Gura Goru, hier draußen!"	gehe zu	**654**
Nähere dich der Hütte	gehe zu	**178**
Halte dich von ihr fern	gehe zu	**92**

154
Drei Gestalten schießen um dich herum aus dem Wasser heraus. Es sind Fischmenschen mit froschähnlichen Köpfen und großen, runden Augen an beiden Seiten ihres Kopfes. Ihre Körper sind mit Schuppen bedeckt und ihre Arme und Beine

enden in Fingern und Zehen mit dicken Schwimmhäuten. Sie tragen Langspeere und Dolche aus gezackten Korallen.

Die drei Fischmenschen machen einen Schritt nach vorn und blinzeln dich seltsam an.

Mache einen NATURWISSEN-Wurf mit dem Schwierigkeitsgrad 9.

Erfolgreicher NATURWISSEN-Wurf	gehe zu **363**
Misslungener NATURWISSEN-Wurf	gehe zu **258**

155

Blaukappe kichert auf alberne Weise. „Jawohl!", sagt er. Ein paar ohrenbetäubende Augenblicke später und das scheinbar unzerbrechliche Eis hat sich in einen Haufen glänzender Trümmer verwandelt.

„Bezahlung jetzt, bitte", grollt Blaukappe.

„Wie viel?"

„Menschding zahlt zweihundert Shards an Blaukappe für Arbeit."

„Zweihundert Shards für das Zerschmettern von nur einem Stück Eis?"

„Bezahlung immer gleich, egal welche Arbeit. Den ganzen Tag lang Eis zerschmettern, Tunnel graben – Bezahlung immer gleich", sagt Blaukappe.

Er hebt seine Spitzhacke auf unheilvolle Weise hoch.

Zahle das Geld	gehe zu **359**
Du kannst oder willst nicht zahlen	gehe zu **562**

156

Deine Stimme hallt wie betörend durch den Tunnel, was die Wirkung deines Liedes noch verstärkt. Der Feenhund sinkt wieder zu Boden und schon bald verwandelt sich sein zufriedenes Wimmern in das regelmäßige Atmen des Schlafs. Du steigst über ihn hinweg und trittst durch die Basalttür.

Gehe zu **108**.

157

Streiche die *Kerze* weg, falls du eine benutzt hast, da sie jetzt verbraucht ist.

Kehrt zum Schiff zurück	gehe zu **191**
Begebt euch landeinwärts	gehe zu **41**

158

Du erhältst das Codewort *Dauerhaft*.

Kaschuf fällt schließlich zu Boden. Er ist wahrhaft und für immer tot.

Die Dorfbewohner sind überglücklich. Lady Nastasya, welche von Kaschuf eingesperrt worden ist, wird befreit und nimmt wieder ihre Position als Herzogin von Vodhya ein. Zur Feier veranstaltet man einen Jahrmarkt.

Die Herzogin belohnt dich mit 750 Shards und verspricht dir, die Kunde von deinen heldenhaften Taten im ganzen Land zu verbreiten. Erhöhe dein CHARISMA um 1 Punkt.

Nach dem großen Fest verabschiedest du dich. Gehe zu **398**.

159

Du betrittst eine kleine Vorkammer. Das rote Leuchten ist im Inneren so grell, dass deine Augen schmerzen. Du kannst spüren, wie die Zitadelle leicht vibriert, und diese Vibration erzeugt ein tiefes, surrendes Brummen wie der Klang von unzähligen Bienen.

Zwei Gestalten schlurfen auf dich zu. Ihr halb verrottetes Fleisch, ihre rostigen Rüstungen und ihr ekelhafter Gestank verraten dir, dass sie untot sind. Sie richten ihre toten, weißen Augen auf dich und stoßen einen wortlosen Schrei des Blutdursts aus, während sie mit ihren zittrigen, hautlosen Händen schartige Krummsäbel festhalten. Das rubinrote Licht verleiht ihnen ein furchtbares, höllisches Aussehen.

Ist deine HEILIGKEIT 9 oder höher, gehe zu **416**. Wenn nicht, gehe zu **659**.

160

Ein schwerfälliger Grobian von einem Mann lauert vor deinem Haus. Er erklärt unmissverständlich, dass ihn die Bruderschaft der Nacht geschickt hat, um dein Schutzgeld einzusammeln, und dass er nicht für das verantwortlich gemacht werden kann, was passiert, falls du nicht zahlst. Er bittet um 8 Shards.

Entscheide jetzt, ob du bezahlen willst. Wenn ja, dann vergiss nicht die 8 Shards wegzustreichen. Falls du allerdings den Titel *Nachtpirscher* trägst, brauchst du gar nichts zu zahlen. Gehe zu **509**.

161

Ein dunkler werdender Himmel kündet von dem Sturm, der sich über dem Berg auf der Insel zusammenbraut. Heftiger Wind peitscht den Regen in Strömen über dein Schiff und die Wellen heben und senken sich erbarmungslos, so dass sie euer Schiff hochwerfen und wieder fallen lassen.

Seltsamerweise wird der Nebel, welcher die Insel der Geheimnisse umgibt, von den starken Winden nicht vertrieben.

Wenn du eine Segnung von Alvir und Valmir hast, welche dir „Sicherheit vor Stürmen" gewährt, kannst du den Sturm ignorieren. Streiche die Segnung weg und gehe zu **296**.

Andernfalls trifft euch der Sturm mit seinem ganzen Zorn. Ist dein Schiff eine Barke, wirf einen Würfel, ist es eine Brigantine, wirf zwei Würfel, ist es eine Galeone, wirf drei Würfel. Zähle 1 zum Wurf hinzu, wenn du eine gute Mannschaft hast; zähle 2 hinzu, wenn du eine ausgezeichnete Mannschaft hast.

Ergebnis 1-3:	Das Schiff sinkt	gehe zu	**314**
Ergebnis 4-5:	Der Mast bricht	gehe zu	**386**
Ergebnis 6-20:	Ihr übersteht den Sturm	gehe zu	**296**

162

Es weicht gebeugt und scharrend zurück. Dann dreht es sich um und taucht mit einem Klatschen in den Fluss hinein. Du wartest. Und wartest.

Nach mehreren Minuten werden deine schlimmsten Befürchtungen bestätigt. Es kommt nicht zurück.

Das Wasser ist so kalt wie Eis und so trüb wie ein Hammeleintopf. Es wäre äußerst unklug, dem Kelpie hinterherzutauchen.

Du ziehst weiter. Gehe zu **676**.

163

Luroc Bans stößt plötzlich einen unverständlichen Schrei aus und stürzt auf dich zu, während er seinen Langdolch schwingt!

Auch du verspürst den überwältigenden Drang, ihn zu töten.

Wenn du den *Staub der Gelassenheit* aus dem Schatzhort mitgenommen hast, gehe zu **275**. Wenn nicht, gehe zu **209**.

164

Du erreichst die Oberseite der Felsen, die an die Große Steppe grenzen. Es geht hier dreihundert Meter senkrecht nach unten. Du blickst nach Norden und siehst monströse, schneebedeckte Gipfel, die zum schwarzen Gewölbe des Himmels aufragen.

Steige die Felswand hinab	gehe zu **221**
Begib dich in die Berge	gehe zu **264**

165

Um dich von Nisoderu loszusagen, musst du dem Tempel als Wiedergutmachung 40 Shards zahlen.

Eine vorbeigehende Nonne sagt verächtlich: „Wenn du nicht rein genug bist, um ein Geweihter zu bleiben, dann wird dich die Sonne verbrennen, merk dir meine Worte."

Willst du deine Meinung noch ändern? Wenn du dazu entschlossen bist, dich von deinem Glauben loszusagen, dann zahle 40 Shards und entferne „Nisoderu" aus dem Feld Gottheit auf deinem Abenteuerblatt.

Wenn du hier fertig bist, gehe zu **89**.

166
Das Wasser reicht dir bis zu den Knöcheln, aber der Boden ist ausreichend fest.

Wirf einen Würfel:
    Ergebnis 1-2:   Flossenmenschen aus
                          der Tiefe   gehe zu **154**
    Ergebnis 3-4:   Riesige Meeresspinne gehe zu **265**
    Ergebnis 5-6:   Flaschenpost   gehe zu **188**

167
Die Rotkappen haben dich in die Ecke gedrängt und dir bleibt keine andere Wahl, als gegen sie zu kämpfen. Sie halten Piken in ihren Händen und aus ihren Fingerspitzen ragen große Krallen hervor. Von ihren langen, spitzen Zähnen tropft Speichel. Derbe Haare wachsen auf ihren Köpfen und fallen wie Drähte bis zu ihren Schultern herab. Vier von ihnen nähern sich dir mit mörderischer Absicht. Bekämpfe sie, als wären sie ein einzelner Feind.

Rotkappen:
KAMPFKRAFT 8, VERTEIDIGUNG 10, LEBENSKRAFT 16

Wenn du siegst, gehe zu **603**. Wenn du verlierst, gehe zu **7**.

168

Du stolperst und stürzt hin, woraufhin dich die Wächter schnappen. Du wirst von ihrer schieren Überzahl überwältigt, entwaffnet, brutal zusammengeschlagen und vor Avar Hordeth geschleppt.

Er nimmt dir all dein Geld und deine Besitztümer ab, die du bei dir trägst. Streiche sie von deinem Abenteuerblatt. Später wirst du nach Yarimura gebracht, wo er dich an die kleine Marine der Stadt verkauft. Du wirst gezwungen, als Galeerensklave zu arbeiten. Gehe zu **222**.

169

Zum Glück verschont man dein Leben. Du wachst im Rinnstein einer Straße neben anderen Stadtstreichern und Taugenichtsen auf. Du hast noch 1 LEBENSKRAFT-Punkt, aber man hat dir all dein Geld und deine Besitztümer abgenommen. Streiche sie von deinem Abenteuerblatt.

Gehe zu **10**.

170

Du erhältst das Codewort *Drama*.

Sie fällt tot vor deine Füße. Du lässt die Gefangenen frei, die ihr Glück kaum fassen können. Unter ihnen findest du Alissia, die Tochter des Fort-Kommandanten. Sie erzählt dir, dass die Frau Chizoka hieß und aus einer merkwürdigen Sekte namens die Schwarze Pagode in Akatsurai stammte.

Du kannst Chizokas Speer an dich nehmen. Es handelt sich dabei um eine *Naginata* (KAMPFKRAFT +1). Du findest außerdem ein Siegel, das sie bei sich getragen hat. Notiere das *Siegel der Schwarzen Pagode* auf deinem Abenteuerblatt.

Nun, da Chizoka tot ist, weiß der Rest der Menschenbestien nicht, was er tun soll. Sie laufen ziellos umher.

Du führst Alissia und die anderen in Sicherheit. Sie kehren in ihre Heime zurück und du bringst Alissia nach Fort Estgard in Sokara.

Gehe zu *Das Reich des Krieges* **667**.

171

Du stellst schnell fest, dass der riesige Wurm so gut wie unverwundbar ist.

Grauer Wurm:
KAMPFKRAFT 8, VERTEIDIGUNG 23, LEBENSKRAFT 8

Wenn du dich umdrehst und fliehst, beißt er dir ein Stück Fleisch aus deinem Rücken und du verlierst 1-6 LEBENSKRAFT-Punkte.

Dreh dich um und flieh	gehe zu **226**
Kämpfe und siege	gehe zu **429**
Kämpfe und verliere	gehe zu **7**

172

Das geräumige Innere der Pyramide ist kühl und dunkel. Wenn du das Codewort *Däumling* hast, gehe zu **646**. Wenn nicht, lies weiter.

Du hast eine lange Halle betreten, die mit Wandmalereien versehen ist, welche das Leben von Xinoc zeigen, dem Priesterkönig des alten Shadar-Imperiums. Am gegenüberliegenden Ende liegt ein weiterer Eingang. Shadar-Runen sind um ihn herum in die Wand gemeißelt worden und halten düstere Warnungen und Flüche für denjenigen bereit, der es wagt, hindurchzugehen.

Du kannst die Pyramide verlassen – gehe zu **472**.

Willst du den Durchgang vor dir passieren, dann mache einen ZAUBERKRAFT-Wurf mit dem Schwierigkeitsgrad 14.

Erfolgreicher ZAUBERKRAFT-Wurf	gehe zu **479**
Misslungener ZAUBERKRAFT-Wurf	gehe zu **505**

173 ❑

Ist das Kästchen angekreuzt, gehe sofort zu **631**. Wenn nicht, kreuze es jetzt an und lies weiter.

Dein Ausguck erspäht ein umhertreibendes Stück durchnässtes Holz. Ein Mann klammert sich mit letzter Kraft daran fest. Sein bärtiges Gesicht ist voller Narben und ihm fehlt ein Ohr.

Du weißt, dass gefangene Piraten häufig auf diese Weise bestraft werden. Der Mann ist oder war mal ein Pirat.

„Hm", knurrt dein erster Maat. „Einmal Pirat, immer Pirat."

Nimm ihn auf	gehe zu	**74**
Überlasse den Piraten seinem Schicksal	gehe zu	**236**

174

Die Tunnel sind auf natürliche Art entstanden, wahrscheinlich durch einen alten, unterirdischen Fluss, der schon lange versiegt ist.

Mache einen NATURWISSEN-Wurf mit dem Schwierigkeitsgrad 13.

Erfolgreicher NATURWISSEN-Wurf	gehe zu	**466**
Misslungener NATURWISSEN-Wurf	gehe zu	**73**

175

Der Himmelsberg bäumt sich vor dir auf. Winzige, schwarze Flecken gleiten um den Gipfel herum. Es heißt, dass die kleinen, geflügelten Mannekyns dort ihr Zuhause haben. Du kletterst die felsigen Flanken des Berges hinauf.

Mache einen NATURWISSEN-Wurf mit dem Schwierigkeitsgrad 13. Zähle eins zum Wurf hinzu, wenn du ein *Seil* hast, oder zwei, wenn du eine *Bergsteigerausrüstung* hast.

Erfolgreicher NATURWISSEN-Wurf	gehe zu	**682**
Misslungener NATURWISSEN-Wurf	gehe zu	**34**

176

Sie scheinen von deinem Auftreten beeindruckt zu sein und nehmen dich in ihre Mannschaft auf. Nachdem du einige Zeit in der Mannschaft des Piratenkapitäns gedient hast, welcher sich selbst die Geißel nennt – die Mannschaft nennt ihn Fassbauch –, tust du dich in einer Reihe von Seeschlachten hervor.

Der Kapitän bietet dir an, dich aus dem Dienst zu entlassen und in einem Hafen abzusetzen. Du verlässt die Mannschaft mit 320 Shards, einer *Lederrüstung* (VERTEIDIGUNG +1), einem *Krummsäbel*, etwas *Seil* und einer *Flöte* (CHARISMA +1). Notiere diese Dinge auf deinem Abenteuerblatt und entscheide dich, wo du an Land gehen willst.

Yarimura	gehe zu	**10**
Gelbhafen	*Das Reich des Krieges*	**10**
Dweomer	*Die Meere des Schreckens*	**100**
Metriciens	*Das Reich des Goldes*	**48**
Chambara	*Das Reich der aufgehenden Sonne*	**79**

177

Du schnappst dir die Kette, welche eintausend Shards wert sein muss. Aber die Konkubine richtet sich auf und ihr Gesicht wird in der Dunkelheit zu einer Maske aus blanker Wut. Sie schreit und die Hölle bricht los.

Wachen stürmen mit gezogenen Schwertern herein. Verzweifelt versuchst du wieder den Turm hinabzuklettern, aber Bogenschützen schießen dich vom Himmel herunter. Du stürzt im Palasthof in dein Verderben.

Gehe zu **7**.

178
Als du dich der Hütte näherst, erhebt sie sich zu deinem Erstaunen mit ihren Beinen aus dem Morast. Sie huscht eilig wie eine Krabbe davon und du hast sie schnell aus den Augen verloren.

Gehe zu **92**.

179
Du beschwörst eine hohe Wasserwand herauf und lässt sie auf Vulcis Glut zurauschen. Die Feuerwand, die er herbeizaubert, trifft in der Mitte der Arena mit zischendem Tosen auf das Wasser. Überall wogt Dampf hoch, aber deine Wasserwand löscht die Flammen aus und überrollt Vulcis Glut.

Er verliert das Bewusstsein und du wirst zum Sieger erklärt.

Gehe zu **228**.

180
Sie erwischen dich und reißen dich in Stücke. Du erleidest einen schnellen Tod.

Gehe zu **7**.

181 ❏
Ist das Kästchen angekreuzt, gehe sofort zu **622**. Wenn nicht, kreuze es jetzt an und lies weiter.

Du findest eine Barke, die am Ufer gestrandet ist. Ihre Hülle ist zerbrochen. Um ein mageres Feuer herum drängen sich mehrere verzweifelt wirkende Männer, die halb erfroren und verhungert sind und sich in dünne Decken und Schiffssegel gehüllt haben. Sie verbrennen einige der Schiffsplanken. Als du dich ihnen näherst, schauen sie auf, reagieren aber kaum auf deine Anwesenheit, so sehr sind sie in ihre Verzweiflung versunken.

Überlasse sie ihrem Elend gehe zu **669**
Versuche sie zum Handeln zu bewegen gehe zu **380**

182
Die Diebesküche ist der unschönste Teil der Stadt. Der Abschaum der Ebenen hat hier sein Zuhause eingerichtet, zusammen mit entehrten Samurai und Vertriebenen aus Sokara, Golnir und Uttaku.

Es ist eine baufällige Ansammlung aus Hütten, Schenken und Häusern, die mehr wie Einfriedungen aussehen als richtige Heime. Die Straßen sind dunkel und düster. Bettler und Taschendiebe hängen in jedem Eingang und in jeder Gasse herum. Sogar die Stadtpatrouille kommt nicht hierher.

Es heißt, dass die örtliche Diebesgilde, genannt Bruderschaft der Nacht, dem Lord der Stadt eine fette Abgabe zahlt, damit dieser ihre Mitglieder in Ruhe lässt.

Besuche eine Schenke gehe zu **574**
Erkunde die Straßen gehe zu **633**
Verlasse die Diebesküche gehe zu **10**

183
Die Vorräte an Raureifeis sind aufgebraucht. Die Eismine wurde geschlossen. Alles, was von ihr noch übrig ist, ist ein Durcheinander aus wackeligen Holzgebäuden.

Ansonsten gibt es hier nichts weiter, also verschwindest du wieder.

Gehe zu **687**.

184

Kreuze das Codewort *Dingfest* an.

Du erkennst, dass der Dolch mit Gift benetzt ist, und die Wunde, die du davongetragen hast, brennt schmerzhaft. Dein Kopf dreht sich und dein Blick verschwimmt. Dann verlierst du das Bewusstsein.

Du erwachst an einen Stuhl gefesselt in einem düsteren Raum. Du hast all dein Geld und deinen Besitz verloren. Streiche diese Dinge von deinem Abenteuerblatt.

Ein großer, schlaksiger Kerl, der schmutzige Straßenkleidung trägt, blickt dich gleichmütig an. Sein schmales, ausgemergeltes Gesicht besitzt eine blasse, ungesunde Farbe. Hinter ihm stehen zwei große Männer mit verschränkten Armen.

Der dünne Kerl spricht mit näselnder Stimme.

„Hallo. Ich bin Grilb Dante und du wurdest entführt. Immerhin bist du eine berühmte Person. Jeder hat von der Geschichte drüben bei der Zitadelle von Velis Corin gehört. Du hast ein paar mächtige Freunde gewonnen und ich bin mir sicher, dass sie dein Lösegeld von 500 Shards bezahlen werden. Ich konnte es kaum glauben, als du vollkommen sorglos einfach in unser Gebiet spaziert bist. So viel zum geschenkten Gaul! ‚Grilb‘, sagte ich zu mir, ‚Lord Sig höchstpersönlich – möge er auf ewig gesegnet sein – hat dir 500 Shards auf einem Silbertablett serviert, als wäre das …‘ "

Er plappert noch eine Weile so weiter. Welches Codewort hast du angekreuzt?

Despot gehe zu **247**
Defensive gehe zu **211**

185
Es gibt einen blendend hellen Lichtblitz und du erlebst ein kurzzeitiges Gefühl des Vergessens, bevor du mitten in der Luft wieder auftauchst. Du krachst in einen Haufen auf dem Boden hinein. Du rappelst dich wieder auf und blickst dich um, während du aufgrund der plötzlichen Kälte zittern musst.

Du befindest dich in der Großen Steppe.

Gehe zu **668**.

186
Du überzeugst ihn davon, dir zu erzählen, was er über Kaschuf weiß.

„Er hat seine Seele an ein herzförmiges Medaillon gebunden. Das bedeutet, dass er niemals getötet werden kann, solange seine Lebenskraft sicher darin verwahrt ist."

Seine Stimme verblasst zu einem verschwörerischen Flüstern, während er sagt: „Ich weiß, wo es versteckt ist. Auf dem Violetten Meer gibt es eine nicht verzeichnete Insel, direkt nördlich des Zerstörten Tarshesh. Suche dort, finde das Medaillon und öffne es. Dann ist Kaschuf genauso sterblich wie du und ich!"

Nervös eilt er davon.

Du erhältst das Codewort *Dekoration*.

Du verlässt das Dorf. Gehe zu **398**.

187

Das Seil strafft sich in deinen Händen und bringt dich mit einem betäubenden Ruck zum Halt. Du wirst für einen Augenblick bewusstlos und verlierst 1-6 LEBENSKRAFT-Punkte (wirf einen Würfel).

Wenn du noch lebst, kommst du wieder zu dir und stellst fest, dass du zu einem Tunnel in der Felswand hochgezogen wirst.

Ein haariger Dämon begrüßt dich mit einem Lachen, das dir seinen stinkenden Atemhauch ins Gesicht jagt.

„Schön, dass du vorbeigeschneit bist", sagt er.

Du stützt dich an der Tunnelwand ab und wirst dir auf unbehagliche Weise des steilen Abgrunds bewusst, der nur einen Schritt hinter dir liegt.

„Danke. Wer bist du? Und wo bin ich hier?"

Der Dämon stampft übertrieben fröhlich mit seinem riesigen, roten Fuß auf.

„Was meinen Namen betrifft, er lautet Kumba Karna, und ich wage zu behaupten, dass dir das nur sehr wenig sagt. Aber wo du gelandet bist – und das wird dich schockieren –, ist die Unterwelt, das Land der Wurzeln, der Ort der Grässlichen Träume. Kurz gesagt, kleiner Sterblicher, du bist in der Hölle."

Gehe zu **99** in *Das Reich der Dunkelheit*.

Hast du *Das Reich der Dunkelheit* nicht, dann sagt der Dämon: „Und du gehörst hier nicht her – noch nicht!" Er teleportiert dich zurück nach Yarimura.

Gehe zu **10**.

188

Eine kleine Flasche tanzt im nahen Wasser auf und ab. Du nimmst sie an dich, entfernst den Korken und holst einen Zettel aus ihrem Inneren heraus.

Darauf steht eine Nachricht: „Öffne nicht diese Flasche. Und egal, was du tust, lies nicht diese Nachricht."

Du lässt die Flasche und ihren Inhalt sofort fallen, aus Angst, du könntest dir irgendeinen Fluch aufgehalst haben, aber es scheint nichts zu passieren. Verwirrt kehrst du zum Schiff zurück.

Bald kommt die Flut und hebt dein Schiff wieder hoch. Du setzt Segel.

Gehe zu **471**.

189

Der Leichnam liegt auf einem Tornister. Du drehst den Körper behutsam mit dem Fuß herum und nimmst den Tornister an dich. Im Inneren findest du den *Spiegel der Sonnengöttin*.

Die Hohepriesterin im Tempel von Nisoderu in Yarimura hat dich gebeten, den Spiegel zurückzuholen.

Nisoderu muss dich zu dem Spiegel geführt haben, nachdem sie den armen Kerl, der ihn gestohlen hat, verflucht hat. Während du auf den Leichnam blickst, dessen Augen von Vögeln ausgehackt worden sind, musst du über die Gefahren nachdenken, die der Zorn der Götter mit sich bringt.

Gehe zu **698**.

190
„Aber natürlich, mein kleiner Freund", sagt der Dschinn.

Er macht eine Handbewegung und du wirst augenblicklich nach Yarimura teleportiert.

Gehe zu **10**.

191
Ihr setzt Segel und verlasst Bazalek. „Welchen Kurs, Kapitän?", fragt der Steuermann, der immer froh ist, wenn er über seine Schulter blicken kann und sieht, wie das Land hinter ihm kleiner wird.

Gehe zu **310**.

192
„Schön, dich wiederzusehen", sagt Argon. Er meint, dass er ein weiteres Ebenbild von dir anfertigen wird, falls du das willst, aber diesmal kostet dich das 150 Shards.

Um eine Wiederbelebung zu vereinbaren, zahle den Betrag und schreibe „*Himmelsberg – Das Reich des Frosts* **244**" in das Feld Wiederbelebungsvertrag auf deinem Abenteuerblatt. Wirst du irgendwann getötet, dann gehe zu Abschnitt **244** in diesem Buch.

Du kannst nur einen Wiederbelebungsvertrag auf einmal haben. Wenn du irgendwann eine weitere Wiederbelebung vereinbarst, wird die ursprüngliche aufgehoben (streiche sie von deinem Abenteuerblatt). Du erhältst keine Rückerstattung.

Wenn du bereit bist, fliegen dich die Mannekyns zum Fuß des Himmelsbergs.

„Komm bald wieder!", sagt Argon. Gehe zu **668**.

193
Das Feuer stammt von einem Signal auf einer Insel in der Mitte der Bucht. Es ist ein großes Leuchtfeuer, das von Seeleuten aus Yarimura entzündet wurde, um Handelsschiffe sicher durch die Bucht zu leiten.

Die Stadt ist stark vom Handel abhängig und die Katastrophenbucht ist bekannt für Strandräuber und Piraten, die den Handelsschiffen auflauern. Während ihr daran vorbeisegelt, erinnerst du dich an eine Zeit, als Strandräuber als Köder ein anderes Leuchtfeuer entzündet hatten, um Unvorsichtige auf die Felsen zu locken.

Gehe zu **471**.

194
Der Tempel von Amanushi ist ein Kuppelgebäude, das mit einem nächtlichen Dunkelblau bemalt und mit goldenen Sternen gesprenkelt ist. Amanushi ist der Wanderer-im-Schatten, der Meister der Nacht.

Er ist der Gott der Diebe und Meuchelmörder, daher betrachten viele Akatsuresen den Tempel mit Missfallen. Normalerweise würde man den Tempel nicht so offen akzeptieren, aber Amanushi ist seit Menschengedenken der Schutzgott des Clans des Weißen Speeres und nimmt hier in Yarimura eine Ehrenstellung ein.

Werde ein Geweihter von Amanushi	gehe zu	**334**
Sage dich von ihm los	gehe zu	**48**
Bitte um Segen	gehe zu	**447**
Verlasse den Tempel	gehe zu	**58**

195 ☐

Ist das Kästchen angekreuzt, gehe sofort zu **624**. Wenn nicht, kreuze es jetzt an und lies weiter.

Du befindest dich auf einer Art Kai, das aus den blanken Felsen hinter dir herausragt. Du blickst auf die gähnende Kluft aus schwarzer Nacht hinaus, die mit Sternen gesprenkelt ist wie schwarzer Samt mit Juwelen. Eine Silberbarke, die in der Luft schwebt, ist am Kai vertäut, als würde sie auf einen Passagier warten.

Du blickst nach unten und siehst etwas, das man nur als himmlischen Hafen bezeichnen kann. Schiffe mit silbernen Segeln liegen hier vor Anker. Du kannst auch einen riesigen Durchgang ausmachen, der sich weiter unten in der blanken Felswand befindet: Es ist ein Eingang in die Unterwelt unterhalb von Harkuna.

Du hast die Tore der Unterwelt erreicht. Erhöhe deine Fähigkeit NATURWISSEN dauerhaft um 1. Bist du ein Wanderer, steigst du zudem eine Stufe auf. Wirf einen Würfel und erhöhe deinen Maximalwert an LEBENSKRAFT dauerhaft um die geworfene Augenzahl.

Du findest außerdem eine Nische in der Felswand. Es ist ein Schrein zu Ehren Nagils, dem Todesgott. Darin befindet sich ein goldener Stab mit einem großen Diamanten an seinem

Ende. Es ist ein *heiliger Stab der Teleportation*. Er besitzt drei Ladungen. Vermerke den „*heiligen Stab der Teleportation* (3 Ladungen) – *Das Reich des Frosts* **685** *(nur Tempel)*" auf deinem Abenteuerblatt. Du kannst ihn nur benutzen, wenn du dich in einem Tempel befindest (egal welchem), denn er benutzt göttliche Macht als Energiequelle. Wenn du ihn einsetzt, dann gehe zu Abschnitt **685** in diesem Buch.

Wenn du die Silberbarke besteigen möchtest, dann wird sie dich in den himmlischen Hafen befördern. Gehe zu *Das Reich der Dunkelheit* **199**.

Hast du *Das Reich der Dunkelheit* nicht oder willst du dort nicht hin, dann kommst du nur mit dem Stab (oder etwas Ähnlichem) von hier weg. Er kann hier benutzt werden, da der Schrein als Tempel von Nagil zählt.

196

Der *Grünspanschlüssel* öffnet die verschlossene Falltür. Du steigst einige Stufen in eine viereckige Kammer hinab, in der es mehrere Türen gibt. Es sind Teleportationstüren – tritt durch eine hindurch und du wirst zu dem Ort gebracht, der dahinter zu sehen ist.
Durch welche Tür wirst du gehen?

Metriciens	*Das Reich des Goldes*	**48**
Der Fuß des Himmelsbergs	gehe zu	**85**
Dweomer	*Die Meere des Schreckens*	**100**
Aku	*Das Reich der Masken*	**10**
Chambara	*Das Reich der aufgehenden Sonne*	**79**
Caran Baru	*Das Reich des Krieges*	**400**
Die Insel der Geheimnisse	gehe zu	**121**

Wenn du durch keine davon gehen willst oder die betreffenden Bücher nicht hast, dann gehe zurück zu **499** und triff eine andere Wahl.

197
Er fällt tot vor deine Füße. Die anderen Gäste haben den Kampf beobachtet, aber sobald er vorbei ist, wenden sie sich wieder unbekümmert ihren Getränken zu – in der Diebesküche ist ein Menschenleben nicht viel wert.

Die dicke Frau ist verschwunden, aber du findest 12 Shards bei der Leiche des Nomaden.

Eine Gruppe Nomaden fängt nun an, dich mit unfreundlichen Blicken zu beobachten. Es wird Zeit, zu verschwinden.

Gehe zu **10**.

198
Du erhältst das Codewort *Diamant*.

Der Hochkönig mustert dich von oben bis unten. „Jemanden wie dich hätte ich nicht erwartet", sagt er. „Dennoch, das Schicksal hat gesprochen."

Er befiehlt dir, dich hinzuknien, und berührt deine Schulter mit seinem Streitkolben. Du steigst eine Stufe auf. Wirf einen Würfel. Addiere das Ergebnis dauerhaft zu deinem Maximalwert an LEBENSKRAFT.

Dann tritt er zurück und breitet seine Arme aus.

„Wacht auf, meine Paladine!", gebietet er.

Die schlafenden Krieger beginnen sich zu rühren. Sie erheben sich scheppernd auf ihre Beine und knien vor den Füßen ihres Lehnsherrn nieder.

„Nun ist der Augenblick unserer Wiedergeburt gekommen! Wir werden Harkuna befreien und die Uttakiner werden den Zorn meiner Rache zu spüren bekommen."

Zwei seiner Paladine heben eine der Steinplatten beiseite. Darunter führt eine Treppe in die Tiefen hinab. Die Paladine steigen nach unten, gefolgt vom Hochkönig. Er wendet sich dir ein letztes Mal zu.

„Da, wo wir hingehen, kannst du uns nicht folgen. Es wäre dein sicherer Tod. Aber komme bald zu mir. Du findest mich auf meinem Sitz in Harkuna. Auf Wiedersehen, Freund."

Mit diesen Worten verschwindet er.

Als du erneut hinschaust, ist die Treppe weg. Du gehst durch die Tunnel zurück, welche jetzt, wo der Hochkönig erwacht ist und die geisterhafte Eiskönigin ihre Ruhe gefunden hat, zu schmelzen beginnen.

Gehe zu **687**.

199

Hast du das Codewort *Dämon*, gehe sofort zu **485**. Wenn nicht, lies weiter.

Der Turm von Bakhan ist ein großes, abweisendes Gebäude. Du klopfst an die mit Wasserspeiern verzierten Türen und wirst in einen dunklen, schattigen Raum geführt. Du sitzt an einem Tisch, an dessen anderem Ende eine unförmige Gestalt kauert, die in fließende Gewänder gehüllt ist und die du im Dunkeln kaum sehen kannst.

„Ich bin Bakhan", krächzt eine Stimme. Du siehst und hörst, wie sich die Gewänder bewegen und rascheln, so als würde sich ihre Gestalt verändern. Nach einigen Minuten spricht die Stimme erneut und klingt diesmal ganz anders.

„Ich bin verflucht worden. Jede Stunde verändert sich mein Aussehen zufällig in eine grässliche Gestalt oder Kreatur, die deine Seele verderben würde, falls dein Auge darauf fällt. Aber hab keine Angst, ich werde dir nicht wehtun."

Bakhan sucht schon seit Jahren nach Wegen, um Flüche zu bekämpfen. Wenn auf dir ein Fluch lastet (etwa der Fluch der Shadar), dann kann ihn Bakhan für dich aufheben, aber das kostet dich 100 Shards.

„Du scheinst sehr tapfer zu sein", quakt Bakhan. „Ich brauche eine Hexenhand und einen Papageipilz, falls ich meinen eigenen Fluch aufheben will. Bring mir diese Dinge und ich werde dich belohnen."

Wenn du eine *Hexenhand* und einen *Papageipilz* hast, gehe zu **691**. Wenn nicht, musst du gehen. Gehe zu **10**.

200
Du findest einen Ziegenpfad, der nach oben in die Berge führt.

Reise nach Norden in die Steppe	gehe zu	**266**
Nach Süden in die Berge	Das Reich des Goldes	**351**

201

Du segelst in den Küstengewässern nahe der Stadt Yarimura. Im Osten erstreckt sich das Meer bis zum Horizont.

Wirf zwei Würfel:
    Ergebnis 2-4:   Sturm   gehe zu **642**
    Ergebnis 5-12:   Eine ruhige Reise   gehe zu **580**

202

Wildpferde stürmen aus der dämmrigen Dunkelheit heran und donnern auf dich zu. Die Herde wird von einem riesigen, schwarzen Hengst angeführt, dessen glänzende Flanken im blassen Schein des Vollmonds zu leuchten scheinen.

Mache einen HEILIGKEITS-Wurf mit dem Schwierigkeitsgrad 14.

Erfolgreicher HEILIGKEITS-Wurf	gehe zu	**86**
Misslungener HEILIGKEITS-Wurf	gehe zu	**694**

203

Du entfesselst eine Feuerwand. Vulcis Glut setzt ebenfalls Feuer frei und die beiden Wände krachen in der Mitte der Arena aufeinander, wo sie ein wahres Inferno entfachen.

Vulcis Glut ist in der Feuermagie jedoch erfahrener als du, denn seine brennende Wand überdauert deine. Du kannst deinen Zauber nicht aufrechterhalten und die Flammen rauschen mit solcher Geschwindigkeit auf dich zu, dass du ihnen nicht gänzlich entkommen kannst.

Wirf zwei Würfel. Du verlierst entsprechend viele LEBENSKRAFT-Punkte, als dich die Flammen verbrennen.

Deine LEBENSKRAFT sinkt auf null	gehe zu	**7**
Du überlebst	gehe zu	**81**

204

Weit unter dir siehst du einen Hafen, wo Schiffe mit Metallsegeln aufs Meer der Dunkelheit hinausgleiten. Die Sternenfahrer sehen aus wie gewöhnliche Seeleute, nur dass ihre Kleidung hier im himmlischen Licht glänzt.

Du kommst an einen Felsvorsprung. In der Luft neben diesem Vorsprung schwebt eine Silberbarke, die mit seltsamen, eckigen Glyphen übersät ist. Sie ist unbemannt.

Klettere wieder nach oben	gehe zu	**423**
Besteige die Barke	gehe zu	**3**

205
Ein Händler aus Golnir ist dazu bereit, dich ins Kaiserliche Chambara zu bringen, aber du brauchst *Das Reich der aufgehenden Sonne*, um dort hinzureisen. Hast du dieses Buch, dann streiche die 65 Shards weg und gehe zu *Das Reich der aufgehenden Sonne* **79**.

Wenn nicht, gehe zu **141**.

206
Die Mannschaft weigert sich strikt, auf den Grenzenlosen Ozean zu segeln.

„Da draußen gibt es kein Land und das Meer wimmelt nur so von Dämonen aus der Tiefe – wenn wir zu weit fahren, fallen wir vom Rand der Welt!", sagt der erste Maat.

Dir bleibt keine andere Wahl, als dein Reiseziel zu überdenken. Gehe zu **236** und triff eine andere Wahl.

207
Es ist, als würden die Pferde absichtlich versuchen dich niederzutrampeln. Du kannst den meisten von ihnen ausweichen, aber eines rammt dich und wirft dich zu Boden. Du verlierst 1-6 LEBENSKRAFT-Punkte.

Wenn du noch lebst, donnert die Herde in die dunkler werdende Nacht davon.

Du rappelst dich wieder auf. Gehe zu **666**.

208
Die Männer sind von deiner Entscheidung verunsichert, aber sie stimmen zu. Ihr fahrt zur Linken an dem fernen Leuchtfeu-

er vorbei. Die Mannschaft vertraut darauf, dass du das Schiff sicher durch die Katastrophenbucht navigierst.

Mache einen NATURWISSEN-Wurf mit dem Schwierigkeitsgrad 14. Du darfst eins zu dem Wurf addieren, wenn deine Mannschaft gut oder ausgezeichnet ist. Du darfst ebenfalls eins addieren, wenn du eine *Seemannskarte* hast.

Erfolgreicher NATURWISSEN-Wurf	gehe zu **471**
Misslungener NATURWISSEN-Wurf	gehe zu **594**

209

Du und Luroc, ihr steht unter irgendeinem Zauber, der euch so wütend und zornig macht, dass ihr an nichts anderes mehr denken könnt, als euch gegenseitig zu töten.

Du musst gegen Luroc Bans kämpfen.

Luroc Bans:
KAMPFKRAFT 7, VERTEIDIGUNG 6, LEBENSKRAFT 11

Du siegst	gehe zu **391**
Du verlierst	gehe zu **7**

210 ❑

Ist das obige Kästchen leer, kreuze es an und gehe zu **128**. Ist es bereits angekreuzt, gehe zu **570**.

211

Mehrere Tage vergehen. Du erhältst Nahrung und Wasser, aber Grilb wird immer angespannter und du beginnst dir Sorgen um deine Sicherheit zu machen. Schließlich kommt ein Brief aus Marlockstadt in Sokara. Grilb liest ihn dir mit grimmiger Miene vor.

„General Gram Marlock verhandelt nicht mit Terroristen. Euer Gefangener ist nicht mein Problem."

General Marlock hat dich im Stich gelassen, obwohl du für ihn die dreckige Arbeit erledigt und Nergan Corin und Beladai beseitigt hast. Und das nur, um lausige 500 Shards zu sparen.

Grilb sagt: „Wenn du das Lösegeld selbst zahlen kannst, dann lasse ich dich gehen. Wenn nicht …"

Deine einzige Hoffnung besteht jetzt darin, dass du noch 500 Shards bei der Bank in Yarimura hast. Gehe zu **600**, hebe das Geld ab (sofern du es hast) und wähle dann die Option „Bezahle ein Lösegeld".

212

Du flitzt an ihnen vorbei und rennst um dein Leben. Sie laufen dir hinterher, aber du kannst die Diebesküche verlassen und sie geben die Verfolgung auf.

Gehe zu **10**.

213

Der Händler ist ein Fallensteller der Nomaden, der auf dem Weg nach Yarimura ist. Er verkauft dir für 75 Shards ein *Wolfsfell*, falls du eines haben willst.

Wenn du bereit bist, gehe zu **144**.

214

Man erklärt dir die Regeln. Als Magier wirst du feststellen, dass es dir die mystische Energie, die vom Sternensteinboden der Arena ausgeht, ermöglicht, drei Arten von Machtwänden zu beschwören: Feuer, Wasser und Dornen. Der Trick liegt darin, deinen Gegner mit einer Energiewand zu überraschen, die seine Wand zerstört und dann auf ihn selbst einwirkt. Du musst zwei Gegner besiegen, um Arena-Champion zu werden.

Schon bald stehst du auf dem flachen Marmorfeld des leuchtenden Sternensteins deiner ersten Gegnerin gegenüber. Ihr Name ist Dialla Erdtochter, eine Zauberin von der Insel der Druiden im Süden. Eine Trommel wirbelt und signalisiert den Beginn des Wettkampfs. Du spürst die Macht, die vom Boden ausgeht, und weißt instinktiv, wie du sie einsetzen musst.

Feuerwand	gehe zu	**4**
Wasserwand	gehe zu	**37**
Dornenwand	gehe zu	**60**

215

Der Schlangendämon zischt auf schreckliche Weise und stirbt. Wenn du in diesem Kampf verwundet worden bist, dann hast du eine Vergiftung davongetragen.

Das Gift ist nicht tödlich, aber es hat die Muskeln auf einer Seite deines Gesichts und in deiner linken Hand gelähmt. Notiere dir, dass du vergiftet worden bist, und verringere deine Fähigkeiten CHARISMA und KAMPFKRAFT jeweils um eins, bis du eine Möglichkeit zur Heilung gefunden hast.

Du erhältst das Codewort *Dämmerung*.

Am anderen Ende der Halle findest du eine große Grabtafel. Auf ihr steht: „Hier liegt Xinoc der Priesterkönig, in den Himmel erhoben."

In der Tafel ist ein kleines Loch.

Wenn du einen *Obsidianschlüssel* hast, gehe zu **434**. Wenn nicht, kannst du hier nichts weiter tun.

Besuche die Höhle der Glocken	gehe zu	**657**
Besuche das Gewölbe der Shadar	gehe zu	**107**
Verlasse die Stadt der Ruinen	gehe zu	**266**

216

Du kommst sicher hinüber, aber deine Männer weigern sich, es auch nur zu versuchen. Es hat keinen Sinn, sie für ihre Feigheit zu schelten; nicht alle Männer besitzen das Herz eines Helden. Du begibst dich am Flussufer entlang.

Gehe zu **467**.

217

Er tut dein Flehen mit einem Schulterzucken ab und eilt davon, während er leise vor sich hin murmelt. Dir bleibt nichts anderes übrig, als das Dorf zu verlassen.

Gehe zu **398**.

218

Du erhältst das Codewort *Defensive*.

Du hast deine Mission vollendet und sogar überlebt. Du kehrst in die Zitadelle zurück und wirst vor Orin Telana, den Kommandanten, gebracht. Er ist mehr als erfreut, dich zu sehen.

„Beladai ist tot und seine Armee ist in alle vier Winde zerstreut. Du hast Sokara einen großen Dienst erwiesen."

Telana belohnt dich mit einem der folgenden Gegenstände (wähle selbst):

Schwert der Shadar (KAMPFKRAFT +3)
Heiliges Goldsymbol (HEILIGKEIT +3)

Verzauberte Flöte (CHARISMA +3)
Sextant (NATURWISSEN +3)
Kobalt-Zauberstab (ZAUBERKRAFT +3)
Handschuhe des Sig (DIEBESKUNST +3)

Wenn du fertig bist, erzählt dir der Kommandant, dass dich Gram Marlock, der Herrscher von Sokara, in seinem Palast in Marlockstadt sehen möchte.

Es wird Zeit, die Zitadelle zu verlassen.

Richtung Norden in die Steppe	gehe zu **145**
Richtung Süden nach Sokara *Das Reich des Krieges*	**271**

219

Als du dir den Helm auf den Kopf setzt, tauchen Dutzende weitere der Menschenbestien auf. Dein Blick verschwimmt und dein Kopf beginnt zu hämmern. Der Helm stellt eindeutig etwas mit deinem Verstand an – und es tut weh!

Mache einen ZAUBERKRAFT-Wurf mit dem Schwierigkeitsgrad 14.

Erfolgreicher ZAUBERKRAFT-Wurf	gehe zu	**401**
Misslungener ZAUBERKRAFT-Wurf	gehe zu	**677**

220

Die Händlergilde ist ein Kuppelgebäude aus rotem Stein. Im Inneren belegen üppige Wandteppiche und feine Möbel den Reichtum und die Macht der Gilde in Yarimura.

Du kannst hier Geld deponieren, um es sicher zu verwahren, oder du investierst in die Unternehmungen der Gilde und hoffst dabei Gewinn zu machen.

Mache eine Investition	gehe zu	**526**
Überprüfe deine Investitionen	gehe zu	**355**
Zahle Geld ein oder hebe es ab	gehe zu	**600**
Kehre ins Stadtzentrum zurück	gehe zu	**10**

221

Du kletterst eine senkrechte Felswand hinauf. Es gibt viele Risse, in denen du dich festhalten kannst, aber der Frost macht jeden Schritt gefährlich.

Mache einen NATURWISSEN-Wurf mit dem Schwierigkeitsgrad 14. Du darfst 1 zu der gewürfelten Zahl addieren, wenn du ein *Seil* hast, oder 2, wenn du eine *Bergsteigerausrüstung* hast.

Erfolgreicher NATURWISSEN-Wurf	gehe zu	**45**
Misslungener NATURWISSEN-Wurf	gehe zu	**556**

222

Wenn du den Titel *Hatamoto* besitzt, gehe sofort zu **276**. Wenn nicht, lies weiter.

Du wirst dazu gezwungen, auf einem yarimurer Kriegsschiff zu rudern. Die nächsten sechs Monate sind wirklich hart, auch wenn du die Chance erhältst, dich ein bisschen zu erholen (stelle 6 LEBENSKRAFT-Punkte wieder her). Die Lebensspanne eines yarimurer Schiffssklaven ist nicht lang.

Ständiges Auspeitschen, mieses Essen und eine Existenz, festgekettet an einer Ruderbank, schwächen dich zusehends. Du verlierst eine Stufe. Wirf einen Würfel und ziehe den Wert dauerhaft von deiner maximalen Lebenskraft ab.

Nach vielen Schlachten auf See wird dein Schiff von Piraten übernommen, die von den Ungezählten Inseln aus dem Violetten Meer stammen.

Gehe zu **27**.

223

Wenn du ein Geweihter bist, kostet dich Nisoderus Segen nur 10 Shards. Ein Nichtgeweihter muss 25 Shards zahlen. Streiche das Geld weg und notiere dir „HEILIGKEIT" im Feld Segnungen auf deinem Abenteuerblatt. Die Segnung erlaubt es dir, erneut zu würfeln, wenn dir ein HEILIGKEITS-Wurf misslingt. Die Segnung reicht für einen Wiederholungsversuch. Wenn du die Segnung benutzt, dann streiche sie von deinem Abenteuerblatt. Du darfst zu jedem Zeitpunkt nur eine HEILIGKEITS-Segnung auf einmal haben. Sobald diese verbraucht ist, kannst du zu jedem Zweig des Tempels von Nisoderu zurückkehren, um eine neue zu erwerben.

Wenn du hier fertig bist, gehe zu **89**.

224

Du befindest dich tief in der westlichen Steppe und die Nacht bricht herein. Im Westen siehst du etwas am Horizont glitzern

– den Raureifsee. Im Süden erheben sich die Berge des Gebirgsgrats von Harkun zum Himmel hinauf.

Du bist nicht weit genug im Norden, damit die Kälte zu einem ernsthaften Problem wird, dennoch musst du nach Nahrung jagen. Mache einen NATURWISSEN-Wurf mit dem Schwierigkeitsgrad 11. Hast du Erfolg, erlegst du eine Bergziege, die du essen kannst. Scheiterst du, musst du hungern und verlierst 1 LEBENSKRAFT-Punkt.

Wenn du noch lebst, brichst du am Morgen wieder auf.

Nach Osten	gehe zu	**266**
Nach Norden	gehe zu	**29**
Nach Westen zum Raureifsee	gehe zu	**320**
Erklimme die Berge im Süden	gehe zu	**100**

225

Du bittest die Wachen am Tor, dich nach Nerech hinauszulassen. Als die Tore aufschwingen, tritt ein Priester von Nagil, dem Gott des Todes, nach vorn und gibt dir die letzte Ölung.

„Ich bin noch nicht tot!", rufst du und tippst dem Priester gegen die Brust.

„Aber so gut wie", murmelt er inmitten seines Todesgesangs von Nagil.

Kehre um	*Das Reich des Krieges*	**472**
Wage dich hinaus	gehe zu	**32**

226

Du wanderst durch schneebedecktes Ödland. Im Norden erheben sich die Gipfel am Rande der Welt. Diese unwirtlichen Berge sind hier vollkommen unpassierbar. Du schätzt, dass du irgendwo zwischen der Pyramide des Xinoc und der Rubinroten Zitadelle sein musst.

Wenn du ein *Wolfsfell* hast, dann hilft es dir dabei, dich warmzuhalten. Hast du keines, verlierst du aufgrund der Kälte 1 LEBENSKRAFT-Punkt.

Nach Westen	gehe zu **472**
Nach Osten	gehe zu **535**
Nach Süden	gehe zu **383**

227
Du schneidest dir in den Arm. Die Hexe, welche böse lächelt, gleitet mit ihrer Hand über dein Blut, während dieses aus der Wunde rinnt. Es verwandelt sich in flüssiges Gold und tropft zu Boden. Für jeden LEBENSKRAFT-Punkt, den du bereit bist zu opfern, erhältst du 10 Shards.

Wenn du fertig bist, verschwindet Ruzbahn mit Szgano in der Nacht.

Gehe zu **472**.

228
Du hast durch deinen Kampf in der Arena viel dazugelernt. Du steigst eine Stufe auf (vermerke dies auf deinem Aktionsblatt). Wirf einen Würfel und addiere das Ergebnis zu deinem Maximalwert an LEBENSKRAFT. Denk daran, dass sich durch den

Stufenaufstieg auch deine Verteidigung erhöht. Die Zuschauer bejubeln deinen Sieg – notiere dir den Titel „Arena-Champion" im Feld Titel und Ehrungen.

Gehe jetzt zu **274**.

229

Die anderen Krieger knurren, doch ihre Ehre verbietet es ihnen, einzugreifen. Die einleitenden Finten und Beinbewegungen verraten dir, dass du es mit einem gerissenen Kämpfer zu tun hast.

Mache einen KAMPFKRAFT-Wurf mit dem Schwierigkeitsgrad 14.

Erfolgreicher KAMPFKRAFT-Wurf	gehe zu	**80**
Misslungener KAMPFKRAFT-Wurf	gehe zu	**379**

230

Du wirst auf halbem Weg den Turm hinauf von einem aufmerksamen Wächter erspäht. Du bist gefangen wie eine Fliege in der Falle. Man ruft eilig Bogenschützen herbei und sie schießen dich vom Himmel, so dass du im Palasthof in dein Verderben stürzt.

Gehe zu **7**.

231

Der Pferdemarkt ist ein großer, offener Viehhof, wo Händler die besten Pferde aus den Ebenen verkaufen. An den Rändern gibt es Stände, wo traditionellere Waren verkauft werden. Wenn du den Fluch von Tambu hast, dann notiere dir die Ziffer dieses Abschnitts (**231**) und gehe zu **12**. Andernfalls kannst du den Markt besuchen

Rüstungen	Kaufpreis	Verkaufspreis
Lederrüstung (VERTEIDIGUNG +1)	50 Shards	45 Shards
Panzerhemd (VERTEIDIGUNG +2)	100 Shards	90 Shards
Kettenrüstung (VERTEIDIGUNG +3)	200 Shards	180 Shards
Schienenpanzer (VERTEIDIGUNG +4)	400 Shards	360 Shards
Schuppenpanzer (VERTEIDIGUNG +5)	–	720 Shards

Waffen (Schwert, Axt, usw.)	Kaufpreis	Verkaufspreis
Ohne KAMPFKRAFT-Bonus	50 Shards	40 Shards
KAMPFKRAFT-Bonus +1	250 Shards	200 Shards
KAMPFKRAFT-Bonus +2	–	400 Shards
KAMPFKRAFT-Bonus +3	–	800 Shards

Magische Ausrüstung	Kaufpreis	Verkaufspreis
Bernstein-Zauberstab (ZAUBERKRAFT +1)	500 Shards	400 Shards
Ebenholz-Zauberstab (ZAUBERKRAFT +2)	–	800 Shards

Weitere Gegenstände	Kaufpreis	Verkaufspreis
Flöte (CHARISMA +1)	300 Shards	270 Shards
Dietriche (DIEBESKUNST +1)	300 Shards	270 Shards
Heiliges Symbol (HEILIGKEIT +1)	200 Shards	100 Shards
Kompass (NATURWISSEN +1)	500 Shards	450 Shards
Seil	50 Shards	45 Shards
Laterne	100 Shards	90 Shards
Bergsteigerausrüstung	100 Shards	90 Shards
Wolfsfell	100 Shards	90 Shards
Perlenbeutel	–	100 Shards
Silberklumpen	–	200 Shards

Wenn du bereit bist, gehe zu **10**.

232

Du erzählst ihnen, dass du Aufklärung für die sokaranische Armee betreibst, aber sie stellen dir detaillierte Fragen, die du nicht beantworten kannst. Du wirst festgenommen und zum Verhör in die Zitadelle gebracht.

Hast du das Codewort *Drohung* oder *Assistent*, gehe zu **661**. Hast du keines dieser Codewörter, lies weiter.

Die Sokaraner sind misstrauisch und foltern dich während des Verhörs. Du verlierst 1-6 LEBENSKRAFT-Punkte (wirf einen Würfel). Wenn du noch lebst, dann hast du ihnen nichts zu sagen und sie lassen dich schließlich frei.

Gehe zu **145**.

233

Du hast keine Ahnung, was die Runen bedeuten. Du weißt auch, dass du niemals den Weg wiederfinden wirst, den du gekommen bist. Durch welchen Tunnel wirst du gehen?

Tunnel eins	gehe zu **656**
Tunnel zwei	gehe zu **518**
Tunnel drei	gehe zu **402**
Tunnel vier	gehe zu **623**

234

Du wanderst durch die Ebene, eine Weite aus scheinbar endlosem Grasland und ohne besondere Merkmale.

Wirf zwei Würfel:

Ergebnis 2-5:	Eine alte Ruine	gehe zu	**491**
Ergebnis 6-7:	Kein Ereignis	gehe zu	**144**
Ergebnis 8-12:	Ein unglücklicher Händler	gehe zu	**326**

235

Dein Versuch, zu singen, ist so mies, dass er die Königin nur noch zorniger macht.

Gehe zu **110**.

236

Du segelst vor der Küste südlich von Nerech.

Nach Nordosten		gehe zu	**120**
Nach Osten		gehe zu	**206**
Nach Südwesten an der Küste entlang	Das Reich des Krieges		**190**
Nach Süden	Das Reich des Krieges		**136**

237

Du erblickst den Glockenturm, wo du den Geist von Khotep dem Wächter gebannt hast. Er ist jetzt leer, also setzt du deinen Weg fort.

Gehe zu **92**.

238

Deine drei Angreifer schwingen lange, dünne Dolche. Du musst sie wie einen einzelnen Gegner bekämpfen.

Drei Mordgesellen:
KAMPFKRAFT 8, VERTEIDIGUNG 7, LEBENSKRAFT 17

Wenn sie dich verwunden, gehe zu **184**. Wenn du sie besiegen kannst, ohne ein einzigen Punkt an LEBENSKRAFT zu verlieren, gehe zu **150**.

239

Du springst behände auf den glänzenden, schwarzen Rücken des Hengsts. Das Tier wird dich an jeden Ort der Ebene bringen, zu dem du möchtest, und dann in den Himmel davongaloppieren.

Yarimura	gehe zu **280**
Stadt der Ruinen	gehe zu **266**
Raureifsee	gehe zu **320**
Tigerbucht	gehe zu **669**
Rubinrote Zitadelle	gehe zu **535**
Nahe Beladais Lager	gehe zu **145**
Steige ab und bleibe hier	gehe zu **666**

240

Die Seesoldaten und Hordeth ziehen sich auf die Meereszentaur zurück. Du und deine Mannschaft, ihr seid zu müde, um sie zu verfolgen, und Hordeth dreht ab.

„Ich kriege dich nächstes Mal, du dreckiges Schwein!", brüllt er zum Abschied.

Die Meereszentaur segelt davon, so dass ihr eure Reise fortsetzen könnt.

Gehe zu **236**.

241
Du erhältst das Codewort *Drohung*.

„Das ist gut", pfeift Lek.

Der Trau in der Ecke grinst breit.

Beladai legt seine Hand auf deine Schulter und schaut dir mit seinem stählernen Blick in die Augen.

„Enttäusche uns nicht und möge Tyrnai dich leiten", flüstert er.

„Wir werden jede Nacht im Schutz der Dunkelheit eintausend unserer besten Soldaten so nah an die Tore heranbringen wie möglich, ohne dass sie entdeckt werden. Sobald sich die Tore öffnen, erstürmen sie die Zitadelle."

Hast du das Codewort *Dunkelheit*, gehe zu **709**. Wenn nicht, dann verlässt du das Lager.

Gehe zu **145**.

242
Schutzgeneral Marlock hat dich geschickt, um mit dem Kommandanten der Zitadelle zu sprechen. Du zeigst den Wachen die Genehmigung des Generals und ihr Verhalten wandelt sich von herablassender Verachtung zu höflicher Aufmerksamkeit. Du wirst in die Zitadelle eskortiert.

Gehe zu **295**.

243 ❑
Ist das Kästchen angekreuzt, gehe sofort zu **193**. Wenn nicht, dann kreuze es jetzt an und lies weiter.

Durch den grauen Himmel und den strömenden Regen hindurch kannst du in der Ferne gerade so ein helles, orangefarbenes Feuer ausmachen.

„Das ist ein Leuchtfeuer", sagt der erste Maat. „Es soll Schiffe durch die felsigen Riffe der Bucht lotsen. Wir sollten direkt darauf zuhalten – auf diese Weise können wir die gefährlichen Stellen umfahren, Käpt'n."

Du überprüfst deine Karten dieser Gegend.

Mache einen NATURWISSEN-Wurf mit dem Schwierigkeitsgrad 12. Du darfst eins zum Wurf addieren, wenn du eine *Seemannskarte* hast.

Erfolgreicher NATURWISSEN-Wurf	gehe zu	**8**
Misslungener NATURWISSEN-Wurf	gehe zu	**46**

244
Du wachst hustend und prustend auf. Du bist in einem von Argons Lebensbottichen auf dem Himmelsberg wieder zum Leben erwacht.

Die Gegenstände und das Geld, das du zum Zeitpunkt deines Todes bei dir getragen hast, sind weg. Streiche sie von deinem Abenteuerblatt. Deine LEBENSKRAFT steigt jedoch wieder auf ihren Maximalwert. Denke auch daran, den Eintrag im Feld Wiederbelebungsvertrag zu entfernen, da dieser jetzt verbraucht ist.

„Wir sind wohl auf Ärger gestoßen, was?", fragt Argon, während er dir aus dem Bottich hilft.

Gehe zu **192**.

245

Du weichst unfreiwillig zurück, als ihre nachtschwarzen Klauen mit übernatürlicher Schnelligkeit nach deiner Kehle greifen. Dann erstarren sie.

„Ich rieche Elfenmet!", sagt einer.

„Tja, dann wird er gleich mir gehören", sagt der andere.

„Oh nein!", sagt der Erste. „Diesmal bin ich dran."

Du stellst den Krug *Elfenmet* auf den Boden (streiche ihn von deinem Abenteuerblatt). Die Trau betrachten ihn, dann schauen sie sich gegenseitig an. Sie werfen sich ein animalisches Grinsen zu, stürzen sich aufeinander und ein schattenhafter Kampf beginnt.

Es scheint, als hätten sie dich vollkommen vergessen. Wohin wirst du jetzt gehen?

Nach Norden Richtung Yarimura	gehe zu **280**
Nach Westen in die Ebene	gehe zu **234**
Nach Süden	gehe zu **145**
In das Loch der Trau	gehe zu **94**

246

Es ist keine angenehme Erfahrung, bei den Nomaden zu stehen, während sie ihrem Gefangenen beim Sterben zusehen. Du weißt jedoch, dass es eine Beleidigung für sie wäre, falls du dich angewidert zeigen würdest – und du hast nicht den

Wunsch, dich dem armseligen Mann anzuschließen, während er sich stöhnend seinem unvermeidlichen Ende entgegenkrümmt.

Die Krieger geben dir etwas Dörrfleisch aus ihren Satteltaschen, welches du mit starkem, herbem Kvass hinunterspülst. Wenn du verletzt bist, erhältst du 1 LEBENSKRAFT-Punkt zurück, und wenn du ein Wanderer bist, erhöht sich dein CHARISMA um 1 Punkt, weil du etwas über die seltsamen Bräuche der Nomaden gelernt hast.

Ihr Opfer stirbt schließlich. Die Nomaden grunzen zufrieden, springen in ihre Sättel und reiten davon.

Gehe zu **52**.

247

Mehrere Tage vergehen. Du erhältst Nahrung und Wasser, aber Grilb wird immer angespannter und du beginnst dir Sorgen um deine Sicherheit zu machen. Dann taucht Hauptmann Vorkung auf, der Helfer von König Nergan von Sokara. Er spricht mit Grilb und Geld wechselt seinen Besitzer.

„Auf Wiedersehen, mein teurer Freund", sagt dir Grilb zum Abschied. „Du kannst jederzeit wieder vorbeischauen!"

Seine zwei angeheuerten Schläger lachen auf grausame Weise und dann sind sie weg.

„Ah, es ist traurig, dich in derartigen Schwierigkeiten zu sehen, ein Opfer von Abschaum wie diesem", sagt Vorkung, als er deine Fesseln löst. „Aber König Nergan würde niemals den

Champion des Königs und den Retter der Zitadelle im Stich lassen. Genauso wenig ich."

Hauptmann Vorkung gibt dir ein *Schwert* und ein *Panzerhemd* (VERTEIDIGUNG +2), um dir wieder auf die Beine zu helfen. Du genießt ein paar Bier mit ihm in einer örtlichen Schenke, bevor er wieder zurück zur Zitadelle muss.

Du bleibst in Yarimura.

Gehe zu **10**.

248

Blaukappe fällt tot zu Boden. Wenn du willst, kannst du seine *Spitzhacke* mitnehmen.

Du gehst weiter den Tunnel entlang. Nach einer Weile kommst du in eine große, runde Kammer aus bearbeitetem Stein, an deren Wänden Fahnen hängen.

Flache Steinplatten sind an ihren Rändern angeordnet. Auf ihnen ruhen Krieger, die goldene Rüstungen tragen und mit ihren Panzerhandschuhen lange Zweihandschwerter festhalten. Sie scheinen zu schlafen.

Gehe zu **75**.

249

Du hältst an, um zu rasten. Nach einer Weile erblickst du den alten Diener, Kevar. Er zieht etwas Wasser aus dem Dorfbrunnen herauf.

Als du zu ihm gehst, um ihn zu befragen, tritt er überrascht zurück und ruft: „Nein, nein, ich kann nicht mit dir reden, mein Leben ist mehr wert als das!"

Mache einen CHARISMA-Wurf mit dem Schwierigkeitsgrad 12.

Erfolgreicher CHARISMA-Wurf	gehe zu **186**
Misslungener CHARISMA-Wurf	gehe zu **217**

250

Du wirst in Yarimura im Tempel von Nisoderu, der Göttin der Aufgehenden Sonne, wieder zum Leben erweckt. Deine LEBENSKRAFT steigt wieder auf ihren Maximalwert. Die Gegenstände und das Geld, das du zum Zeitpunkt deines Todes bei dir getragen hast, sind weg. Streiche sie von deinem Abenteuerblatt. Denke auch daran, den Eintrag im Feld Wiederbelebungsvertrag zu entfernen, da du von diesem jetzt Gebrauch gemacht hast.

Die Hohepriesterin schwitzt aufgrund der Hitze der eintausend Kerzen, die man in einem speziellen, rituellen Muster um dich herum aufgestellt hat. Sie sagt: „Nisoderu hielt es für angebracht, ihr Licht in das Land der Toten scheinen zu lassen, damit wir deine Seele finden und sie zurückholen konnten."

Sobald du bereit bist, gehe zu **89**.

251

Als du dich dem Hügel näherst, tritt etwas in deinen Weg. Es sieht aus wie ein Mensch, aber seine Glieder sind seltsam verdreht und seine Hände enden in langen, schwarzen Klauen. Es ist von verfilztem, grauem Fell bedeckt und trägt nichts außer einem kunstvollen Eisenhelm, der dem Kopf eines Vogels ähnelt und sein Haupt komplett verbirgt. Im Inneren des Helms blitzen zwei rote Punkte. Die Menschenbestie heult hinauf zum Himmel und kommt auf dich zu.

Wenn du den *Helm einer Menschenbestie* hast und ihn dir aufsetzen willst, gehe zu **219**. Wenn nicht, gehe zu **83**.

252

Du kannst nur dann Waren auf dem Seidenmarkt kaufen, wenn du ein Schiff besitzt, das in Yarimura vor Anker liegt. Du kannst so viel Fracht kaufen, wie auf dein Schiff passt. Du kannst hier auch Fracht verkaufen. Alle Preise gelten für 1 Ladeeinheit.

Fracht	Kaufpreis	Verkaufspreis
Bauholz	110 Shards	90 Shards
Getreide	270 Shards	250 Shards
Gewürze	900 Shards	810 Shards
Metalle	600 Shards	560 Shards
Minerale	400 Shards	300 Shards
Pelze	100 Shards	85 Shards
Stoffe	325 Shards	257 Shards

Schreibe deine momentane Fracht in dein Schiffsladeverzeichnis.

Wenn du ein Schiff besitzt und in See stechen willst, gehe zu **201**. Andernfalls kannst du dich ins Stadtzentrum begeben. Gehe zu **10**.

253

Der Kapitän tut dich als nutzlosen Müll ab. Die Piraten werfen dich wie beiläufig und ohne Bedenken über die Seite. Sie segeln davon und lassen dich zurück.

Durch Zufall findest du ein Stück Treibholz, an dem du dich festklammern kannst. Wirf einen Würfel und zähle 1 zum Wurf hinzu. Ist das Ergebnis höher als deine Stufe, gehe zu **459**. Ist das Ergebnis kleiner oder gleich deiner Stufe, gehe zu **98**.

254

Du kommst in einer großen Höhle heraus. Sie scheint leer zu sein, doch dann lösen sich Dutzende schemenhafter Gestalten von den Wänden und du wirst von vielen Trau umringt. Sie lachen grausam, während sie dich packen. Einer von ihnen pustet dir eine Art Staub ins Gesicht und du gleitest in die Bewusstlosigkeit hinüber.

Gehe zu **607**.

255

Die Mannschaft wird dir nicht folgen, wenn du nicht mindestens Stufe 7 oder höher erreicht hast. Ist deine Stufe nicht hoch genug, musst du zurück nach Süden segeln – gehe zu **201**.

Bist du Stufe 7 oder höher und willst du noch immer in die Höhle fahren, brauchst du Buch zwölf der Reihe *Legenden von Harkuna: Das Reich der Dunkelheit*. Hast du es nicht, musst du sowieso umkehren – gehe zu **201**.

Wenn du es besitzt, gehe zu *Das Reich der Dunkelheit* **35**.

256

Die Wächter erkennen, dass dein Rang in der Hierarchie von Akatsurai hoch genug ist, damit du in den Palast darfst.

Du wirst zu Lord Kumonosu gerufen, Daimyo des Clans des Weißen Speeres. Seine Audienzhalle ist ein Raum aus fein geschliffenem Holz.

Er würdigt deine Stellung als Hatamoto in der persönlichen Wache des Shoguns von Akatsurai. Obwohl er und der Shogun Feinde sind, behandelt er dich gut genug. Kumonosu gibt dir einen versiegelten Brief und bittet dich diesen zum Shogun zu bringen. Vermerke den *versiegelten Brief* auf deinem Abenteuerblatt. Du wirst nach draußen gebeten und gehst hinaus, indem du dich rückwärts bewegst und dabei die ganze Zeit verbeugst.

Wenn du das Codewort *Feindschaft* hast, gehe zu **690**. Wenn nicht, verlässt du den Palast. Gehe zu **10**.

257

Das Wasser ist so kalt, dass du wie ein sterbender Mann ächzt. Im nächsten Augenblick spürst du, wie Hände aus Schlamm und Tang im Flussbett nach deinen Knöcheln greifen. Endlich begreifst du die wahre Bedeutung von Angst.

Um sicher hinüberzugelangen, musst du nicht nur mit der starken Strömung fertigwerden, sondern auch mit den übernatürlichen Ranken, die versuchen dich nach unten zu ziehen.

Mache einen NATURWISSEN- und einen ZAUBERKRAFT-Wurf, beide mit dem Schwierigkeitsgrad 14.

Beide Würfe erfolgreich	gehe zu **216**
Ein Wurf erfolgreich	gehe zu **413**
Beide Würfe misslungen	gehe zu **374**

258

Du hast keine Ahnung, was das für seltsame Geschöpfe sind. Eines von ihnen richtet seinen Speer auf dich.

Greife sie an	gehe zu **520**
Warte und sieh, was passiert	gehe zu **634**

259 ❑

Ist das Kästchen angekreuzt, gehe sofort zu **59**. Wenn nicht, dann kreuze es jetzt an und lies weiter.

Bakhan nimmt das Erz und macht daraus einen Selen-Zauberstab für dich. Streiche das *Selenerz* von deinem Abenteuerblatt und füge stattdessen einen *Selen-Zauberstab* (ZAUBERKRAFT +4) hinzu. Anschließend verabschiedet sie sich zärtlich von dir.

Gehe zu **10**.

260

Du wirst an einen Abend erinnert, den du unten auf der windgepeitschten Ebene beim Stamm der Einäugigen Krähen verbracht hast.

Ihr Barde erzählte eine Geschichte über einen uralten Volkshelden, der eine riesige, unverwundbare Made besiegte, indem er ihr wiederholt auf die Schnauze schlug – die einzige Stelle, die für Verletzungen anfällig war.

Mit diesem Wissen im Hinterkopf entfesselst du ein Trommelfeuer aus schmerzhaften Schlägen auf die weiche Schnauze des Wurms, bis er sich ins Innere seines Baus zurückzieht.

Gehe zu **429**.

261
Ihr segelt tagelang umher, bis ihr im Süden Land sichtet. Als ihr näher kommt, erkennt einer der Männer die Küstenlinie wieder – es ist die Insel der Druiden.

Gehe zu *Das Reich des Krieges* **136**.

262
Du zerschmetterst den Dämon mit deiner Waffe. Das Geschöpf lässt einen runden Erzklumpen fallen. Vermerke das *Selenerz* auf deinem Abenteuerblatt.

Mit dem Verschwinden des Dämons klingt auch der Sturm ab.

Gehe zu **65**.

263
Der Kampf beginnt. Mit einem seltsamen Schrei hebt Rote Flamme seine Arme und gestikuliert in der Luft umher. Zu deinem Erstaunen taucht vor ihm eine Feuerwand auf und rast mit lautem Tosen auf den Flossenmenschen zu.

Zur gleichen Zeit öffnet der schuppige, schwimmhäutige Flossenmensch sein mit Zähnen bewehrtes Maul und speit einen

Strahl strömenden Wassers heraus, der sich ebenfalls in eine Wand verwandelt und wie eine kleine Flutwelle auf die Flammenwand zurauscht.

Im Augenblick des Zusammenpralls werden die Flammen sofort gelöscht und die Wasserwand brandet weiter, um Rote Flamme einzuhüllen. Er wird hochgehoben und gegen die Wand der Arena geschleudert, wo er regungslos liegen bleibt.

Bedienstete der Arena rennen herbei, um seinen Körper wegzutragen, und die Schiedsrichter erklären den Flossenmann, dessen Name für deine menschliche Kehle unaussprechbar ist, zum Sieger.

Wenn der Flossenmensch zwei weitere Runden gewinnt, erhält er den Titel des Arena-Champions. Wenn du gewettet und gewonnen hast, dann füge den Betrag, den du gesetzt hast, zu deiner Summe an Shards hinzu.

Hast du verloren, dann streiche das Geld weg.

Gehe jetzt zu **13**.

264

Du betrittst eine Region aus hohen Bergen, deren Gipfel aufragen wie Bilder aus einem Albtraum. Der Himmel über dir ist ein Strudel aus weißem Nebel, der sich gelegentlich teilt, um einen Blick auf kristalline Dunkelheit voll Sternenstaub freizugeben. Nahrung lässt sich in dieser arktischen Wildnis nur schwer finden und es gibt kein Holz, um Feuer zu machen.

Mache einen NATURWISSEN-Wurf mit dem Schwierigkeitsgrad 16.

Erfolgreicher NATURWISSEN-Wurf	gehe zu **636**
Misslungener NATURWISSEN-Wurf	gehe zu **317**

265 ❑
Wenn das Kästchen angekreuzt ist, gehe sofort zu **378**. Wenn nicht, kreuze es jetzt an und lies weiter. Es spritzt plötzlich heftig und du wirst von langen, insektenartigen Beinen gepackt und unter den Sand gezogen, noch bevor du reagieren kannst!

Du wurdest in den Hort einer riesigen Meeresspinne gezerrt, einer Kreatur, die unter dem seichten Sand lauert und darauf wartet, sich auf unvorsichtige Beute stürzen zu können, wenn diese sich in ihre Nähe wagt. Die vielen langen, schlanken Stielaugen der Meeresspinne betrachten dich mit glitzernder, düsterer Boshaftigkeit, und ihre Mandibeln klicken in Erwartung der Mahlzeit, die du darstellst.

Du wirst dich aus dieser Situation herauskämpfen müssen.

Meeresspinne:
KAMPFKRAFT 7, VERTEIDIGUNG 6, LEBENSKRAFT 13

Wenn du siegst, gehe zu **330**. Wenn du verlierst, gehe zu **7**.

266
Du reist durch die südliche Steppe. Im Süden wandert der Gebirgsgrat von Harkun über den Himmel. Im Norden erstreckt sich endloses Grasland.

Du kommst an eine trostlose Ruine. Ihre gewaltigen Außenmauern, welche inzwischen verfallen sind, künden von einer einst großen Stadt.

Reise nach Norden	gehe zu **118**
Reise nach Westen	gehe zu **643**
Reise nach Osten	gehe zu **668**
Erkunde die Stadt der Ruinen	gehe zu **54**
Gehe nach Süden in die Berge	gehe zu **200**

267

Als Geweihter von Nai genießt du den Vorteil, dass du weniger für den Segen und alle weiteren Dienste des Tempels zahlen musst. Ein Geweihter zu werden, kostet dich 50 Shards. Du kannst dies nicht tun, wenn du bereits Geweihter eines anderen Tempels bist. Wenn du ein Geweihter werden willst, dann schreibe „Nai" in das Feld Gottheit auf deinem Abenteuerblatt – und denk daran, die 50 Shards wegzustreichen.

Sobald du hier fertig bist, gehe zu **614**.

268

Die Wiederbelebung kostet 200 Shards, wenn du ein Geweihter bist, und 800 Shards, wenn nicht. Sobald du eine Wiederbelebung vereinbart hast, brauchst du den Tod nicht mehr zu fürchten, denn man wird dich hier im Tempel auf magische Weise wieder zum Leben erwecken.

Um eine Wiederbelebung zu vereinbaren, zahle die Gebühr und schreibe „*Tempel von Nisoderu – Das Reich des Frosts* **250**" in das Feld Wiederbelebungsvertrag auf deinem Abenteuerblatt. Wirst du irgendwann getötet, dann gehe zu Abschnitt **250** in diesem Buch. Du kannst nur einen Wiederbelebungsvertrag auf einmal haben. Wenn du in einem anderen Tempel eine andere Wiederbelebung vereinbarst, wird dieser ursprüngliche Wiederbelebungsvertrag aufgehoben.

Sobald du hier fertig bist, gehe zu **89**.

269

Mache einen CHARISMA-Wurf mit dem Schwierigkeitsgrad 13. Zähle eins zum Wurf hinzu, wenn du ein Barde bist.

Erfolgreicher CHARISMA-Wurf	gehe zu **156**
Misslungener CHARISMA-Wurf	gehe zu **315**

270

Szgano ist schnell überwältigt. Die Frau fängt vor Wut an zu schreien und in ihren Augen lodert eine übernatürliche Kraft.

„Seht ihr nicht in die Augen!", warnt der alte Schamane. Aber es ist zu spät; einer von ihnen hat sie bereits angeschaut. Sie saugt ihm die Seele aus und er sackt zusammen wie die verdorrte Hülle eines Menschen.

Nach einem kurzen Ritual durchbohrt der oberste Schamane mit dem Silberspieß das Herz der Frau. Ihr Körper beginnt schnell zu verkümmern. Eine Säule aus stinkendem, schwarzem Rauch steigt von der Leiche in den mondhellen Himmel hinauf und verblasst mit einem verzweifelten Wehklagen.

Erhöhe deine HEILIGKEIT dauerhaft um 1, weil du dabei geholfen hast, die Welt von einem uralten Bösen zu befreien.

Anschließend schneiden die Schamanen der Hexe die Hände ab.

„Ohne ihre Hände kann Ruzbahn nicht die Tore der Unterwelt öffnen und in das Land der Lebenden zurückkehren", erklären sie.

Du kannst eine *Hexenhand* mitnehmen, wenn du willst.

Die Schamanen machen alles sauber und verschwinden. Gehe zu **472**.

271

Die Gipfel am Rande der Welt beherrschen den Horizont wie die Wehrgänge einer Festung der Götter. Du findest breite Marmorstufen, die man in die Seite eines Berges gehauen hat und die sich hinauf zu einem Vulkan winden, welcher schwarzen Rauch in den Himmel hustet.

Steige die Stufen hinauf	gehe zu	**14**
Kehre zur Pyramide zurück	gehe zu	**472**

272

Du wirst in die Mitte eines Kreises aus vielen Nomaden gestoßen. Männer, Frauen und Kinder verspotten und verhöhnen dich. Du erschauderst beim Gedanken an dein Schicksal – die Nomaden der Steppe sind für ihre Grausamkeit bekannt.

Ein korpulenter Kamerad bahnt sich mit den Ellbogen einen Weg in den Kreis. Seine Schweineaugen betrachten dich eindringlich zwischen Fettfalten hervor. Sein Blick könnte nicht herausfordernder sein.

„Du madenzerfressener, kotgesichtiger, flohverseuchter Haufen Pferdedung", brüllt er dich an.

„Ich, Yagotai der Mutige, habe Drachen getötet! Ich habe Dämonen der Hölle getötet! Ich habe bereits mehr erreicht, als es jemand wie du in einem ganzen Leben könnte, so wertlos bist du!"

Die Menge lacht und klatscht laut. Dann verstummt sie und alle Augen richten sich auf dich. Sie erwarten offenbar, dass du darauf antwortest. Es ist ein Wettstreit der Prahlerei und Beleidigung – ein alter Nomadenbrauch.

Mache einen CHARISMA-Wurf mit dem Schwierigkeitsgrad 15.

Erfolgreicher CHARISMA-Wurf	gehe zu	**393**
Misslungener CHARISMA-Wurf	gehe zu	**64**

273

Du kommst in eine Sackgasse. Im flackernden Licht, das von den frostigen Wänden in einem Kaleidoskop aus blauen Strahlen reflektiert wird, siehst du eine Eisplatte, die dir den Weg versperrt. Du hämmerst dagegen, aber sie will nicht zerbrechen.

Hinter dir hörst du ein Husten.

Du wirbelst herum und stehst einem riesigen, korpulenten Minenarbeiter gegenüber, dessen Gesicht unter der blauen Kapuze eines Umhangs verborgen ist. Zumindest glaubst du, dass es ein Minenarbeiter ist. Seine Füße sind nackt und mit dicken, schwarzen Haaren bewachsen. Mit kehliger Stimme knurrt er: „Lange her seit ..."

„Seit was?"

„Lange, lange her. Ich lange Zeit kein Menschding gesehen. Ich nach ihnen gesucht. Das Eis zerschmettert!" Die Kreatur kichert und hebt mit ihren Händen eine schwere Spitzhacke hoch. „Sie alte Blaukappe geliebt, jawohl. Ja. Guter Arbeiter, sie gesagt."

Bitte Blaukappe, die Platte zu zerschmettern	gehe zu **155**
Warte	gehe zu **590**

274

Die Stadt der Geheimnisse ist das Heim einer Gemeinschaft von Magiern. Die Stadt selbst besteht aus einigen Häusern und Läden, die man um einen Tempel des Molhern und ein riesiges Kolosseum herum errichtet hat, welches sich die Sternenstein-Arena nennt.

Besuche die Arena	gehe zu	**53**
Besuche den Markt	gehe zu	**111**
Gehe zum Tempel von Molhern	gehe zu	**637**
Gehe zur Schenke Zum Weißen Hexer	gehe zu	**455**
Besuche den obersten Magier	gehe zu	**403**
Verlasse die Stadt der Geheimnisse	gehe zu	**90**

275

Du streust den Staub auf Luroc und dich selbst. Streiche den Staub der Gelassenheit von deinem Abenteuerblatt. Sofort wogt ein Gefühl des Friedens und der Ruhe über euch hinweg.

„Lass uns hier verschwinden, bevor wir vollkommen durchdrehen", sagt Luroc.

Ihr rennt zur Tür und schlüpft in die Nacht hinaus.

Gehe zu **337**.

276

Du wirst an einen Mann aus Akatsurai verkauft und musst auf einem akatsuresischen Kriegsschiff arbeiten. Es ist ein Schiff des Shoguns von Akatsurai. Zu deinem Glück erkennt dich der Kapitän.

Er lässt dich sofort losketten und entschuldigt sich beinahe kriecherisch.

Du wirst in seiner Kabine königlich behandelt, wo du alle verlorenen LEBENSKRAFT-Punkte zurückerhältst. Er gibt dir außerdem ein *Katana* (KAMPFKRAFT +1), einen *Schienenpanzer* (VERTEIDIGUNG +4) und 400 Shards. Er setzt dich in Yarimura ab.

Gehe zu **10**.

277
Es ist die Musik des Pferdegottes, eines nomadischen und wilden Geists der Ebene. Er führt die tanzende Menge an dir vorbei. Im letzten Augenblick dreht er sich um und grüßt dich mit einem Kopfnicken. Dann tanzt die Menge in die Ferne davon.

Gehe zu **224**.

278
Die Sonne scheint flach über eine Felswand, die mit Frost überzogen ist, und verstrahlt nur wenig Licht und Wärme.

Du befindest dich in den Regionen der Langen Nacht. Nördlich von hier stehen die Berge, welche die Grenze der einfachen Welt markieren.

Dahinter, so sagt man, liegt das Meer der Ewigkeit.

Du kommst in der Nähe eines niedrigen, verschneiten Hügels vorbei. Ein Tunnel gräbt sich in diesen Hügel hinein, tief und leblos wie die Augenhöhle eines Schädels.

Erforsche ihn	gehe zu **405**
Setze deinen Weg fort	gehe zu **226**

279
Wenn du das Codewort *Denunziant* hast, gehe sofort zu **311**. Wenn nicht, lies weiter.

Niemand in der Abgetrennten Hand will sich mit dir unterhalten. Tatsächlich nimmt man dir deine Aufdringlichkeit übel und du erkennst, dass du lieber verschwinden solltest, bevor die Dinge hässlich werden.

Gehe zu **182**.

280

Du stehst außerhalb der Mauern von Yarimura neben dem Großen Tatsu-Tor, welches in Form eines riesigen Drachenkopfs gemeißelt wurde.

Besuche die Villa von Hordeth	gehe zu	**307**
Erkunde den Klippenwald	gehe zu	**325**
Betritt die Stadt	gehe zu	**10**
Begib dich nach Norden	gehe zu	**398**
Reise nach Westen in die Große Steppe	gehe zu	**442**
Reise nach Süden in die Edelsteinhügel	gehe zu	**426**

281

Du plagst dich durch die gefrorene Einöde der Steppe. Im Westen kannst du einen Fluss ausmachen, der am Horizont glitzert, und im Norden erhebt sich eine Pyramide, die den niedrigen Himmel durchstößt. Die Schatten des Zwielichts werden länger, während sich der Tag dem Ende zuneigt.

Wirf zwei Würfel:

Ergebnis 2-5:	Wildpferde	gehe zu	**202**
Ergebnis 6-7:	Kein Ereignis	gehe zu	**666**
Ergebnis 8-12:	Schnelle Schritte	gehe zu	**583**

282

Deine Männer werden überwältigt und du musst dich ergeben. Du wirst entwaffnet, schwer zusammengeschlagen und vor Avar Hordeth gebracht. Er sitzt in seiner Kabine und verarztet seine hässliche Kopfwunde.

Er blickt dich grimmig an, während sich einer seiner Männer um seine Verletzungen kümmert.

„Du aufgeblasener Haufen stinkenden Mists!", tobt er. „Ich würde dich töten, wenn ich da nicht eine bessere Idee hätte."

Du bist zu schwach, um dich groß zu wehren. Seine Männer packen dich, legen dich in Ketten und werfen dich ins Schiffsgefängnis. Du kannst dein Pech kaum fassen. Von allen Leuten, denen du auf dem offenen Meer hättest begegnen können!

Avar Hordeth nimmt dir dein Geld und die Gegenstände ab, die du bei dir trägst. Streiche sie von deinem Abenteuerblatt. Er beschlagnahmt auch dein Schiff. Streiche es ebenfalls weg.

„Das sollte wiedergutmachen, was du mir angetan hast, Freundchen!", sagt Hordeth. Du wirst nach Yarimura gebracht, wo dich Hordeth an die kleine Marine der Stadt verkauft.

Du musst unter Peitschenhieben als Galeerensklave arbeiten.

Gehe zu **222**.

283
Du erinnerst dich an das, was man dir über Rotkappen beigebracht hat. Man findet sie in alten Ruinen, wo in der Vergangenheit große Schlachten geschlagen worden sind.

Je mehr Blut während der Schlacht vergossen wurde, desto fröhlicher sind die Rotkappen. Sie genießen es, mörderische Taten zu vollbringen, damit sie ihre Kappen mit dem frischen Blut ihrer Opfer rot färben können.

Der einzige Weg, um sie zu vertreiben (abgesehen davon, sie zu töten), ist mit den heiligen Texten der Götter. Mache einen HEILIGKEITS-Wurf mit dem Schwierigkeitsgrad 13, um dich an den betreffenden Text zu erinnern.

Erfolgreicher HEILIGKEITS-Wurf	gehe zu **507**
Misslungener HEILIGKEITS-Wurf	gehe zu **432**

284
Dieses Mal gibt dir der Golem keine drei Möglichkeiten vor. Deine einzige Hoffnung besteht darin, das Passwort durch Zufall zu erraten. Addiere den Wert von vier Würfeln zusammen – oder von drei Würfeln, falls du ein Geweihter der Drei Glückseligen bist.

Ergebnis 3-5: gehe zu **425**
Ergebnis 6+: gehe zu **351**

285
Du endest mit aufgeschlitzter Kehle im Hafenwasser – nur ein weiteres Opfer von vielen. Du bist tot. Streiche alle Besitztümer weg, die auf deinem Abenteuerblatt aufgeführt sind.

Wenn du eine Wiederbelebung vereinbart hast, dann kannst du jetzt zu dem entsprechenden Eintrag blättern. Hast du keinen Wiederbelebungsvertrag, dann ist dies wirklich das Ende. Du solltest alle Kreuze und Codewörter aus deinen Büchern entfernen und mit einem neuen Charakter von vorn beginnen (bei Abschnitt **1** in jedem beliebigen Buch der Reihe).

286
Du betrittst den Steinkreis und fühlst dich schmutzig. Du hast diesen Tempel eines antiken und unbekannten Gottes entweiht. Du verlierst alle Segnungen, sofern du welche hattest.

Hast du das Codewort *Darstellung*, gehe zu **572**. Wenn nicht, bist du hier nicht willkommen und verlässt den Ort. Gehe zu **224**.

287

Der Erste Maat erkennt dich wieder, aber du hast keine Ahnung, wer er ist. Er ist überrascht, dass du dich nicht an ihn erinnerst.

„Erkennst du deinen alten Freund Clarny Herzog nicht wieder?", wimmert er aufgelöst.

„Du hast mein Leben gerettet, als wir uns in der Knochenwüste verlaufen haben. Erinnerst du dich nicht?"

Du erinnerst dich an gar nichts. Das alles muss in einer Phase deines Lebens passiert sein, an die du keinerlei Erinnerung hast. Dennoch tust du so, als würdest du dich erinnern, und der erste Maat überzeugt den Kapitän davon, dich am Leben zu lassen.

Sie setzen dich in ihrem nächsten Zielhafen ab. Wirf einen Würfel (hast du das betreffende Buch der Reihe nicht, dann würfle erneut).

Ergebnis 1-2:	Yarimura	gehe zu	**10**
Ergebnis 3-4:	Gelbhafen		
	Das Reich des Krieges		**10**
Ergebnis 5-6:	Chambara		
	Das Reich der aufgehenden Sonne		**79**

288

Dein Schiff, deine Mannschaft und deine Fracht versinken im tiefen, dunklen Meer. Streiche sie von deinem Abenteuerblatt.

Du kannst jetzt nur noch daran denken, dich selbst zu retten.

Wirf zwei Würfel. Ist das Ergebnis höher als deine Stufe, ertrinkst du (gehe zu **7**). Ist das Ergebnis kleiner oder gleich deiner Stufe, kannst du etwas Treibholz finden und schaffst es zurück an Land. Wirf einen Würfel und ziehe das Ergebnis von deiner LEBENSKRAFT ab.

Wenn du das überlebst, gehe zu **67**.

289

Du hast diese Tunnel, welche durch den Gebirgsgrat von Harkun verlaufen, bereits kartografiert. Auf jeder Seite der Berge gibt es Höhlen, die in diese Tunnel hineinführen.

Gehe nach Norden	gehe zu	**558**
Gehe nach Süden	*Das Reich des Krieges*	**3**

290

Sobald du den Durchgang durchschritten hast, kracht hinter dir eine riesige Platte aus massivem Stein herunter und sperrt dich im Inneren ein. Du bist in einer kreisrunden Kammer gefangen. Ihre glatten Wände ragen bis zur Spitze der Pyramide hinauf, wo kleine Löcher winzige Lichtstrahlen hereinlassen.

Auf dem Boden wimmelt es von großen Hirschkäfern und der schummrige, staubige Raum ist vom unangenehmen Klang ihrer arbeitenden Mandibeln erfüllt. Du blickst dich um, aber es gibt keinen Ausgang.

Während du über deinen Hungertod nachdenkst, fangen die Wände an zu leuchten und du wirst in ein sanftes, dunkelgelbes Licht getaucht. Deine Kleidung beginnt zu wachsen. Oder ist es eher so, dass du kleiner wirst? Tatsächlich schrumpfst du sehr schnell und deine Kleider und Besitztümer fallen um dich herum zu Boden. Innerhalb von Augenblicken bist du nur noch einen Fuß groß.

Gehe zu **586**.

291

Als Geweihter von Tambu genießt du den Vorteil, dass du weniger für den Segen und alle weiteren Dienste des Tempels zahlen musst. Ein Geweihter zu werden, kostet dich 60 Shards. Du kannst kein Geweihter von Tambu werden, wenn du bereits Geweihter eines anderen Tempels bist.

Wenn du ein Geweihter werden willst, dann schreibe „Tambu" in das Feld Gottheit auf deinem Abenteuerblatt – und denk daran, die 60 Shards wegzustreichen.

Sobald du hier fertig bist, gehe zurück zu **33**.

292

Eine hochgewachsene Frau, die in Seidenwickel gehüllt ist, tritt aus den Schatten heraus und stellt sich dir entgegen. Sie sieht aus wie ein Engel, nur dass ihre Flügel schwarz sind.

„Man hat dir gesagt, dass du niemals zurückkehren sollst", sagt sie mit einer sanften, leicht musikalischen Stimme.

„Außer ich wünsche unter den Toten zu wandeln."

Sie nickt. „So ist es."

Kehre um und zieh deiner Wege	gehe zu	**15**
Begleite den Engel des Todes	gehe zu	**534**

293

Zu spät erkennst du, dass die Gestalt vor dir nicht die wahre Bedrohung ist. Ein Arm schlingt sich von hinten um deinen Hals und du spürst den stechenden Schmerz eines Dolches in deiner Schulter. Du verlierst 1 LEBENSKRAFT-Punkt.

Wenn du noch lebst, gehe zu **184**.

294

„Der hier sollte genügen", sagt eine der dunklen Gestalten und sie greifen mit kohlrabenschwarzen Händen nach dir.

Weitere Trau strömen hinter dir aus dem Boden und du wirst gepackt, gefesselt und unter die Erde gezerrt, noch bevor du „Bei Elnirs Donner!" sagen kannst.

Hast du Stufe 8 oder höher erreicht, gehe zu *Das Reich der Dunkelheit* **50**.

Ist deine Stufe niedriger oder hast du *Das Reich der Dunkelheit* nicht, gehe zu **607**.

295

Die Zitadelle ist ein weitläufiger Komplex aus Fluren und Türen, eine Befestigung von atemberaubender Raffinesse. Riesige Zisternen sind tief in den Fels gegraben worden und beinhalten genug Wasser für ein Jahr oder länger. Die Zitadelle umschließt auch ein großes, offenes Feld, das dem Ackerbau dient. Man hat große Netze über die Türme gespannt, um sie vor Luftangriffen durch das Mannekynvolk zu schützen.

Die Garnison – genannt die Ritter des Nördlichen Schilds – ist die beste, die Sokara zu bieten hat.

Die örtlichen Gerüchte besagen, dass im Norden eine große Armee lagern soll, angeführt von General Beladai. Diese Armee der Nördlichen Allianz besteht aus Kriegern der Horde der Tausend Winde, Mannekyns, einigen Trau und sokaranischen Soldaten, welche König Nergan – dem Herrscher über Sokara, bevor Gram Marlock und seine neue Ordnung die Macht übernahmen – noch immer treu ergeben sind.

Der von Gram Marlock neu eingesetzte Kommandant der Festung ist Orin Telana.

Hast du das Codewort *Drohung*, gehe zu **670**. Wenn nicht, dafür aber das Codewort *Assistent*, gehe zu **72**. Hast du keines dieser Codewörter, gehe zu **152**.

296

Ihr segelt in der Nähe der von Nebel umhüllten Insel der Geheimnisse.

Nach Westen zur Katastrophenbucht	gehe zu **310**
Nach Süden an der Küste von Nerech entlang	gehe zu **50**
In den Nebel der Insel der Geheimnisse hinein	gehe zu **93**
Nach Osten auf den Grenzenlosen Ozean	gehe zu **587**

297

Nach vielen Tagen auf dem Meer sichtet der Ausguck Land voraus. Ihr erreicht eine große Bucht. Der erste Maat studiert eure Karte und sagt: „Ich denke, das ist die Kotobuki-Bucht vor Chambara in Akatsurai."

Gehe zu *Das Reich der aufgehenden Sonne* **150**.

298

Wenn du das Codewort *Dämmerung* hast, gehe sofort zu **610**. Andernfalls lies weiter.

Die Gruft der Könige ist ein großes Mausoleum aus Marmor. Hohe, geriffelte Säulen flankieren den Eingang. Im Inneren entdeckst du viele Gräber, die sich in den Wänden befinden.

Schwere Steinblöcke versiegeln diese Gräber und auf ihnen stehen die Namen und Taten derjenigen, die dort begraben sind. Ohne ein Gespann aus Arbeitern kannst du sie nicht öffnen.

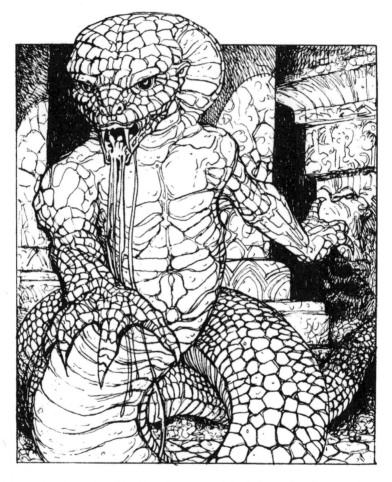

Ein schlitterndes Geräusch schreckt dich auf. Vom anderen Ende der Gruft windet sich eine schlangenhafte Gestalt auf dich zu. Sie besitzt den Kopf und den Rumpf eines Menschen, aber den Körper einer riesigen Schlange.

Augen wie schwarze Perlen blicken dich aus einem Gesicht an, das wie der Kopf einer Kobra geformt ist. Gift tropft von den Fangzähnen der Kreatur zischend auf den Boden.

Mache einen ZAUBERKRAFT-Wurf mit dem Schwierigkeitsgrad 14.

Erfolgreicher ZAUBERKRAFT-Wurf	gehe zu **469**
Misslungener ZAUBERKRAFT-Wurf	gehe zu **566**

299
Wenn du ein Geweihter bist, kostet dich Juntokus Segen nur 10 Shards. Ein Nichtgeweihter muss 25 Shards zahlen. Streiche das Geld weg und notiere dir „CHARISMA" im Feld Segnungen auf deinem Abenteuerblatt. Die Segnung erlaubt es dir, erneut zu würfeln, wenn dir ein CHARISMA-Wurf misslingt. Die Segnung reicht für einen Wiederholungsversuch. Wenn du die Segnung benutzt, dann streiche sie von deinem Abenteuerblatt. Du darfst zu jedem Zeitpunkt nur eine CHARISMA-Segnung auf einmal haben. Sobald diese verbraucht ist, kannst du zu jedem Zweig des Tempels von Juntoku zurückkehren, um eine neue zu erwerben.

Wenn du hier fertig bist, gehe zu **58**.

300
Du kämpfst dich durch die Berge, bis du zum Himmelsberg kommst, welcher doppelt so hoch ist wie seine Nachbarn. Du folgst einem Felsband, das dich auf seine mächtigen Hänge hinaufführt.

Gehe zu **682**.

301
Der schwarze Fleck wird größer und größer, bis er sich in einen riesigen Vogel mit Federn so weiß wie Schnee verwandelt, der wie ein Blitz auf dein Schiff zujagt. Er ist so groß wie ein Haus und seine Flügelspannweite ist so weit wie dein

Schiff. Es ist ein Rukh, mit den Klauen und dem Schnabel eines Adlers. Er stößt herab, um dich zu packen und wegzutragen.

Mache einen KAMPFKRAFT-Wurf mit dem Schwierigkeitsgrad 15.

Erfolgreicher KAMPFKRAFT-Wurf	gehe zu **381**
Misslungener KAMPFKRAFT-Wurf	gehe zu **410**

302

Du weißt, dass die Ruine, die du auf dem Gipfel findest, nur eine Illusion ist, denn du bist bereits dort gewesen. Die Magier der Stadt der Geheimnisse erkennen dich wieder und die Illusion der Ruine zerstreut sich.

Die Torwächter – verzauberte, magische Greife mit Federn aus glänzendem Gold und Augen aus Onyx – heißen dich in der Stadt der Geheimnisse willkommen.

Gehe zu **274**.

303

Du bestreust die Platte mit den Salzen und sie schmelzen ein Loch hinein, das groß genug ist, damit du hindurchkrabbeln kannst. Als du auf der anderen Seite bist, friert das Loch sofort wieder zu. Streiche die *unheimlichen Salze* von deinem Abenteuerblatt.

Du gehst weiter den Tunnel entlang. Nach einer Weile kommst du in eine große, runde Kammer aus bearbeitetem Stein, an deren Wänden Fahnen hängen.

Flache Steinplatten sind entlang ihrer Ränder angeordnet. Auf ihnen ruhen Krieger, die goldene Rüstungen tragen und mit ihren Panzerhandschuhen lange Zweihandschwerter festhalten. Sie scheinen zu schlafen.

Gehe zu **75**.

304

Dein letzter Hieb lässt Kaschufs kahlen Kopf blutig von seinen Schultern wirbeln. Sein geköpfter Leichnam sackt zu Boden. Doch zu deinem Entsetzen finden sein Kopf und Körper wieder zusammen und seine Wunden schließen sich. Kaschuf steht erneut vor dir und ist vollkommen unversehrt. Er bricht in Gelächter aus.

„Oh, du bist ein guter Kämpfer, das gebe ich zu, aber man nennt mich nicht umsonst Kaschuf den Todlosen!"

Nach einigen weiteren Kämpfen, die zu dem gleichen Ergebnis führen, wirst du langsam müde. Es scheint keine Möglichkeit zu geben, ihn zu besiegen, und dir bleibt keine andere Wahl, als um dein Leben zu fliehen. Wirf einen Würfel. Du verlierst entsprechend viele LEBENSKRAFT-Punkte, als Kaschuf ein letztes Mal nach dir schlägt.

Wenn du noch lebst, rennst du den Hügel hinab und hörst, wie dir Kaschuf hinterherruft: „Auf Wiedersehen, Weichling! Schau mal wieder vorbei!"

Gehe zu **249**.

305

Die Mannschaft weigert sich strikt, mit dem Schiff auf den Grenzenlosen Ozean zu segeln.

„Da draußen ist kein Land und das Meer wimmelt nur so von Dämonen aus der Tiefe – wenn wir zu weit fahren, fallen wir über den Rand der Welt!", sagt der erste Maat. Dir bleibt keine andere Wahl, als dein Ziel zu überdenken.

Gehe zu **471** und triff eine andere Wahl.

306

Du spürst, dass Magie in der Luft liegt. Dann bemerkst du einen Kreis aus schwarzem Staub, den man um den ganzen Pavillon herum auf das Gras gestreut hat – Feuerstaub. Bei Kontakt mit der Haut leuchtet er wie die Sonne. Würdest du ihn berühren, könnten dich die Wachen sofort sehen.

Du vermeidest den Staub, schlitzt ein Loch in die Rückseite des Pavillons und schleichst hinein. Beladai schläft und du erledigst ihn mühelos.

Als du auf dem Weg, den du gekommen bist, wieder nach draußen schleichst, kommt jemand durch den Eingang in den Pavillon gelaufen. Sekunden später wird Alarm geschlagen und die Jagd nach dem Mörder beginnt!

Die Nachricht von Beladais Tod verbreitet sich im Lager wie ein Lauffeuer und die Auswirkung auf die Moral der Armee ist verheerend. Die Nördliche Allianz ist am Ende, egal ob du entkommst oder nicht.

Hast du das Codewort *Düsternis*, gehe sofort zu **461**. Wenn nicht, wirf zwei Würfel. Ist das Ergebnis kleiner oder gleich deiner Stufe, gehe zu **615**. Würfelst du mehr als deine Stufe, gehe zu **47**.

307

Hast du das Codewort *Dorn*, gehe sofort zu **565**. Hast du es nicht, dafür aber das Codewort *Diebstahl*, gehe zu **589**. Hast du keines dieser Codewörter, gehe zu **543**.

308

Die Zitadelle von Velis Corin – oder der Schild des Nordens, wie man sie manchmal nennt – füllt den Adlerpass komplett aus. Der Pass ist der einzige Weg durch den Gebirgsgrat von Harkun. Auf dieser Seite erstreckt sich eine gewaltige Mauer von einer Seite des Passes zur anderen.

Der Haupteingang, der in der Mitte der Mauer liegt, besteht aus einem Paar riesiger Stahltüren, die als das Große Tor bekannt sind. Hinter der Mauer erheben sich viele Türme, an deren Spitzen Flaggen und Wimpel im Wind flattern.

Die Zitadelle, welche im Sonnenlicht weiß glänzt, scheint von dieser Seite aus gegen einen Frontalangriff vollkommen immun zu sein. Eine Patrouille aus Rittern des Nördlichen Schilds reitet heraus und kommt auf dich zu.

Begib dich nach Norden in die Ebene	gehe zu	**145**
Warte auf die Wachpatrouille	gehe zu	**132**

309

Du hast eine lange, dunkle und schattige Halle betreten. Einige Fackeln, die sich in Wandhalterungen befinden, geben ein flackerndes, rötliches Licht von sich. Es herrscht eine ziemlich unheimliche Stimmung.

Am anderen Ende sitzen hinter einem massiven Eichentisch fünf maskierte Gestalten. Diejenige in der Mitte wirft ihre Kapuze zurück, um eine schimmernde, schwarze Maske zu enthüllen.

„Willkommen bei der Bruderschaft der Nacht", sagt sie mit kräftigem Akzent.

Sie erklärt dir, dass die Bruderschaft nach neuen Mitgliedern sucht und dass du würdig genug bist, um ihr beizutreten.

Beantrage die Mitgliedschaft	gehe zu **616**
Verschwinde wieder	gehe zu **633**

310

Du segelst in die Katastrophenbucht hinein. Schwerer Regen setzt ein und der Himmel wird dunkler, was die Sichtweite dramatisch verringert.

„Dies sind gefährliche Gewässer, Käpt'n", sagt der Erste Maat. „Einige Leute meinen, die Riffe und Felsen der Bucht würden sich verschieben und ihre Lage verändern, was jede Karte unzuverlässig macht."

Wirf zwei Würfel:
 Ergebnis 2-5: Sturm gehe zu **645**
 Ergebnis 6-9: Soweit ungestörte Reise gehe zu **533**
 Ergebnis 11-12: Ein Feuer in der Ferne gehe zu **243**

311

Es war ein Fehler, hierherzukommen. Mehrere der Stammgäste erkennen dich als denjenigen wieder, der Luroc Bans an Avar Hordeth verraten hat. Du wendest dich zum Gehen, aber ein paar Schläger versperren dir den Ausgang. Mehrere von Lurocs Freunden gehen sofort auf dich los. Behandle sie wie einen einzelnen Gegner.

Drei Schläger:
KAMPFKRAFT 10, VERTEIDIGUNG 7, LEBENSKRAFT 19

Wenn du gewinnst, gehe zu **430**. Wenn du verlierst, gehe zu **169**.

312

Dir fällt etwas Seltsames an den Spuren auf, die er im Schlamm hinterlassen hat. Es sind nicht die Hufabdrücke eines Pferdes, sondern die eines Kelpies, einem gestaltwandelnden Wassergeist, der dafür bekannt ist, Reisende in die Tiefen zu locken.

 Greife ihn an   gehe zu **555**
 Verschwinde   gehe zu **676**

313

Der Golem lässt dich widerwillig vorbei. Im Inneren der Festung findest du ein *Schwert* (KAMPFKRAFT +5). Füge es zu deiner Liste an Besitztümern hinzu und eile anschließend zurück zum Schiff.

Gehe zu **191**.

314

Dein Schiff, deine Mannschaft und deine Fracht versinken im tiefen, dunklen Meer. Streiche sie von deinem Abenteuerblatt. Du kannst jetzt nur noch daran denken, dich selbst zu retten.

Wirf zwei Würfel. Ist das Ergebnis höher als deine Stufe, ertrinkst du (gehe zu **7**). Ist das Ergebnis kleiner oder gleich deiner Stufe, kannst du etwas Treibholz finden und schaffst es zurück an Land. Wirf einen Würfel und ziehe das Ergebnis von deiner LEBENSKRAFT ab.

Wenn du das überlebst, gehe zu **524**.

315

Deine kratzige und melodielose Serenade erzürnt den Hund nur zusätzlich.

Gehe zu **62**.

316

Ihr segelt tagelang umher, bis ihr eine Übereinstimmung zwischen den Sternen und euren Seekarten finden könnt. Scheinbar seid ihr weit nach Süden abgekommen, vorbei an der Insel der Druiden ins Violette Meer hinein.

Gehe zu *Die Meere des Schreckens* **55**.

317

Tagelang gehst du weiter. Du hast Hunger und bist von den tiefen, schrägen Strahlen des Sonnenlichts, welche vom Eis reflektiert werden, halb blind. Du bist todmüde, aber es ist zu kalt, um mehr als ein paar Minuten Schlaf zu bekommen.

Jeder Schritt lässt dich in hüfthohem Schnee versinken. Lawinen sind eine stete Bedrohung. Du hättest dich niemals in diese erbarmungslose Ödnis vorwagen sollen.

Du verlierst 1-6 LEBENSKRAFT-Punkte (wirf einen Würfel). Wenn du noch lebst, mache einen NATURWISSEN-Wurf mit dem Schwierigkeitsgrad 18.

Erfolgreicher NATURWISSEN-Wurf	gehe zu **636**
Misslungener NATURWISSEN-Wurf	gehe zu **452**

318

Hast du das Codewort *Dorn*, gehe sofort zu **98**. Wenn nicht, lies weiter.

Du klammerst dich fest und nur deine Hartnäckigkeit hält dich am Leben. Zu deinem Glück liest dich ein vorbeifahrendes Handelsschiff auf.

Der Kapitän, ein Mann aus Metriciens in Golnir, freut sich, dich mit nach Yarimura nehmen zu können, seinem nächsten Zielhafen.

Hast du das Codewort *Diebstahl*, gehe sofort zu **51**. Wenn nicht, lies weiter.

Nach einer ereignislosen Reise gehst du im Hafen von Yarimura von Bord. Gehe zu **10**.

319

Du entfernst den Korken der Phiole und hältst sie unter die Nase des Schamanen. Er schlägt die Augen auf und starrt dich mit gerötetem Blick an.

„Geh dorthin, wo die toten Geister sind", sagt er mit einem kehligen Knurren. „Finde die tiefen Tunnel unter dem Eis. Hülle dich warm ein oder deine Adern werden sich mit Rubinen füllen und du machst mit Füßen aus Marmor deinen letzten Schritt. Besänftige den Wächter des fremden Häuptlings mit einem Lied aus der Vergangenheit."

Vielleicht war es vergebene Mühe, den alten Schamanen wieder aufzuwecken. Er scheint nur Unsinn zu brabbeln. Zudem haben sich die *unheimlichen Salze* in der kalten Nachtluft aufgelöst – streiche sie von deinem Abenteuerblatt. Du kehrst ins Lager zurück und suchst dir einen warmen Platz am Feuer, wo du etwas schlafen kannst.

Gehe zu **394**.

320

Hast du das Codewort *Diamant*, gehe zu **687**. Wenn nicht, lies weiter.

Du hast die eisigen Ufer des Raureifsees erreicht. Der See ist komplett zugefroren und das Eis schimmert seltsam. Drei träge Flüsse, deren Wasser halb gefroren ist, ergießen sich aus Norden in den See hinein. Am südlichen Ufer des Sees liegt ein kleiner Gebäudekomplex, von dem sich Rauch in den klaren, frostigen Himmel hinaufwindet – die Eismine.

Besuche die Eismine	gehe zu	**373**
Gehe nach Norden in die Flussebene	gehe zu	**91**
Begib dich in die Berge	*Das Reich der Masken*	**35**

321
Die Nacht vergeht friedlich, wenngleich sie nicht gemütlich ist.

Gehe zu **144**.

322
Er bricht bewusstlos im Rinnstein zusammen. Nach der unangenehmen Durchsuchung seines Körpers findest du dank eines Würfelwurfs Folgendes:

    Ergebnis 1-2:   *Laterne*
    Ergebnis 3-4:   *5 Shards*
    Ergebnis 5-6:   *Seil*

Wenn du fertig bist, gehe zu **182**.

323
Die Mannschaft scheint überrascht, dich zu sehen.

„Wir dachten schon, Ihr würdet niemals lebend zurückkehren, Käpt'n!", sagt der erste Maat.

Ihr segelt euer Schiff zurück durch die Nebelbank, welche die Insel umgibt, hinaus aufs offene Wasser.

Gehe zu **296**.

324

Du erkennst, dass dies ein antiker Tempel ist, welcher Göttern gewidmet war, die so alt sind wie die Hügel selbst. Du betrittst den Kreis und sagst das entsprechende Mantra so gut auf, dass du eine Segnung erhältst. Notiere dir „KAMPFKRAFT" im Feld Segnungen auf deinem Abenteuerblatt. Die Segnung erlaubt es dir, erneut zu würfeln, wenn dir ein KAMPFKRAFT-Wurf misslingt. Die Segnung reicht für einen Wiederholungsversuch. Wenn du die Segnung benutzt, dann streiche sie von deinem Abenteuerblatt. Du darfst zu jedem Zeitpunkt nur eine KAMPFKRAFT-Segnung auf einmal haben.

Hast du das Codewort *Darstellung*, gehe zu **572**. Wenn nicht, verlässt du den Ort. Gehe zu **224**.

325

Der Klippenwald ist ein angenehmes Stück Waldland. Vögel singen in den Bäumen und die Luft ist erfrischend und belebend.

Auf einer Lichtung im Wald findest du eine Hütte. Die alte Nomadin, die darin lebt, bietet dir für 10 Shards an deine Zukunft in Bezug auf eine bestimmte Frage zu lesen.

Frage nach dem Hochkönig	gehe zu	**635**
Frage nach der Rubinroten Zitadelle	gehe zu	**55**
Frage nach der Stadt der Ruinen	gehe zu	**353**
Verlasse den Wald	gehe zu	**280**

326 ☐

Ist das Kästchen angekreuzt, gehe sofort zu **213**. Wenn nicht, dann kreuze es jetzt an und lies weiter.

Du findest einen schwachen, alten Mann, der neben dem Feldweg sitzt, welchem du folgst. Seine Augen sind beinahe blind und seine Hände zittern vor Schüttelfrost.

Als du dich näherst, schiebt er einen Korb nach vorn und versucht dir seine Waren zu verkaufen. Er hat dir nur eine alte Schriftrolle anzubieten, die mit goldenen Buchstaben und seltsamen Glyphen versehen ist. Er will 5 Shards dafür haben.

Kaufe die Schriftrolle	gehe zu	**31**
Verschwinde	gehe zu	**144**

327

Du hörst die Stimmen nicht mehr. Der Sturm lässt schließlich nach und du bleibst durchnässt und halb erfroren zurück.

Du verlierst 1 LEBENSKRAFT-Punkt.

Bevor du dein Nachtlager aufschlagen kannst, musst du nach Nahrung jagen. Mache einen NATURWISSEN-Wurf mit dem Schwierigkeitsgrad 11. Hast du Erfolg, findest du einen kleinen, flugunfähigen Vogel, den du essen kannst. Scheiterst du, musst du hungern und verlierst 1 weiteren LEBENSKRAFT-Punkt.

Wenn du noch lebst, gehe zu **65**.

328

Auf der anderen Seite der Brücke wartet ein gepanzerter Ritter, der auf einem riesigen, schwarzen Löwen sitzt. Als er dich sieht, klappt er sein Visier herunter und nimmt seine Lanze zur Hand.

„Mach dich zum Tjosten bereit", krächzt seine Stimme aus dem Inneren des Metallhelms.

„Ich habe gar kein Pferd!", protestierst du.

„Welch Pech", gibt er zu. „Du hättest besser vorbereitet sein sollen."

Er galoppiert über die Brücke auf dich zu. Hast du ein *Seil*, gehe zu **538**. Wenn nicht, gehe zu **446**.

329

Du erhältst das Codewort *Drache*.

Du schickst einen klaren, reinen Ton in die rosarote Luft hinaus. Er trifft genau die harmonische Resonanz des riesigen Rubins und dieser beginnt auf unheilvolle Weise zu beben. Der Mann in Schwarz verfällt in Panik. Sein Stab schwankt hin und her und schießt eine Woge aus eisiger Dunkelheit an dir vorbei.

„Nein, nein!", schreit er, aber es ist bereits zu spät.

Die gesamte Zitadelle beginnt zu erzittern und ein Block aus durchsichtigem Fels kracht zu Boden, gefolgt von einer Lawine aus weiteren Blöcken. Der Mann in Schwarz wird innerhalb von Sekunden unter ihnen begraben.

Dir fällt auf, dass der Block, in dem der tätowierte Mann eingeschlossen war, ebenfalls zersprungen ist und er nun frei ist.

Er macht seltsame Gesten und wird augenblicklich von einem Feld aus blauer Energie umringt, das ihn vor dem einstürzenden Rubin schützt.

Du jedoch hast keinen solchen Schutz. Wirf einen Würfel und zähle 2 hinzu. Ist das Ergebnis kleiner oder gleich deiner Stufe, gehe zu **441**. Ist der Wurf höher als deine Stufe, gehe zu **679**.

330
Die Meeresspinne bricht schlagartig zusammen und ihr stinkendes, schwarzes Wundsekret verbreitet sich im Wasser.

Der Hort der Spinne ist eine unterirdische Höhle voll Wasser, das dir bis zur Taille reicht. Bei Flut wäre sie vollkommen unter Wasser. Du findest das Skelett irgendeines armen, glücklosen Seemanns – die letzte Mahlzeit der Spinne. In einem Beutelchen entdeckst du einen *goldenen Kompass* (NATURWISSEN +2). Vermerke ihn auf deinem Abenteuerblatt.

Du kletterst aus der Höhle heraus und stellst fest, dass deine Mannschaft nach dir sucht.

„Wir dachten, Ihr wärt so gut wie tot, Käpt'n", sagt einer deiner Männer.

Ihr kehrt zum Schiff zurück, und als die Flut kommt, setzt ihr Segel.

Gehe zu **471**.

331
Die Trau greifen mit kohlrabenschwarzen Händen nach dir, um dich zu packen und hinab in die Unterwelt zu ziehen. Aber sie können Frömmigkeit und Gottesfurcht nicht ausstehen. Du

bist für ihren Geschmack viel zu heilig und sie weichen fluchend zurück.

„Aaah, der hier riecht nach Tempelweihrauch", knurrt einer von ihnen.

Sie verschwinden so schnell wieder in dem Loch, wie sie gekommen sind, und die Steinplatte knallt mit einem widerhallenden Krachen herunter.

Wohin wirst du von hier aus gehen?

Nach Norden Richtung Yarimura	gehe zu	**280**
Nach Westen in die Ebene	gehe zu	**234**
Nach Süden	gehe zu	**145**

332
Du findest 15 Shards und einen *Kompass* (NATURWISSEN +1). Leider hast du dich auch mit der Krankheit angesteckt, an welcher der Mann gestorben ist. Du bekommst einen hässlichen, roten und fleckigen Ausschlag.

Notiere dir auf deinem Abenteuerblatt, dass du an einer Krankheit leidest (nämlich Rotem Fieberfrost) und dass deine Fähigkeiten CHARISMA und KAMPFKRAFT jeweils um 1 Punkt sinken, bis du eine Heilung gefunden hast. Findest du irgendwann eine Heilung, dann kannst du die verlorenen Punkte wiederherstellen.

Gehe zu **698**.

333

Ihr bringt das Schiff nach Norden und fahrt schließlich an den Gipfeln am Rande der Welt – furchteinflößende Berge, die sich majestätisch in die Wolken erheben – entlang nach Westen. Im Norden trifft das Meer auf eine riesige Klippenwand, die in den Himmel aufragt. Eine starke Strömung droht euer Schiff in eine gewaltige Höhle am Fuß der Klippen zu zerren. Das Meer wird an diesem Höhleneingang stark verwirbelt und wirft hohe Wellen auf.

Zu jeder Seite des Höhleneingangs steht hüfttief im Meer eine gewaltige Statue. Es sind Steinkrieger von zyklopischer Größe, verwittert und zerfressen. Sie stehen schon seit Hunderten von Jahren hier, vielleicht sogar Tausenden. Ihre Gesichter blicken auf die Welt hinaus, so als würden sie ferne Ereignisse im tiefen Süden beobachten.

„Die Stummen Wächter", flüstert einer deiner Männer mit ehrfurchtsvoller Stimme.

„Ja", sagt ein anderer, „die Hüter am Rande der Welt. Wir drehen besser um, Kapitän."

„Einige sagen, dies wäre der Schlund von Harkun, dem alten Gott, aus dessen Knochen die Welt geformt wurde, und dass er in das Land unter der Welt führt! Dreht um, Käpt'n, bitte!", sagt dein erster Maat.

Drehe um	gehe zu **201**
Bitte deine Männer, in die Höhle zu fahren	gehe zu **255**

334

Als Geweihter von Amanushi genießt du den Vorteil, dass du weniger für den Segen und alle weiteren Dienste des Tempels zahlen musst. Ein Geweihter zu werden, kostet dich 50 Shards.

Du kannst dies nicht tun, wenn du bereits Geweihter eines anderen Tempels bist. Wenn du ein Geweihter werden willst, dann schreibe „Amanushi" in das Feld Gottheit auf deinem Abenteuerblatt – und denk daran, die 50 Shards wegzustreichen.

Sobald du hier fertig bist, gehe zu **194**.

335
Du bist dem Geisterschiff schon begegnet und weißt, dass es nur eine Illusion ist, welche leichtgläubige Menschen von der Insel der Geheimnisse fernhalten soll. Du segelst direkt hindurch und das Piratenschiff löst sich auf.

Gehe zu **296**.

194

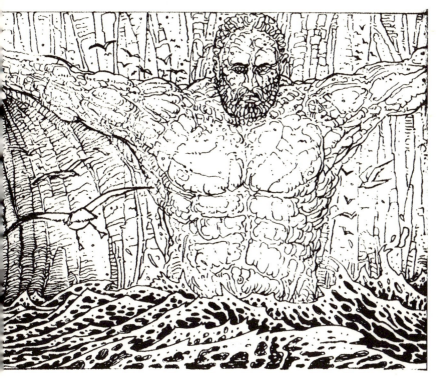

336

Ihr segelt durch die Tigerbucht. Es ist bitterkalt und Eisschollen zieren die Oberfläche der Bucht.

Wirf zwei Würfel:
    Ergebnis 2-4: Sturm gehe zu **512**
    Ergebnis 5-8: Eine ereignislose Reise gehe zu **438**
    Ergebnis 9-12: Ein dunkler Fleck am Himmel gehe zu **301**

337

Kreuze das Codewort *Diebstahl* an.
Du schaffst es mit Luroc sicher zurück nach Yarimura, wo er sich verabschiedet.

„Das wird als einer der größten Einbrüche in die Geschichte eingehen!", prahlt er. „Ich freue mich darauf, eines Tages wieder mit dir zusammenzuarbeiten."

Falls du das Kästchen mit Edelsteinen mitgenommen hast, dann ist sein Inhalt 850 Shards wert. Addiere diesen Betrag zu deinem Geld und streiche das Kästchen weg.

Diese Erfahrung hat dich viel gelehrt – erhöhe deinen Wert für DIEBESKUNST dauerhaft um 1 und gehe anschließend zu **10**.

338

Hordeths letzter Hieb lässt dich rückwärts taumeln und ihr werdet im Gedränge des Kampfes voneinander getrennt.

Du brichst zusammen, aber einer deiner Männer verbindet gerade noch rechtzeitig deine Wunden – du kommst mit 1 LEBENSKRAFT-Punkt wieder zu Bewusstsein. Allerdings ist beiden Seiten klar, dass du das Duell mit Hordeth verloren hast, und das wird die Moral deine Mannschaft beeinflussen.

Die Hauptschlacht ist noch nicht vorbei. Wenn du ein Krieger bist, wirf drei Würfel, hast du einen anderen Beruf, wirf zwei Würfel. Zähle deine Stufe zu diesem Wurf hinzu. Hast du eine erbärmliche Mannschaft, ziehe 2 von der Summe ab. Ist die Mannschaft gut, zähle 2 hinzu. Ist die Mannschaft ausgezeichnet, zähle 3 hinzu.

Ergebnis 0-15:	Ihr werdet besiegt	gehe zu	**282**
Ergebnis 16-18:	Ihr schlagt sie zurück	gehe zu	**240**
Ergebnis 19+:	Überwältigender Sieg	gehe zu	**149**

339

Die niedergeschlagenen Männer ignorieren deine dürftigen Versuche, ihnen wieder Mut zu machen.

„Verschwinde einfach", brummt einer von ihnen.

Du zuckst mit den Schultern und gehst. Gehe zu **669**.

340
Hast du das Codewort *Drache* oder *Eigenheim*, gehe sofort zu **499**. Wenn nicht, gehe zu **584**.

341
Nach einer Weile verlässt das Schiff den Nebel und fährt in helles Sonnenlicht hinein. Schockiert erkennst du, dass ihr in einem großen Kreis gesegelt seid und euch wieder an der Stelle befindet, von der aus ihr gestartet seid.

Gehe zu **296** und triff eine neue Wahl (du kannst erneut versuchen zur Insel zu segeln, falls du das willst).

342
Notiere dir, dass dein Schiff in der Tigerbucht vor Anker liegt.

Die Küstenlinie ist rau und felsig. Zähes Riedgras ist alles, was entlang der Ufer wächst.

Stich in See	gehe zu **336**
Lass das Schiff hier und ziehe landeinwärts	gehe zu **669**

343
Du erinnerst dich an einen Mann, der von den Nomaden gefoltert worden ist und dir mit seinem letzten Atemzug von diesen großen Metalltüren erzählte. Wie ging gleich das Ritual, das er beschrieben hat? Oh ja. Du legst deine Hand auf dein Herz und verbeugst dich dreimal.

Du wartest. Das Seufzen des Windes ist das einzige Geräusch in der Ebene. Du willst dich gerade abwenden, als die Türen langsam nach innen schwingen.

Tritt ein	gehe zu	**513**
Verschwinde	gehe zu	**15**
Klettere die Felswand hinauf	gehe zu	**221**

344

Die Erwähnung des Namens reicht aus, damit er wie eine aufgescheuchte Stabheuschrecke auf seine dürren Beine springt, davonstürzt und sich in seinem Zelt versteckt. Als du versuchst ihn herauszulocken, späht er hinter der Zeltplane hervor und sagt, dass du gehen sollst, bevor er dich mit einem Fluch belegt.

Es macht keinen Sinn, den armen, alten Teufel noch mehr zu verärgern, als du es bereits getan hast. Du läufst zurück ins Lager und fragst einen Nomaden, wo du schlafen kannst.

Gehe zu **394**.

345

Er kann dir von folgenden Dingen erzählen:

Überleben in der Steppe	gehe zu	**671**
Die Rubinrote Zitadelle	gehe zu	**433**
Die Stadt der Ruinen	gehe zu	**649**
Das Gotteshaus der Vier Winde	gehe zu	**612**

346

Die Flussebene wird nicht länger von Nebel beherrscht. Seit der Raureifsee aufgetaut ist, fließen die Flüsse schneller, auch wenn noch immer massives Eis auf dem Wasser treibt.

Begib dich nach Westen in die Tigerbucht	gehe zu	**669**
Begib dich nach Nordosten zur Pyramide	gehe zu	**472**
Reise nach Süden zum Raureifsee	gehe zu	**320**
Begib dich nach Osten	gehe zu	**281**
Reise nach Südosten	gehe zu	**29**

347

Du bückst dich und beginnst die Felsbrocken wegzutragen. An diesem beengten Ort ist dies harte Arbeit, welche durch die abgestandene Luft nicht wirklich einfacher wird. Trotz der Kälte schwitzt du schon bald unter deiner Jacke.

Du räumst endlich ein Loch frei, das groß genug ist, damit du dich hindurchquetschen kannst. Du bist erstaunt über das, was vor dir liegt. Es ist eine Begräbniskammer, in der sich Schmuckstücke aus Silber und blauer Jade türmen.

Bevor du deine Taschen füllen kannst, ertönt ein lautes Schlittergeräusch aus dem Haupttunnel. Eine riesige, schlangenhafte Gestalt wuchtet ihren Körper vor das Loch und versperrt dir den Fluchtweg. Du hämmerst und stichst vergeblich auf ihre ledrigen Flanken ein – sie scheint für Verletzungen unempfindlich zu sein.

Erschöpft sackst du schließlich auf dem Boden der Kammer zusammen. Es gibt keinen Ausweg. Von Schätzen umringt, kannst du nur auf einen langsamen Tod durch Ersticken oder Verdursten warten.

Gehe zu **7**.

348
Du spürst, dass die Gestalt vor dir nicht allein ist. Du duckst dich instinktiv zur Seite, als zwei weitere dunkle Gestalten hinter dir auftauchen.

„Verflucht!", brüllt die erste Gestalt. „Könnt ihr Dummköpfe denn nichts richtig machen? Schnappt ihn!" Alle drei – drahtig wirkende Halunken in schwarzen Lederrüstungen – stürzen sich auf dich.

Kämpfe gegen sie	gehe zu **238**
Lauf weg	gehe zu **212**

349
Wenn du den Titel *Nachtpirscher* trägst, gehe sofort zu **450**. Wenn nicht, lies weiter.

Die Schläger, die den Eingang zum Gebäude bewachen, mustern dich von oben bis unten. „Noch ein unternehmerischer Schurke, der der Bruderschaft seinen Respekt zollen will", sagt einer von ihnen zu seinem Kumpel. Sie lachen, bewegen sich aber zur Seite, um dich durch die Tür zu lassen.

Betritt das Gebäude	gehe zu **309**
Verschwinde wieder	gehe zu **633**

350
Hast du das Codewort *Dunkelheit* oder *Düsternis*, gehe zu **289**. Wenn nicht, lies weiter.

Du betrittst ein Netzwerk aus unterirdischen Tunneln, das unter den Bergen entlang verläuft.

Es ist stockfinster und du brauchst eine Lichtquelle wie eine *Laterne* oder *Kerze*, um weiterzugehen. Hast du keine Lichtquelle, musst du umkehren – gehe zu *Das Reich des Krieges* **3**. Hast du aber eine Lichtquelle, dann kannst du diese Tunnel erforschen – gehe zu **174**.

351

Der Golem tut so, als würde er deine Antwort akzeptieren, nur um deinen Kopf zwischen seinen Granithänden zu zerquetschen, als du an ihm vorbeigehen willst.

Hast du eine Wiederbelebung vereinbart, dann blättere zu dem Abschnitt, den du dir auf deinem Abenteuerblatt notiert hast. Ansonsten kannst nur mit einem neuen Charakter von vorn beginnen, nachdem du zuerst alle Kreuze und Codewörter in deinen Büchern entfernt hast. Du kannst bei Abschnitt **1** in jedem beliebigen Buch der Reihe neu starten.

352

Die Frau, die aus Akatsurai stammt, erblickt dich. „Du bist noch nicht behandelt worden!", sagt sie überrascht.

„Wir werden sehen, wer hier wen behandelt, du Teufelsweib", erwiderst du mit knirschenden Zähnen.

Sie lächelt bösartig, nimmt einen Speer mit langer Klinge an der Spitze zur Hand und wirbelt ihn um ihren Körper herum, um dir ihre atemberaubenden Kampfkünste zu zeigen.

Teufelsweib:
KAMPFKRAFT 8, VERTEIDIGUNG 6, LEBENSKRAFT 10

Wenn du verlierst, gehe zu **7**. Wenn du gewinnst, gehe zu **170**.

353
Streiche die 10 Shards weg. Die Frau starrt einige Minuten lang in eine Kugel aus bläulichem Glas hinein, dann flüstert sie wie in Trance: „Vor dir liegt Reichtum – oder der Tod. Suche in der Pyramide nach einem Weg nach vorn. Dir wird ein böses Unglück widerfahren, aber verzweifle nicht, es ist nicht alles verloren!" Dann sackt sie nach vorn und ist plötzlich eingeschlafen.

Du verlässt den Wald. Gehe zu **280**.

354
Lochos Veshtu hat dir die Aufgabe gestellt: dich in die Schlafkammer des Daimyos hineinzuschleichen. Willst du das jetzt versuchen, gehe zu **493**. Wenn nicht, gehe zu **665**.

355
Um herauszufinden, wie sich deine Investitionen entwickelt haben, wirf zwei Würfel. Wenn du ein Geweihter der Drei Glückseligen bist, zähle 1 zum Wurf hinzu. Außerdem darfst du das Ergebnis für jedes der folgenden Codewörter (falls du sie hast) weiter erhöhen: *Almanach* – plus 1, *Bürste* – plus 2, *Entsetzen* – plus 3.

Ergebnis 2-4: Du verlierst dein investiertes Geld.
Ergebnis 5-6: Verlust von 50%.
Ergebnis 7-8: Verlust von 10%.
Ergebnis 9-10: Deine Investition bleibt unverändert.
Ergebnis 11-12: Gewinn von 10%.

Ergebnis 13-14: Gewinn von 50%.
Ergebnis 15-16: Verdopple deine Investition.
Ergebnis 17+:   Gewinn von 150%.

Gehe jetzt zu **526**, wo du den Betrag abheben oder weiter liegen lassen kannst, nachdem du ihn entsprechend deines Würfelergebnisses angepasst hast.

356
Du erzählst ihnen, dass du für einen Händler in Yarimura arbeitest und nach Süden reist, um Handelsbeziehungen zur Händlergilde von Sokara aufzubauen. Sie glauben dir und lassen dich durch.

Begib dich nach Norden	gehe zu **145**
Betritt die Zitadelle	gehe zu **295**

357
Du wirst an die Marine verkauft und musst unter Peitschenhieben als Galeerensklave arbeiten.

Gehe zu **222**.

358
Dein Schiff wird wie Treibgut umhergeworfen. Als der Sturm nachlässt, ziehst du Bilanz. Vieles ist über Bord geschwemmt worden – du verlierst 1 Ladeeinheit deiner Wahl.

Außerdem ist das Schiff weit vom Kurs abgekommen und der Maat hat keine Ahnung, wo ihr seid.

„Wir haben uns auf dem Meer verirrt, Käpt'n!", stöhnt er.

Gehe zu **390**.

359

Streiche die 200 Shards von deinem Abenteuerblatt. Blaukappe schnauft zufrieden und stapft in die Dunkelheit davon.

Du gehst weiter den Tunnel entlang. Nach einer Weile kommst du in eine große, runde Kammer aus bearbeitetem Stein, an deren Wänden Fahnen hängen. Flache Steinplatten sind entlang ihrer Ränder angeordnet worden. Auf ihnen ruhen Krieger in goldenen Rüstungen. Mit ihren Panzerhandschuhen halten sie lange Zweihandschwerter fest. Sie scheinen zu schlafen.

Gehe zu **75**.

360 ❑
Ist das Kästchen angekreuzt, gehe sofort zu **593**. Wenn nicht, kreuze es jetzt an und lies weiter.

Du kommst an eine Tür aus massivem Basalt. Davor hockt eine schattenhafte Gestalt mit rubinroten Augen. Sie steht auf vier schwarzen Beinen und gibt ein kehliges, grollendes Knurren von sich, während sie ihre messerscharfen Zähne entblößt.

Es ist ein Feenhund, ein Wachtier der Trau, und es hat zum Sprung angesetzt.

Du hast Geschichten darüber gehört, dass diese schwarzen Hunde mit wunderschöner Musik und Gesang besänftigt und in Schlaf versetzt werden können.

Singe ihm etwas vor	gehe zu	**269**
Bekämpfe ihn	gehe zu	**62**

361
Die Hohepriesterin begrüßt dich. Du erklärst ihr, wie du unter Einsatz deines Lebens den Spiegel der Sonnengöttin gefunden hast, dass du ihn aber nach einem schrecklichen Unglück verloren hast.

Aber sie scheint nicht beunruhigt zu sein.

„Auch wenn du sagst, du hättest ihn verloren, so hat sich Nisoderu dazu entschlossen, ihn zu uns zurückzubringen. Eine Frau aus dem Süden namens Lauria hat ihn uns gebracht. Ich fürchte, sie hat die Belohnung bereits eingesammelt. Und es ist nichts mehr übrig, was wir dir geben könnten – immerhin haben wir nur dein Wort dafür, dass du den Spiegel überhaupt gesehen, geschweige denn besessen hast."

Du verschwindest leicht verärgert. Gehe zu **58**.

362
Du erreichst die höchsten Gipfel der Welt. Deine Lungen ringen in dieser Höhe um jeden Atemzug. Jeder Schritt ist ein schwerer Kampf und erfordert heldenhafte Anstrengung.

Wenn du das Codewort *Calcium* hast, kannst du die dünne Luft atmen. Wenn nicht, verlierst du 2-12 LEBENSKRAFT-Punkte (wirf zwei Würfel).

Bahne dir einen Weg nach Süden	gehe zu **264**
Kämpfe dich weiter nach Norden	gehe zu **423**

363
Dein Wissen über die Kreaturen der Wildnis verrät dir, dass dies Flossenmenschen sind, eine Rasse von Unterwassergeschöpfen, die ziemlich intelligent sein sollen und sich der Menschheit gegenüber weitgehend friedlich verhalten.

Einer der Flossenmenschen richtet seinen Speer auf dich.

Greife sie alle an	gehe zu **520**
Warte ab, was passiert	gehe zu **634**

364
Dunkelheit bricht herein und die Nomadenkrieger schlagen ihr Lager auf. Während sie sich um ihren Kochtopf herum drängen, werfen sie ihrem schluchzenden Gefangenen gelegentlich einen neugierigen Blick zu.

Befreie den armen Kerl	gehe zu **129**
Setze deinen Weg fort	gehe zu **52**

365
Du bittest die Torwache darum, dich nach Nerech hinauszulassen. Sie mustert dich von oben bis unten und beäugt dich einen Augenblick lang misstrauisch. Dann sagt sie: „Gib uns lieber deine Stiefel. Es ist ein nettes Paar und es wäre schade, sie auf diese Weise zu verschwenden."

Die Wache grinst dich auf morbide Weise an.

| Kehre um | *Das Reich des Krieges* | **259** |
| Wage dich hinaus | gehe zu | **32** |

366
Er kümmert sich gerade um die besten der Reittiere.

„Dies sind Fineitri, was in unserer Sprache ‚Vetter' bedeutet", sagt er. „Von ihnen bekommen wir Fell, um Seile zu machen, Häute für unsere Zelte und unsere Kleidung, Knochen für unsere Bögen und Fleisch für unsere Bäuche."

Du blickst in das seltsame, traurige und halb menschliche Gesicht des Tieres.

„Dann sind sie also euer Vieh?"

Er schnaubt. „Viel mehr als ‚Vieh', so wie diejenigen, die nicht wie wir durch die Lande ziehen, dieses Wort verstehen. Wir respektieren die Fineitri und dürfen sie nur nach einem heiligen Ritual schlachten, welches dafür sorgt, dass der Geist des Tieres sicher die nächste Welt erreicht. Laut unseren Mythen waren das erste Fineitri und der erste Mensch Brüder." Du unterdrückst mit Mühe ein Gähnen. Die Anstrengungen des Tages holen dich ein. Du entschuldigst dich bei dem Häuptling und gehst, um einen Schlafplatz zu finden.

Gehe zu **394**.

367

Du erkennst Kaschuf wieder. Während deiner Tage als Seefahrer auf dem Violetten Meer bist du auf eine nicht verzeichnete Insel gestoßen. Dort hast du ein herzförmiges Medaillon gefunden, in das Kaschufs kahlköpfiges Gesicht mit seinen durchdringenden, grünen Augen hineingemalt war.

Und als du es geöffnet hast, hast du etwas daraus befreit. Du erzählst Kaschuf deine Geschichte und die Wirkung auf ihn ist außergewöhnlich. Er wird vor Entsetzen ganz weiß.

Aber Kevar hüpft schadenfroh von einem Fuß auf den anderen und krächzt: „Du hast in diesem Medaillon seine Seele gefunden! Und sie freigelassen! Kaschuf ist nicht länger todlos! Er kann getötet werden ..."

„Der Kampf ist noch nicht vorüber, alter Mann", brüllt Kaschuf, während er dich grausam anblitzt. „Ich kann noch immer gewinnen!"

Kevar legt eine Hand über seinen Mund. Du musst kämpfen.

Kaschuf:
KAMPFKRAFT 8, VERTEIDIGUNG 8, LEBENSKRAFT 20

Wenn du siegst, gehe zu **158**. Wenn du verlierst, gehe zu **7**.

368

„Wartet!", schreit einer von ihnen den anderen zu.

Er fliegt herab und blickt dir ins Gesicht. Dann sagt er: „Ich kenne dich!"

Es ist Pikalik, der Schwingenkrieger. Du hast ihn auf dem Sklavenmarkt von Caran Baru gekauft und dann freigelassen. Die anderen werden freundlicher und fliegen dich hinauf zu ihrem

Unterschlupf, einem Labyrinth aus Höhlen, das den obersten Gipfel durchzieht und nur über die Luft zu erreichen ist.

Die Reise ist ziemlich berauschend, auch wenn es sieben oder acht Mannekyns erfordert, um dich zu tragen. Pikalik bringt dich zu ihrem Anführer. Man führt dich in eine reich geschmückte Höhle tief im Fels.

Gehe zu **428**.

369

Die Hütte kommt zum Stehen. „Diesmal nicht!", kreischt eine Stimme aus dem Inneren der Hütte. „Gura Goru fällt nicht zweimal auf den gleichen Trick herein."

Mit diesen Worten huscht die Hütte in die entgegengesetzte Richtung davon.

Gehe zu **92**.

370

„Ich verstehe", sagt der Dschinn, „es geht immer um Reichtum – ihr Sterbliche seid doch alle gleich."

Er macht eine Handbewegung. Tausende von Shards beginnen wie aus dem Nichts auf das Floß herabzuregnen. Du erkennst schnell, dass das Floß unter all dem Gewicht versinken wird, aber es ist bereits zu spät.

Das Floß zerbricht unter den schweren Münzen und das ganze Geld landet mit dir zusammen im Meer. Der Dschinn lacht laut und verschwindet mit einem Knall. Du hältst dich an einem Holzstück des Floßes fest, während irgendwo in den Tiefen unter dir ein Vermögen aus Shards liegt.

Du kannst jetzt nur noch daran denken, wie du überleben sollst. Wirf einen Würfel und zähle eins zum Wurf hinzu. Ist das Ergebnis höher als deine Stufe, gehe zu **459**. Ist es kleiner oder gleich deiner Stufe, gehe zu **318**.

371

Der Kampf ist schnell und erbittert. Du musst dich zwei von ihnen stellen. Bekämpfe sie, als wären sie ein einzelner Gegner.

Vermummte Männer:
KAMPFKRAFT 7, VERTEIDIGUNG 7, LEBENSKRAFT 15

Wenn du siegst, gehe zu **99**. Wenn du verlierst, gehe zu **7**.

372

Du hast den Unterschlupf eines Totenbeschwörers betreten. Leichen liegen auf Steinplatten herum und warten auf ihre Wiederbelebung, und in Destillierkolben und Kesseln blubbern und brodeln Tränke. Ein Mann, der in schwarze Gewänder gekleidet ist und einen Stab in der Hand hält, wendet sich dir zu. Sein bleiches Gesicht wirkt unmenschlich und zerknittert, während du in seinen Augen Wahnsinn zu erkennen meinst.

Hinter ihm auf der gegenüberliegenden Seite umschließt ein rubinroter Fels einen anderen Mann, der darin gefangen ist wie eine Fliege in Bernstein. Er trägt barocke Kleidung mit nahezu absurden Verschnörkelungen, und jeder Zentimeter seiner Haut, den du sehen kannst, ist mit Tätowierungen von gleicher Komplexität übersät. Er ist in Raum und Zeit gefangen, scheint aber am Leben zu sein.

Der Mann in Schwarz spricht dich an: „Was soll das? Ein Eindringling? Verschwinde, du törichter Witzbold!"

Er richtet seinen Stab auf dich.

Mache einen ZAUBERKRAFT-Wurf mit dem Schwierigkeitsgrad 13.

Erfolgreicher ZAUBERKRAFT-Wurf	gehe zu **482**
Misslungener ZAUBERKRAFT-Wurf	gehe zu **550**

373
Du gehst in ein großes, zweckdienliches Gebäude hinein. Im Inneren bietet ein tosendes Feuer eine willkommene Abwechslung zur eisigen Luft im Freien. Mehrere kräftige Männer sitzen um einen langen Tisch herum und essen.

Hinter einem Pult neben der Tür sitzt ein korpulenter, rotbärtiger Kerl. Er blickt auf, als du eintrittst.

„Willkommen in der Eismine, mein Freund. Ich bin Jalalul der Rote, Aufseher der Mine, eingesetzt vom Hof der Versteckten Gesichter", sagt er höflich.

Er erzählt dir, dass der gesamte See aus massivem Eis besteht und dass dieses Eis die seltsame Eigenschaft besitzt, unglaublich langsam zu tauen. Tatsächlich hält ein Eisblock aus dem Raureifsee bis zu einem Monat lang.

Und natürlich kann man damit gutes Geld verdienen. Die Minenarbeiter graben Tunnel in den See hinein und bringen das Eis mit Karawanen über die Berge in die südlichen Städte des dekadenten Uttakus. Die maskierten Adligen dort zahlen gut für das Eis, damit ihr Fruchtgetränke, Weine und Sorbets schön kühl sind.

Die Mine bietet auch Führungen durch die Tunnel an – viele Lords und Ladys aus Uttaku kommen hierher, um zwischen den von Reif bedeckten Wänden entlangzuwandern. Die Führung kostet 10 Shards.

Kaufe etwas Raureifeis	gehe zu	**579**
Mache eine Führung mit	gehe zu	**22**
Verlasse die Mine	gehe zu	**320**

374

Die Ranken haben dich fest umklammert und zerren dich in die Umarmung des Flussschlamms hinab. Deine Männer sind viel zu erschrocken, um etwas anderes zu tun, als zu beobachten, wie du langsam ertrinkst.

Hast du eine Wiederbelebung vereinbart, dann blättere zu dem Abschnitt, den du dir auf deinem Abenteuerblatt notiert hast. Ansonsten kannst du nur mit einem neuen Charakter von vorn beginnen, nachdem du zuerst alle Kreuze und Codewörter in deinen Büchern entfernt hast. (Du kannst bei Abschnitt **1** in jedem beliebigen Buch der Reihe neu anfangen).

375

Du erhältst das Codewort *Despot*.

Beladais Männer kämpfen sich den Weg in den Hof frei, aber der Widerstand wird größer, als die Garnison schnell das Tor verstärkt. Ein Dutzend Soldaten stürmen die Treppe des Windenhauses herauf, um die Tore zu schließen.

Du wehrst sie lange genug ab, damit Beladais Armee in die Zitadelle gelangen kann, aber du musst dabei einen tödlichen

Schwertstoß hinnehmen. Die Zitadelle wird der Nördlichen Allianz zufallen, du jedoch wirst die Siegesfeier nicht mehr miterleben können.

Gehe zu **7**.

376 ❑
Wenn das Kästchen angekreuzt ist, gehe sofort zu **418**. Wenn nicht, dann kreuze es jetzt an und lies weiter.

Du gehst gerade eine Gasse entlang, als dir eine dunkle Gestalt in den Weg tritt.

Mache einen NATURWISSEN-Wurf mit dem Schwierigkeitsgrad 13.

Erfolgreicher NATURWISSEN-Wurf   gehe zu **348**
Misslungener NATURWISSEN-Wurf   gehe zu **293**

377
Von hier unten sieht alles riesig aus – einschließlich der Hirschkäfer. Für dich sind sie zu grässlichen, gigantischen Insekten geworden, die so groß sind wie dein Arm! Und für sie bist du nun eine brauchbare Mahlzeit.

Die antiken Shadar-Baumeister dieser Pyramide wussten ganz genau, wie man mit Grabräubern umspringt.

Das Alter des Bauwerks könnte dir jedoch das Leben retten.

Du entdeckst eine Öffnung in der Wand, wo ein Teil des Mauerwerks weggebrochen ist. Sie ist gerade groß genug, damit du hindurchkrabbeln kannst.

Du rennst darauf zu, während sich die Käfer schnell nähern.

Wirf einen Würfel und zähle eins hinzu. Ist das Ergebnis kleiner oder gleich deiner Stufe, gehe zu **412**. Ist es größer als deine Stufe, gehe zu **708**.

378

Du findest eine teilweise überflutete Höhle, in der sich der verwesende Kadaver einer riesigen Meeresspinne befindet. Ansonsten gibt es hier nichts von Interesse.

Du verschwindest und begibst dich zurück zum Schiff. Die Flut kommt und hebt dein Schiff wieder hoch, so dass ihr weitersegeln könnt.

Gehe zu **471**.

379

Du wirst zu Boden gerungen, gekonnt niedergedrückt und grausam zusammengeschlagen. Du verlierst 2-12 LEBENSKRAFT-Punkte (wirf zwei Würfel). Wenn du noch lebst, kriegst du kaum mit, wie die Nomaden dir all deine Besitztümer abnehmen. Sie lassen dir dein Geld, da sie für Münzen keine Verwendung haben.

Als du wieder auf die Beine kommst, sind die Nomaden bereits davongeritten. Ihr Gefangener hängt tot in seinen Fesseln.

Streiche alle deine Besitztümer von deinem Abenteuerblatt und gehe zu **52**.

380

Mache einen CHARISMA-Wurf mit dem Schwierigkeitsgrad 13.

Erfolgreicher CHARISMA-Wurf	gehe zu **475**
Misslungener CHARISMA-Wurf	gehe zu **339**

381

Du kannst dich rechtzeitig zur Seite werfen. Der Rukh packt einen deiner Männer und schleppt den furchtbar schreienden Mann in den grenzenlosen Himmel davon. Nachdem du den Rest der Mannschaft beruhigt hast, segelt ihr weiter.

Gehe zu **438**.

382

Hast du das Codewort *Dunst*, gehe zu **30**. Wenn nicht, lies weiter.

Ein schwarzer Hengst steht an den Ufern des Flusses des Schicksals und schleckt Wasser.

Mache einen NATURWISSEN-Wurf mit dem Schwierigkeitsgrad 15.

Erfolgreicher NATURWISSEN-Wurf	gehe zu **312**
Misslungener NATURWISSEN-Wurf	gehe zu **95**

383

So weit im Norden hält der eisige Griff des Winters fast das ganze Jahr lang an. Das harte, gefrorene Gras knirscht unter deinen Füßen und kalter Nieselregen lässt dich in dunkler Verzweiflung versinken.

Wirf zwei Würfel:
- Ergebnis 2-5: Ein verwesender Leichnam — gehe zu **702**
- Ergebnis 6-7: Kein Ereignis — gehe zu **698**
- Ergebnis 8-12: Vogelreiter — gehe zu **139**

384

Wenn du ein Geweihter bist, kostet dich Molherns Segen nur 15 Shards. Ein Nichtgeweihter muss 25 Shards zahlen. Streiche das Geld weg und notiere dir „ZAUBERKRAFT" im Feld Segnungen auf deinem Abenteuerblatt.

Die Segnung erlaubt es dir, erneut zu würfeln, wenn dir ein ZAUBERKRAFT-Wurf misslingt. Die Segnung reicht für einen Wiederholungsversuch. Wenn du die Segnung benutzt, dann streiche sie von deinem Abenteuerblatt. Du darfst zu jedem Zeitpunkt nur eine ZAUBERKRAFT-Segnung auf einmal haben.

Sobald diese verbraucht ist, kannst du zu jedem Zweig des Tempels von Molhern zurückkehren, um eine neue zu erwerben.

Wenn du hier fertig bist, gehe zu **274**.

385

Ein goldener Turm nimmt langsam vor dir Gestalt an. Er schwebt fünfzehn Meter über der Ebene. Sonnenlicht wird von diesem Turm reflektiert und lässt ihn wie eine gigantische, lodernde Fackel erscheinen, die den Schnee in goldenes Licht taucht.

Der Turm beginnt undeutlich zu flackern, als wäre er eine Luftspiegelung. Eine verschwommene, substanzlose Treppe aus Gold führt vom Turm zum Boden herab. Du versuchst hinaufzusteigen, aber dein Fuß gleitet durch die erste Stufe hindurch, als wäre sie gar nicht da.

Wenn du einen *Pfadfinder-Edelstein* hast, gehe zu **417**. Wenn nicht, gehe zu **567**.

386
Der Mast bricht entzwei und dein Schiff wird wie Treibgut umhergeworfen. Als der Sturm nachlässt, ziehst du Bilanz.

Vieles ist über Bord geschwemmt worden – du verlierst 1 Ladeeinheit deiner Wahl, sofern du überhaupt Fracht hattest.

Außerdem ist das Schiff weit vom Kurs abgekommen und der Maat hat keine Ahnung, wo ihr seid.

„Wir haben uns auf dem Meer verirrt, Käpt'n!", stöhnt er.

Gehe zu **390**.

387

Die Toten greifen nach deinen Armen. „Bleib bei uns", sagen sie. „Warum sich durch die raue, sonnenhelle Welt kämpfen, wenn du hier bis in alle Ewigkeit Dunkelheit und endlosen Frieden genießen kannst?"

Du duckst dich, greifst dir einen Silberkelch vom Tisch neben dir und rennst zurück in Richtung Oberfläche, während dir die brabbelnde Horde aus vermummten Toten dicht auf den Fersen ist.

„Bleib, bleib!", flehen sie dich an. Der Klang lässt dir das Blut in den Adern gerinnen.

Endlich kommt das blasse Tageslicht der Steppe in Sicht. Aber die Bronzetüren schließen sich! Schaffst du es noch rechtzeitig?

Wirf zwei Würfel und zähle deine Stufe hinzu.
Ergebnis 3-12: gehe zu **136**
Ergebnis 13+: gehe zu **581**

388

Wenn du ein Geweihter bist, dann kostet dich Tambus Segen nur 10 Shards. Ein Nichtgeweihter muss 25 Shards zahlen. Streiche das Geld weg und notiere dir „NATURWISSEN" im Feld Segnungen auf deinem Abenteuerblatt. Die Segnung erlaubt es dir, erneut zu würfeln, wenn dir ein NATURWISSEN-Wurf misslingt. Die Segnung reicht für einen Wiederholungsversuch. Wenn du die Segnung benutzt, dann streiche sie von deinem Abenteuerblatt. Du darfst zu jedem Zeitpunkt nur eine NATUR-WISSEN-Segnung auf einmal haben. Sobald diese verbraucht ist, kannst du zurückkehren, um eine neue zu erwerben.

Wenn du hier fertig bist, gehe zu **33**.

389
Wirf einen Würfel, um herauszufinden, was du unter den Gaben findest.

Ergebnis 1-2: *Shadar-Speer* (KAMPFKRAFT +2) und eine *Flöte* (CHARISMA +1)
Ergebnis 3-4: *Schuppenpanzer* (VERTEIDIGUNG +5) und ein *Wolfsfell*
Ergebnis 5-6: *Elfenmet* und ein *heiliges Silbersymbol* (HEILIGKEIT +2)

Allerdings hast du nun den Schrein von Tambu entweiht und damit den Zorn des Gottes auf dich geladen. Dein NATURWISSEN sinkt dauerhaft um eins.

Gehe jetzt zu **118**.

390
Das Meer erstreckt sich in alle Richtungen. Kein Flecken Land ist in Sicht. „Ich denke, wir haben uns auf dem Grenzenlosen

Ozean verirrt", flüstert der erste Maat. Die Mannschaft murmelt untereinander, denn auf dem Grenzenlosen Ozean sollen sich Dämonen und andere Manifestationen des Bösen herumtreiben.

Mache einen NATURWISSEN-Wurf mit dem Schwierigkeitsgrad 14.

Erfolgreicher NATURWISSEN-Wurf	gehe zu **602**
Misslungener NATURWISSEN-Wurf	gehe zu **557**

391

Luroc fällt tot vor deine Füße und im selben Augenblick verflüchtigt sich der Zauber, unter dem du dich befunden hast. Du hörst jemanden klatschen und drehst dich um, wo du Avar Hordeth siehst, der von vielen Wächtern flankiert wird und applaudiert.

Die Wächter stürmen auf dich zu und du wirst von ihrer schieren Überzahl überwältigt, entwaffnet, brutal zusammengeschlagen und vor Avar Hordeth auf die Knie geworfen.

Er ist ein untersetzter Mann mit verschmitzten Gesichtszügen und blickt dich grimmig an.

„Du stinkender Dieb!", sagt er. „Ich könnte dich töten, aber es war eine äußerst unterhaltsame Abwechslung, euch kämpfen zu sehen. Ich denke, ich habe eine bessere Idee."

Hordeth nimmt dir all dein Geld und deine Besitztümer ab. Streiche sie von deinem Abenteuerblatt. Später wirst du nach Yarimura gebracht, wo dich Hordeth an die kleine Marine der Stadt verkauft. Du wirst gezwungen, unter Peitschenhieben als Galeerensklave zu arbeiten.

Gehe zu **222**.

392

Avar taumelt zurück und stöhnt. Im Gedränge des Nahkampfs werdet ihr voneinander getrennt, aber deiner Mannschaft und dem Feind ist klar, dass du die Oberhand hattest. Das ist gut für die Moral deiner Männer und schlecht für die des Feindes.

Die Hauptschlacht ist noch nicht vorbei. Wenn du ein Krieger bist, wirf drei Würfel, hast du einen anderen Beruf, wirf zwei Würfel. Zähle deine Stufe zu diesem Wurf hinzu. Hast du eine erbärmliche Mannschaft, ziehe 2 von der Summe ab. Ist die Mannschaft gut, zähle 2 hinzu. Ist die Mannschaft ausgezeichnet, zähle 3 hinzu.

Ergebnis 0-10: Ihr werdet besiegt gehe zu **282**
Ergebnis 11-15: Ich schlagt sie zurück gehe zu **240**
Ergebnis 16+: Ihr gewinnt die Oberhand gehe zu **149**

393

Die Nomaden sind von deiner Angeberei mit seltsamen Abenteuern und Geschichten über Länder, welche sie nie gesehen haben, zutiefst beeindruckt. Und du schüchterst Yagotai mit einer Vielfalt an Beleidigungen ein, die du in den Gossen der Städte und Häfen aufgeschnappt hast und die für die Nomaden völlig neu und erheiternd sind. Sie heißen dich in ihrem Lager willkommen, wo du mit Essen versorgt und gut behandelt wirst. Stelle alle verlorenen LEBENSKRAFT-Punkte wieder her.

Es gibt hier einen Nomadenmarkt.

Rüstungen	Kaufpreis	Verkaufspreis
Lederrüstung (VERTEIDIGUNG +1)	50 Shards	45 Shards
Panzerhemd (VERTEIDIGUNG +2)	100 Shards	90 Shards

Waffen (Schwert, Axt, usw.)	Kaufpreis	Verkaufspreis
Ohne KAMPFKRAFT-Bonus	50 Shards	40 Shards
KAMPFKRAFT-Bonus +1	250 Shards	200 Shards
KAMPFKRAFT-Bonus +2	500 Shards	400 Shards

Weitere Gegenstände	Kaufpreis	Verkaufspreis
Flöte (CHARISMA +1)	200 Shards	180 Shards
Kompass (NATURWISSEN +1)	500 Shards	450 Shards
Seil	50 Shards	45 Shards
Wolfsfell	50 Shards	45 Shards
Papageipilz	150 Shards	135 Shards

Wenn du hier fertig bist und das Codewort *Azur* hast, gehe zu **500**. Wenn nicht, setzt du am nächsten Tag deinen Weg fort:

Reise nach Norden	gehe zu	**15**
Reise nach Osten Richtung Yarimura	gehe zu	**280**
Reise nach Süden	gehe zu	**234**
Begib dich nach Westen, tiefer in die Steppe hinein	gehe zu	**17**

394

In schwere Decken gehüllt, welche dir die Nomaden gegeben haben, legst du dich hin und wirst vom monotonen Lied des Barden in den Schlaf gelullt.

Der Morgen bringt frischen, kalten Wind aus Norden mit sich, aber du hast dich gut erholt und deine Gastgeber sorgen dafür, dass du nur das beste Essen erhältst. Wenn du verletzt bist, bekommst du 1 LEBENSKRAFT-Punkt zurück.

Es wird Zeit, sich vom Stamm der Einäugigen Krähen zu verabschieden.

Gehe zu **65**.

395 ❏
Ist das Kästchen angekreuzt, gehe sofort zu **563**. Wenn nicht, dann kreuze es jetzt an und lies weiter.

Du überreichst die Kopie, die du von den Gravuren des Shadar-Runensteins angefertigt hast. Runciman ist mit deiner Arbeit zufrieden und seine Magier unterrichten dich in den arkanen Künsten. Erhöhe deine ZAUBERKRAFT dauerhaft um eins.

Wenn du bereit bist, gehe zu **274**.

396
Du wartest bis zum Einbruch der Nacht, bevor du loslegst.

Zuerst musst du dich in den Palisadenwall hineinschleichen und General Beladais Zelt finden.

Mache einen DIEBESKUNST-Wurf mit dem Schwierigkeitsgrad 14.

Erfolgreicher DIEBESKUNST-Wurf	gehe zu **483**
Misslungener DIEBESKUNST-Wurf	gehe zu **638**

397
Der Golem steht mit verschränkten Armen da und wartet darauf, dass du das falsche Passwort sagst, damit er deine Knochen zu feinem Pulver zerquetschen kann.

Welche dieser drei Möglichkeiten wählst du?

Azur	gehe zu	**18**
Smaragd	gehe zu	**351**
Scharlachrot	gehe zu	**313**

398

Du befindest dich weit im Norden. Das mit zähen Tannen bewaldete Land ist hier die meiste Zeit des Jahres mit Schnee bedeckt. Rauch windet sich von einem nahen Dorf in den frostigen Himmel hinauf. Weiter im Norden beherrschen die grimmigen und unbeugsamen Gipfel am Rande der Welt den Horizont. Sie sind in diesem Teil vollkommen unpassierbar.

Im Westen erstreckt sich die Steppe, so weit das Auge sehen kann. In östlicher Richtung ragen die Felsklippen auf das kalte, graue Meer hinaus.

Besuche das Dorf	gehe zu	**548**
Reise nach Westen in die Steppe	gehe zu	**15**
Reise nach Süden nach Yarimura	gehe zu	**280**

399

Dein Fuß rutscht ab und deine Finger schließen sich um dünne Luft – mit einem unerträglichen Ruck stürzt du in die Leere.

Wenn du ein *Seil* besitzt, gehe zu **187**. Wenn nicht, kann dich nichts mehr retten und du bist dazu verdammt, auf ewig durch die grenzenlose Dunkelheit zu stürzen – gehe zu **7**.

400

Du stehst außerhalb der Zitadelle von Velis Corin – oder dem Schild des Nordens, wie man sie manchmal nennt. Sie ragt mit ihren weißen, in der Sonne glänzenden Basteien und Türmen vor dir auf und füllt den kompletten Adlerpass aus. Auf dieser Seite des Gebirgsgrats von Harkun ist sie weniger befestigt – sie dient hauptsächlich dazu, die Barbaren des Nordens fernzuhalten.

Versuche die Zitadelle zu betreten	gehe zu	**2**
Reise nach Süden	Das Reich des Krieges	**271**
Begib dich nach Westen	Das Reich des Krieges	**276**
Reise nach Osten	Das Reich des Krieges	**60**

401

Es fühlt sich so an, als würde der Helm versuchen die Kontrolle über deinen Verstand zu übernehmen, aber es gelingt dir, den hinterhältigen Zauber zu bekämpfen, und der Schmerz erstirbt zu einem quälenden Jucken.

Wirf einen Würfel und zähle 2 hinzu. Ist das Ergebnis höher als dein ZAUBERKRAFT-Wert, darfst du diesen dauerhaft um eins erhöhen.

Du blickst durch die Augenlöcher des Helms und siehst, dass dich die Menschenbestien ignorieren – sie sind eindeutig zu dumm, um zu erkennen, dass du keine von ihnen bist.

Der hohe Hügel stellt sich als Lager der Menschenbestien heraus. Er ist von Höhlen durchzogen und du wanderst unbehelligt durch sie hindurch.

Du kommst in eine große Kaverne, an deren gegenüberliegendem Ende etwa zwanzig Personen hinter einem stählernen Fallgitter eingesperrt sind. Einer der Gefangenen ist auf einen Tisch geschnallt und eine Frau, die in schwarz-gelbe Seidenroben gekleidet ist, fixiert einen hundeförmigen Helm über seinem Kopf und ignoriert dabei die flehenden Schreie ihres Opfers. Als der Helm auf seinem Kopf sitzt, erschaudert der Gefangene. Zu deinem Entsetzen verdrehen und verkrümmen sich seine Gliedmaßen und graues Fell beginnt aus ihnen zu sprießen. Schon bald wird er eine hirnlose Menschenbestie sein, sein Geist zerstört und sein Körper versklavt.

Gehe zu **352**.

402
Als du auf den bogenförmigen Tunnel zuläufst, fällt dir auf, dass die Luft in seinem Eingang bläulich schimmert. Als du hindurchgehst, verspürst du kurzzeitig ein Gefühl der Orientierungslosigkeit.

Du gehst stundenlang weiter, bis du an eine Leiter kommst, die nach oben führt. Du kletterst durch ein Loch im Boden hinauf und kommst an der Flanke eines graslosen Hügels heraus. Dann schließt sich das Loch hinter dir! Du kannst nicht mehr zurück.

Gehe zu *Das Reich des Krieges* **110**.

403
Der oberste Magier lebt in einem wackeligen Gebäude am Rande der Stadt. Er ist ein freundlicher, alter Mann mit rheumatischen Augen, aber scharfem Verstand und nennt sich Runciman.

Wenn du das Codewort *Duplikat* hast, gehe sofort zu **395**. Wenn nicht, lies weiter.

Die Arbeit des obersten Magiers ist weitgehend zeremonieller Natur und wird in der Stadt der Geheimnisse nicht allzu ernst genommen, aber er muss dennoch gewisse Aufgaben erledigen. Als er dich sieht, fängt er sichtlich an zu strahlen.

„Aha!", ruft er. „Du siehst mir wie ein fähiger, junger Abenteurer aus. Wir könnten jemanden wie dich gebrauchen."

Er erklärt dir, dass die Magier der Insel der Geheimnisse die arkanen Künste der Shadar erforschen, einer uralten Rasse, die vor Tausenden von Jahren über Harkuna herrschte.

Sie wollen dazu den Runenstein finden, eine Steinstele der Shadar, in welche magische Siegel eingraviert sind.

„Fertige eine Kopie der Runen an und bring sie mir", sagt Runciman. „Im Gegenzug können wir dir dabei helfen, dein magisches Wissen zu verbessern. Der Runenstein soll irgendwo in der Steppe stehen."

Wenn du den Auftrag annimmst, dann erhältst du das Codewort *Darstellung*. Sobald du bereit bist, kannst du den obersten Magier verlassen.

Gehe zu **274**.

404

Tambu ist zufrieden. Streiche den Gegenstand von deinem Abenteuerblatt. Er gewährt dir eine Segnung. Notiere dir „NATURWISSEN" im Feld Segnungen auf deinem Abenteuerblatt.

Die Segnung erlaubt es dir, erneut zu würfeln, wenn dir ein NATURWISSEN-Wurf misslingt. Sie reicht für einen Wiederholungsversuch. Wenn du die Segnung benutzt, dann streiche sie von deinem Abenteuerblatt. Du darfst zu jedem Zeitpunkt nur eine NATURWISSEN-Segnung auf einmal haben. Wenn du also schon eine besitzt, bekommst du keine zweite dazu. Außerdem wirst du von den Auswirkungen aller Vergiftungen und Krankheiten geheilt, an den du möglicherweise leidest (etwa dem Pesthauch von Nagil). Und auch alle Flüche, die auf dir lasten (etwa der Fluch der Shadar), werden von dir genommen.

Mache eine weitere Gabe	gehe zu **456**
Verschwinde	gehe zu **118**

405
Der Tunnel ist völlig unbeleuchtet. Um den Hügel zu betreten, brauchst du eine *Kerze*, eine *Laterne* oder eine andere Lichtquelle. (Wenn du eine *Kerze* anzündest, dann streiche sie weg, da du sie nur einmal benutzen kannst.)

Betrete den Hügel	gehe zu **598**
Keine Lichtquelle	gehe zu **226**

406
„Schade", sagt Luroc Bans. „Dir ist ja klar, dass ich dich nicht am Leben lassen kann."

Er wirft den Tisch um und zieht ein langes, gezacktes Messer.

Die Frau weicht zurück. Du musst ihn bekämpfen.

Luroc Bans:
Kampfkraft 7, Verteidigung 6, Lebenskraft 11

Wenn du siegst, gehe zu **197**. Wenn du verlierst, gehe zu **7**.

407
Wenn du ein Schiff besitzt und es in der Nähe ankert, gehe zu **323**. Hast du kein Schiff hier, gehe zu **629**.

408
Du fällst hilflos unter den Zauber der Flöte und schließt dich der wilden Menge an, nicht länger Herr über dein eigenes Schicksal. Die nächsten Wochen sind eine verworrene Zeit, an die du dich nicht mehr erinnern kannst. Streiche all dein Geld und deine Besitztümer weg. Stattdessen hast du nun eine *Silberflöte* (Charisma +2), eine *Hexenhand*, einen *Papageipilz*, ein *Seil* und einen *Shadar-Speer* (Kampfkraft +1).

Du kommst wieder zu Sinnen und stellst fest, dass du viele Meilen weit gereist bist. Du bist allein und seltsam traurig, weil die Musik nun weg ist.

Gehe zu **398**.

409

Hast du das Codewort *Collier*, gehe sofort zu **532**. Wenn nicht, lies weiter.

Du bist bereits hier gewesen. Kaschuf der Todlose kann nicht mit normalen Mitteln getötet werden und du hast noch keine Möglichkeit gefunden, um ihn zu besiegen.

Wenn du mit seinem Diener, dem alten Kevar, sprechen möchtest, gehe zu **249**. Andernfalls solltest du Vodhya wieder verlassen – gehe zu **398**.

410

Die Klauen des Rukh reißen dich vom Deck herunter, als wärst du irgendein Kaninchen auf dem Feld. Du wirst immer weiter nach oben getragen. Die bleichen, himmelwärts gerichteten Gesichter deiner Mannschaft werden immer kleiner, bis dein Schiff nur noch ein winziger Fleck am Horizont ist.

Du wirst deine Männer nie wieder sehen. Streiche Schiff, Fracht und Mannschaft aus deinem Schiffsladeverzeichnis.

Der Rukh kreischt ohrenbetäubend laut. Seine Flügelschläge krachen wie Donner. Er fliegt stundenlang weiter, bis er einen einsamen Berggipfel erreicht. Dort wirft er dich kurzerhand in ein Nest aus Baumstämmen hinein, wo ein junger Rukh nach Futter krächzt. Das Elterntier fliegt wieder davon, aber du musst jetzt gegen das Küken kämpfen, welches doppelt so groß ist wie du!

Junger Rukh:
KAMPFKRAFT 6, VERTEIDIGUNG 5, LEBENSKRAFT 21

Wenn du verlierst, frisst er dich auf – gehe zu **7**. Wenn du siegst, gehe zu **678**.

411

Dir bleibt nur eine Wahl: Einen gezielten Angriff mit deinen Männern den Strand hinauf führen, um die Räuber im Kampf zu besiegen. Andernfalls wird man euch einen nach dem anderen töten. Was das Schiff angeht, so erkennst du, dass es verloren ist. Mit einem rachsüchtigen Schlachtschrei versuchst du deine Mannschaft zu sammeln.

„Auf sie, Burschen!", rufst du und stürmst bis zur Hüfte im Wasser auf den Strand zu.

Mache einen CHARISMA-Wurf mit dem Schwierigkeitsgrad 11. Zähle eins zum Wurf hinzu, wenn du ein Krieger bist, und ebenfalls eins, wenn du Stufe 4 oder höher erreicht hast. Ziehe eins ab, wenn du eine erbärmliche Mannschaft hast, und zähle eins hinzu, wenn deine Mannschaft gut oder ausgezeichnet ist.

Erfolgreicher CHARISMA-Wurf	gehe zu **561**
Misslungener CHARISMA-Wurf	gehe zu **497**

412
Du duckst dich an den Käfern vorbei und weichst ihren Geweihen aus. Einer von ihnen reißt dir jedoch ein Stück Fleisch aus dem Arm. Du verlierst 1-6 LEBENSKRAFT-Punkte (wirf einen Würfel).

Wenn du noch lebst, wirfst du dich in die Öffnung hinein und krabbelst vorwärts. Du kommst in einer kleinen, viereckigen Kammer tief im Inneren der Pyramide heraus.

Gehe zu **496**.

413
Du befreist dich von den Ranken und schaffst es mit letzter Mühe zurück zum Ufer. Deine Männer zerren dich in Sicherheit und der erste Maat gibt dir Mund-zu-Mund-Beatmung. Leider löst sich dabei sein Gebiss und du erstickst fast daran.

Du verlierst 1-6 LEBENSKRAFT-Punkte (wirf einen Würfel).

Versuche erneut hinüberzuschwimmen	gehe zu **257**
Lauft zur Brücke	gehe zu **328**
Kehrt zum Schiff zurück	gehe zu **191**

414

Du verlierst das Codewort *Dreckig*.

Du wartest bis Einbruch der Nacht, bevor du dich der Villa näherst. Ihre weißen Marmorwände scheinen im Mondlicht zu leuchten. Vier Wächter patrouillieren um sie herum.

„Psst!", zischt eine Stimme aus der Dunkelheit und Luroc Bans tritt neben dich. Er ist komplett in Schwarz gekleidet und trägt einen Enterhaken.

„Wir klettern über die Mauern. Dahinter liegt ein Innenhof. Floril sollte den Weg zum Gewölbe bereits für uns geöffnet haben. Folge mir einfach."

Folge Luroc	gehe zu	**626**
Steige aus	gehe zu	**667**
Steige aus und warne Avar Hordeth	gehe zu	**601**

415

Deine Mannschaft weigert sich strikt, auf den Grenzenlosen Ozean zu segeln.

„Da draußen gibt es kein Land und das Meer wimmelt nur so von Dämonen aus der Tiefe – wenn wir zu weit fahren, fallen wir vom Rand der Welt!", sagt der erste Maat.

Gehe zu **580** und triff eine andere Wahl.

416

Die untoten Krieger weichen vor dir zurück und wimmern elendig. Du läufst an ihnen vorbei in die Haupthalle.

Gehe zu **372**.

417

Du blickst durch den Edelstein, kannst die Position der Treppe genau erkennen und steigst hinauf. An den Toren des Turms begrüßt dich ein Mann mit goldener Haut und bernsteinfarbenen Augen.

„Willkommenen auf dem Basar der Goldenen, Reisender", sagt er mit musikalischer Stimme. Drinnen findest du einen Markt wie keinen, den du je gesehen hast.

Rüstungen	Kaufpreis	Verkaufspreis
Lederrüstung (VERTEIDIGUNG +1)	50 Shards	45 Shards
Panzerhemd (VERTEIDIGUNG +2)	100 Shards	90 Shards
Kettenrüstung (VERTEIDIGUNG +3)	200 Shards	180 Shards
Schienenpanzer (VERTEIDIGUNG +4)	400 Shards	360 Shards
Schuppenpanzer (VERTEIDIGUNG +5)	800 Shards	720 Shards
Plattenpanzer (VERTEIDIGUNG +6)	1600 Shards	1440 Shards

Waffen (Schwert, Axt, usw.)	Kaufpreis	Verkaufspreis
Ohne KAMPFKRAFT-Bonus	50 Shards	40 Shards
KAMPFKRAFT-Bonus +1	250 Shards	200 Shards
KAMPFKRAFT-Bonus +2	500 Shards	400 Shards
KAMPFKRAFT-Bonus +3	1000 Shards	800 Shards
KAMPFKRAFT-Bonus +4	2000 Shards	1600 Shards

	Kaufpreis	Verkaufspreis
KAMPFKRAFT-Bonus +5	4000 Shards	3200 Shards
KAMPFKRAFT-Bonus +6	8000 Shards	6400 Shards

Magische Ausrüstung	Kaufpreis	Verkaufspreis
Bernstein-Zauberstab (ZAUBERKRAFT +1)	500 Shards	400 Shards
Ebenholz-Zauberstab (ZAUBERKRAFT +2)	1000	800 Shards
Kobalt-Zauberstab (ZAUBERKRAFT +3)	2000 Shards	1600 Shards
Selen-Zauberstab (ZAUBERKRAFT +4)	4000 Shards	3200 Shards
Coelestin-Zauberstab (ZAUBERKRAFT +5)	8000 Shards	6400 Shards

Weitere Gegenstände	Kaufpreis	Verkaufspreis
Flöte (CHARISMA +1)	200 Shards	180 Shards
Silberflöte (CHARISMA +2)	400 Shards	360 Shards
Zentaurenflöte (CHARISMA +3)	800 Shards	720 Shards
Dietriche (DIEBESKUNST +1)	300 Shards	270 Shards
Magische Dietriche (DIEBESKUNST +2)	600 Shards	540 Shards
Handschuhe des Sig (DIEBESKUNST +3)	1200 Shards	880 Shards
Heiliges Symbol (HEILIGKEIT +1)	200 Shards	100 Shards
Heiliges Silbersymbol (HEILIGKEIT +2)	400 Shards	360 Shards
Heiliges Goldsymbol (HEILIGKEIT +3)	800 Shards	720 Shards
Kompass (NATURWISSEN +1)	500 Shards	450 Shards
Kreuzstab (NATURWISSEN +2)	800 Shards	720 Shards
Sextant (NATURWISSEN +3)	1200 Shards	1000 Shards
Seil	50 Shards	45 Shards
Laterne	100 Shards	90 Shards
Bergsteigerausrüstung	100 Shards	90 Shards

Wolfsfell	100 Shards	90 Shards
Hexenhand	500 Shards	450 Shards
Papageipilz	150 Shards	120 Shards
Fahne der Shadar	800 Shards	500 Shards
Selenerz	700 Shards	600 Shards
Elfenmet	200 Shards	150 Shards
Schriftrolle des Ebron	500 Shards	350 Shards
Unheimliche Salze	100 Shards	90 Shards
Heiliger Stab der Teleportation	–	1500 Shards

Wenn du fertig bist, verlässt du den Turm. Gehe zu **567**.

418

Du wanderst in den schmutzigen Gassen umher. Vermummte Gesichter starren dich aus den Eingängen an und dunkle Gestalten lauern an jeder Ecke. Ein kleiner Junge rennt an dir vorbei und dreht sich um, um dich verwundert anzustarren.

Erstaunlicherweise bleibst du unbehelligt. Es scheint, als wären die Bewohner so sehr von deiner schamlosen Furchtlosigkeit überrascht, dass sie dich für einen Wahnsinnigen, einen mächtigen Zauberer oder einen großen Helden halten, den man lieber in Ruhe lässt!

Gehe zu **182**.

419

Die Meereszentaur setzt sich neben euch. Auf dem Hüttendeck siehst du Avar Hordeth, der zum Kampf gerüstet ist.

Er erblickt dich und zeigt auf dich.

„Ich wusste es! Dort ist der räuberische Teufel, der mich übers Ohr gehauen hat. Schnappt ihn euch, Männer!", befiehlt er.

Seine Seekämpfer werfen mit erfahrener Genauigkeit Enterhaken aus und schon bald sind eure Schiffe in einen Kampf bis zum Tod verwickelt. Meeressoldaten und Matrosen schwärmen an Bord und eine verzweifelte Schlacht entbrennt.

Im wirren Gefecht trittst du Avar Hordeth von Angesicht zu Angesicht gegenüber. Er trägt eine Rüstung und schwingt eine zweihändige Axt.

„Davon habe ich geträumt", sagt er zähneknirschend. „Und jetzt werde ich mich rächen, indem ich deinen Schädel mit meiner Axt spalte!"

Du musst gegen ihn kämpfen.

Avar Hordeth:
KAMPFKRAFT 8, VERTEIDIGUNG 8, LEBENSKRAFT 12

Wenn du seine LEBENSKRAFT auf 3 oder weniger verringerst, gehe zu **392**. Wenn du verlierst, gehe zu **338**.

420
Du passt deine Bewegung falsch ab und er jagt dir die Lanze in den Bauch hinein. Du verlierst alle LEBENSKRAFT-Punkte, bis auf einen.

Kaum noch am Leben sinkst du unter Qualen zu Boden. Die Vogelreiter spucken angesichts deiner Vorstellung verächtlich aus – sie hatten eine größere Herausforderung erwartet.

Angewidert reiten sie davon und lassen dich zum Sterben zurück. Es wird äußerst schwierig, die grausame Steppe in deiner Verfassung zu überleben.

Gehe zu **698**.

421

Wenn du den Titel *Protektor von Sokara* trägst oder einen *Offiziersausweis* hast, begrüßen dich die Ritter höflich und eskortieren dich in die Zitadelle – gehe zu **295**.

Wenn nicht, dann umzingeln sie dich und verlangen zu wissen, was du hier willst.

Mache einen CHARISMA-Wurf mit dem Schwierigkeitsgrad 15.

Erfolgreicher CHARISMA-Wurf	gehe zu **356**
Misslungener CHARISMA-Wurf	gehe zu **232**

422

Nach einer Weile des ziellosen Umhertreibens kommst du aufs offene Meer hinaus. Starke Winde, eine kräftige Strömung und schwerer Regen peitschen dich und das Floß an einen Ort, den du nicht beeinflussen kannst.

Das Floß wird an einem schmalen Streifen Strand unterhalb einer hohen Klippe an Land gespült. Der Landschaft nach zu urteilen, muss dies Nerech sein, das Land der Menschenbestien.

Gehe zu **688**.

423

Du findest dich an der Oberkante einer Klippe wieder, die das Ufer eines großen Meers aus Dunkelheit zu formen scheint. Tief im schwarzen Nichts machst du ein paar schwache Lichtstrudel aus, die jeweils aus scheinbar eintausend stellaren Nadelstichen bestehen.

Klettere die Klippe hinab	gehe zu **651**
Gehe durch die Berge zurück nach Süden	gehe zu **362**

424

„Er singt vom Sieg von Einäugiger Krähe, unserem ersten Ahnen, über Grauer Wurm. Grauer Wurm machte sich selbst unverwundbar, indem er sich im magischen Staub der Fußabdrücke der Götter wälzte. Aber er vergaß etwas Staub auf seine Nase zu streuen, also hackte ihm Einäugige Krähe immer wieder auf die Nase, bis er floh. Er versteckte sich in einem Loch im Boden, wo alle Würmer seither leben."

Er schenkt dir ein breites, leicht wahnsinniges Grinsen. Speichel trieft von seinem Kinn und sein Kopf sinkt langsam auf seinen Brustkorb. Du stehst auf, um ihn seinen Rausch ausschlafen zu lassen, aber plötzlich packt er deinen Arm und sagt: „Der Wurm besitzt dieser Tage eine riesige Erdhöhle!"

Mit diesen Worten schläft er ein. Du kehrst ins Lager zurück, um dich selbst etwas auszuruhen. Du erhältst das Codewort *Decke*.

Gehe zu **394**.

425

Mit sichtlichem Widerwillen lässt dich der Golem in die Festung hinein, wo du deine Taschen mit Gold und Edelsteinen im

Wert von 1000-6000 Shards füllst (wirf einen Würfel und multipliziere ihn mit 1000).

Während dir dein neu gefundener Reichtum durch die Hände rinnt, eilst du zu der Stelle zurück, wo deine Männer warten, und sagst ihnen, dass sie das Schiff bereitmachen sollen.

Gehe zu **191**.

426

Du spazierst durch eine Gegend aus niedrigen, wogenden Hügeln – die Edelsteinhügel. Sie sind saftig und grün und mit Wald bedeckt. Es ist seltsam ruhig. In den Bäumen zwitschern keine Vögel und du siehst keinerlei Waldtiere.

Mache einen ZAUBERKRAFT-Wurf mit dem Schwierigkeitsgrad 12.

Erfolgreicher ZAUBERKRAFT-Wurf	gehe zu **39**
Misslungener ZAUBERKRAFT-Wurf	gehe zu **102**

427

Um dich von Nai loszusagen, musst du der Priesterschaft als Wiedergutmachung 40 Shards zahlen.

Ein Samurai beobachtet dich und spöttelt: „Jetzt, da du das Wohlwollen von Nai verloren hast, wirst du für deine Feinde zur leichten Beute werden."

Willst du deine Meinung noch ändern? Wenn du dazu entschlossen bist, dich von deinem Glauben loszusagen, dann zahle 40 Shards und entferne „Nai" aus dem Feld Gottheit auf deinem Abenteuerblatt.

Wenn du hier fertig bist, gehe zu **58**.

428 ❏

Ist das Kästchen angekreuzt, gehe sofort zu **192**. Wenn nicht, kreuze es jetzt an und lies weiter.

Ein gelehrt wirkender Herr kommt aus dem hinteren Teil der Höhle.

„So, du bist also derjenige, von dem mir Pikalik erzählt hat", sagt er mit dünner, näselnder Stimme.

Er verrät dir, dass sein Name Argon der Alchemist ist. Er führt dich in sein Heiligtum: Ein Labor voller Bottiche und Destillierkolben. Mehrere davon enthalten halb ausgebildete Mannekynkörper.

„Sie sind meine Schöpfung, verstehst du?", sagt Argon. „Ich züchte sie hier, in diesen Lebensbottichen. Ich betrachte sie als meine Kinder, und weil du einem von ihnen geholfen hast, werde ich auch dir helfen."

Argon wird in einem seiner Bottiche ein exaktes Ebenbild deines Körpers erschaffen. „Wenn du getötet wirst, wird dein Geist deinen Körper verlassen und in dein Ebenbild hineinfliegen und du bist wieder am Leben!

Schreibe „*Himmelsberg – Das Reich des Frosts* **244**" in das Feld Wiederbelebungsvertrag auf deinem Abenteuerblatt. Wirst du irgendwann getötet, dann gehe zu Abschnitt **244** in diesem Buch. Du kannst nur einen Wiederbelebungsvertrag auf einmal haben. Wenn du in einem Tempel bereits eine Wiederbelebung vereinbart hast, wird diese aufgehoben. Du erhältst dafür keinerlei Rückerstattung.

Wenn du bereit bist, fliegen dich die Mannekyns wieder zum Fuß des Himmelsbergs hinunter.

Gehe zu **668**.

429 ❑

Da der Wurm nun aus dem Weg ist, hast du die Gelegenheit, die blockierte Öffnung in der Tunnelwand zu untersuchen.

Ist das Kästchen leer, kreuze es an und gehe zu **82**. Ist das Kästchen bereits angekreuzt, gehe zu **148**.

430

Du besiegst sie alle drei. Die Zurschaustellung deiner Kampfkünste hat die Einheimischen eingeschüchtert. Mehrere schleichen sich hinaus, während die Restlichen ihr Bestes geben, um so zu tun, als wärst du nicht hier. Du findest 11 Shards bei den Leichen der Schläger, bevor du verschwindest.

Gehe zu **182**.

431

Es wird schwierig, einen trittsicheren Pfad durch den Sumpf zu finden, um das Licht zu erreichen.

Mache einen NATURWISSEN-Wurf mit dem Schwierigkeitsgrad 13.

Erfolgreicher NATURWISSEN-Wurf	gehe zu **490**
Misslungener NATURWISSEN-Wurf	gehe zu **521**

432
Du kannst dich nicht an die Rituale erinnern, mit denen man diese Geschöpfe vertreibt.

Gehe zu **167**.

433
Du erfährst, dass ein großer Zauberer namens Targdaz der Großartige in der Zitadelle eingesperrt ist. Ein Totenbeschwörer namens Shazir aus „den Landen der südlichen Teufel", wie der Schamane es ausdrückt, wohnt jetzt in der Zitadelle. Er zwingt Targdaz dazu, seinen Willen zu erfüllen.

„Es ist bekannt, dass Targdaz demjenigen, der ihn befreit, eine große Belohnung versprochen hat", sagt der Schamane. Mit diesen Worten verstummt er und deutet an, dass die Audienz vorbei ist.

Gehe zu **33**.

434
Der Schlüssel passt in das Loch und verschwindet darin. Er ist für immer verloren. Streiche den *Obsidianschlüssel* von deinem Abenteuerblatt.

Die Tafel schwingt mit einem Klicken auf und ein Hauch aus widerlicher, kränklicher Luft weht dir ins Gesicht. Hustend betrittst du das Grab.

Im Inneren findest du einen schweren Steinsarkophag, um den herum man die Güter und materiellen Dinge platziert hat, die Xinoc in seinem Leben nach dem Tod brauchen wird. Vieles davon ist inzwischen verfallen und verrottet, abgesehen von einigen haltbareren Gegenständen. Du findest einen dreieckigen Schlüssel. Vermerke diesen *Pyramidenschlüssel* auf deinem Abenteuerblatt. Außerdem findest du ein *Shadar-Schwert* (KAMPFKRAFT +4), einen *Plattenpanzer* (VERTEIDIGUNG +6), ein Glas mit *unheimlichen Salzen* und einen *Ring der Verteidigung* +4 (drei Anwendungen). Notiere dir, dass du den Ring nur dreimal benutzen kannst. Du kannst die Macht des Rings vor einem Kampf heraufbeschwören und er wird deine VERTEIDIGUNG für die Dauer dieses Kampfes um 4 Punkte erhöhen. In einem alten Glas voll Öl findest du zudem einen regenbogenfarbenen *Papageipilz*.

DAS GRAB VON XINOC

Wenn du fertig bist, kehrst du auf den zentralen Platz zurück.

Besuche die Höhle der Glocken	gehe zu	**657**
Besuche das Gewölbe der Shadar	gehe zu	**107**
Besuche die Gruft der Könige	gehe zu	**298**
Verlasse die Stadt der Ruinen	gehe zu	**266**

435

Die Priesterin scheint überrascht zu sein, dich zu sehen. „Wo ist der Spiegel der Sonnengöttin, den du versprochen hast, für uns zu finden? Wir wissen nur, dass ihn ein Nomade aus der Horde der Donnernden Himmel besitzen soll. Bitte geh und suche danach."

Sie hat sonst nichts zu sagen, also kehrst du in den Haupttempel zurück.

Gehe zu **89**.

436

Du wirst an einen Kieselsteinstrand gespült. Klippen ragen hoch über dir auf. Du bist wahrscheinlich in Nerech gelandet, dem Land der Menschenbestien.

Gehe zu **688**.

437 ❑

Ist das Kästchen angekreuzt, dann weigert sich General Beladai mit dir zu sprechen, bis du deine Mission erfüllt hast – gehe sofort zu **145**. Wenn nicht, kreuze es jetzt an und lies weiter.

Beladai ist überrascht, dich zu sehen. „Es ist für uns alle von entscheidender Bedeutung, dass du in die Zitadelle eindringst", sagt er. „Tu dein Bestes, um die Tore zu öffnen. Wenn du Probleme damit hast, in die Zitadelle zu gelangen, dann wird dir vielleicht das hier weiterhelfen. Wir haben es gestern einem Spähtrupp abgenommen."

Er gibt dir einen *Offiziersausweis*. Vermerke ihn auf deinem Abenteuerblatt.

Hast du das Codewort *Dunkelheit*, gehe zu **709**.

Wenn nicht, verlässt du das Zelt – gehe zu **145**.

438

Von hier aus kannst du:

Nach Westen ins Meer der treibenden Felsen	*Die Insel der tausend Türme*	**50**
Nach Süden an der Küste entlang	*Das Reich der Masken*	**250**
In der Tigerbucht an Land gehen	gehe zu	**342**

439

Ihr segelt tagelang umher, bis euch langsam Nahrung und Wasser ausgehen. Du musst deine Rationen und die der Mannschaft zunächst halbieren und schließlich vierteln.

Ihr droht zu verdursten und du verlierst 4 LEBENSKRAFT-Punkte.

Wenn du noch lebst, dann sind mehrere deiner Männer gestorben. Verringere die Qualität deiner Mannschaft um eine Stufe – das heißt, aus ausgezeichnet wird gut, aus gut wird durchschnittlich und aus durchschnittlich wird erbärmlich. Ist die Mannschaft bereits erbärmlich, so ändert sich nichts.

Schließlich sichtet ihr Land.

Du erkennst die Küstenlinie der Großen Steppe sowie die Hafenstadt Yarimura wieder.

Gehe zu **580**.

440 ❏❏❏
Sind alle drei Kästchen angekreuzt, gehe sofort zu **183**.
Wenn nicht, kreuze das erste freie Kästchen an und lies weiter.

Seit das Eis geschmolzen ist, ist die Arbeit in der Mine fast zum Erliegen gekommen. Ein jämmerlich wirkender Jalalul, Aufseher der Mine, sitzt im Inneren des Hauptgebäudes. Er hat viel an Gewicht verloren, das Geschäft aber noch nicht aufgegeben.

Die Eisvorräte, die im Lagerhaus gestapelt sind, werden noch Monate brauchen, bis sie schmelzen, und da dies das einzige Raureifeis ist, das es noch gibt, kann er einen guten Preis dafür verlangen. Ein Tornister Raureifeis kostet 150 Shards.

Du kannst nicht mehr als zwei Tornister tragen. Wenn du etwas davon kaufst, streiche das Geld weg und füge das *Raureifeis* zu deinem Abenteuerblatt hinzu.

Ansonsten gibt es hier nichts weiter zu tun, also gehst du wieder.

Gehe zu **687**.

441
Du schaffst es, sicher nach draußen zu rennen. Die Rubinrote Zitadelle bricht mit donnerndem Getöse in sich zusammen, aber der tätowierte Mann spaziert gelassen heraus, während rubinrote Felsbrocken von seinem blauen Energieschild abprallen. Sein krummnasiges Gesicht wirkt durch die bizarren Tätowierungen, welche ihn komplett überziehen, noch seltsamer.

„Ich bin Targdaz", sagt er, „der Großartige." Er neigt seinen Kopf nach hinten, während er „der Großartige" sagt, so als würde er dich dazu herausfordern, das Gegenteil zu behaupten. „Jedenfalls", fährt er fort, „bin ich dir dankbar ..." Er hält einen Augenblick lang inne und blickt zur Seite, als hätte er eine plötzliche Eingebung. Dann ruft er: „Beim Feurigen! Natürlich!"

Er wendet sich ab, macht eine Geste und eine große, schwarzgoldene Sänfte erscheint mitten in der Luft und schwebt direkt vor ihm. Er springt hinein und ruft: „Bring mich zur Halle von Ebron und nicht weiter!"

Die Sänfte bewegt sich davon. Du siehst, wie im Schnee Fußabdrücke entstehen, als würde die Sänfte von unsichtbaren Trägern geschleppt. Dann beschleunigt sie auf eine unmögliche Geschwindigkeit und rast außer Sichtweite. Das Letzte, was du hörst, ist, wie Targdaz murmelt: „Ich muss Hetepek davon erzählen ..."

Du untersuchst die Fußabdrücke und erschauderst unfreiwillig: Sie sind nicht menschlich.

Während du über das sonderbare Verhalten von Zauberern nachdenkst, speziell über das von undankbaren Zauberern, setzt du deinen Weg fort.

Bist du ein Barde, gehe zu **28**. Wenn nicht, gehe zu **499**.

442
Du hast eine kalte, karge Landschaft aus heulenden Winden und gnadenlosem Regen betreten.

Wirf zwei Würfel:
    Ergebnis 2-5:   Eine grausame
                             Bestrafung   gehe zu   **210**
    Ergebnis 6-7:   Kein Ereignis   gehe zu   **52**
    Ergebnis 8-12: Eine Zusammenkunft
                             der Stämme   gehe zu   **473**

443

Ein merkwürdiges Schiff taucht aus der Nebelbank auf. Es ist kaum seetüchtig, ein treibendes Wrack mit faulender Takelage und morschem Holz.

Aber es ist das Wesen der Mannschaft, das deine Aufmerksamkeit erregt – es sind geisterhafte Formen, untote Piraten und gespenstische Gestalten, die herumspringen und tanzen und rostige Entermesser schwingen. Am Mast flattert eine zerfledderte, rote Dreiecksflagge.

Deine Mannschaft ist von Furcht erfüllt. „Ihr Götter", jammert der erste Maat. „Es ist ein Geisterschiff – wenn sie uns erwischen, nehmen sie unsere Seelen mit hinab in die kalten, dunklen Tiefen!"

Das Gespensterschiff wogt lautlos auf euch zu, während die heiße Sonne auf euch herabknallt.

Versucht zu entkommen	gehe zu **492**
Macht euch zum Kampf bereit	gehe zu **546**

444

Die Schurken, die an der Tür des Bruderschaftsgebäudes herumlungern, applaudieren, als du dich der Gilde näherst. Sie wissen von deiner waghalsigen Heldentat.

Du wirst vor Lochos Veshtu aus Aku gebracht, den Meister der Schufte. Er scheint damit zufrieden zu sein, dass du deine Aufgabe erfüllt hast, auch wenn du dir dessen nicht ganz sicher bist, da sein Gesicht unter einer schwarzen Maske verborgen ist.

Er verkündet, dass du ein vollwertiges Mitglied der Bruderschaft bist, und verleiht dir den Titel „Nachtpirscher". Vermerke ihn auf deinem Abenteuerblatt im Feld Titel und Ehrungen.

Dieser Titel erlaubt es dir, das Gebäude als Unterschlupf zu nutzen, um deine Ausrüstung zu lagern und dich auszuruhen, aber du musst der Bruderschaft eine Gebühr bezahlen.

Der Titel verschafft dir auch etwas Übung in der Schurkerei und du steigst eine Stufe auf. Wirf einen Würfel und addiere den Wert dauerhaft zu deiner maximalen LEBENSKRAFT hinzu.

Wenn du bereit bist, gehe zu **633**.

445
Du verlierst 1-6 LEBENSKRAFT-Punkte (wirf einen Würfel). Wenn du noch lebst, bleiben die Mannekyns außer Reichweite und du musst wieder nach unten klettern, während sie dich mit Steinen bewerfen und munter beschimpfen. Fremde scheinen auf dem Himmelsberg nicht willkommen zu sein.

Du erreichst den Boden und die Mannekyns fliegen davon, um dich in Ruhe zu lassen.

Gehe zu **668**.

446
Der Ritter reitet heran, spießt dich mit seiner Lanze auf und springt galant aus dem Sattel. Du verlierst 2-12 LEBENSKRAFT-Punkte (wirf zwei Würfel). Wenn du überlebst, musst du ihn nun zu Fuß bekämpfen.

Sir Leo:
KAMPFKRAFT 8, VERTEIDIGUNG 20, LEBENSKRAFT 35

Bekämpfe ihn und siege	gehe zu	**571**
Renne zum Schiff zurück	gehe zu	**191**

447

Wenn du ein Geweihter bist, kostet dich Amanushis Segen nur 20 Shards. Ein Nichtgeweihter muss 35 Shards zahlen. Streiche das Geld weg und notiere dir „DIEBESKUNST" im Feld Segnungen auf deinem Abenteuerblatt.

Die Segnung erlaubt es dir, erneut zu würfeln, wenn dir ein DIEBESKUNST-Wurf misslingt. Sie reicht für einen Wiederholungsversuch. Wenn du die Segnung benutzt, dann streiche sie von deinem Abenteuerblatt. Du darfst zu jedem Zeitpunkt nur eine DIEBESKUNST-Segnung auf einmal haben. Sobald diese verbraucht ist, kannst du zu jedem Zweig des Tempels von Amanushi zurückkehren, um eine neue zu erwerben.

Wenn du hier fertig bist, gehe zu **58**.

448

Wenn du das Codewort *Defensive* oder *Despot* hast, gehe zu **376**. Wenn nicht, gehe zu **418**.

449

„Der Nächste!", schreist du kühn. Die Nomaden blicken dich einen Moment lang erstaunt an, dann fangen sie an zu lachen. Du wirst in ihr Lager eingeladen, welches aus einem Wagenkreis besteht.

Die Vogelreiter gehören zum Stamm der Flügellosen Habichte, welcher Teil der Horde der Donnernden Himmel ist. Du wirst einige Zeit wie ein Ehrengast behandelt und gut versorgt. Du darfst alle verlorenen LEBENSKRAFT-Punkte wiederherstellen.

Schon bald ziehen sie weiter und suchen nach neuen Weidegründen für ihre riesigen Elefantenvögel.

Du erhältst das Codewort *Durchreise*.

Gehe zu **698**.

450

Du bist ein anerkanntes Mitglied der Bruderschaft und man lässt dich hinein. Wenn du das Codewort *Eilbote* hast, gehe sofort zu **650**. Wenn nicht, lies weiter.

Du musst deinen Mitgliedsbeitrag von 5 Shards zahlen. Wenn du nicht zahlen kannst oder willst, führt man dich umgehend wieder hinaus – gehe zu **633**.

Gegenstände unter dem Schutz der Bruderschaft:

Wenn du bezahlst, kannst du hier Besitztümer und Geld lagern, damit du sie nicht mit dir herumschleppen musst. Du kannst dich hier auch gefahrlos ausruhen und alle verlorenen LEBENSKRAFT-Punkte zurückerlangen. Schreibe alle Dinge in das Feld, die du hier lagern möchtest.

Sobald du bereit bist und das Gebäude verlassen willst, gehe zu **633**.

451

Die Meereszentaur verfolgt euch. Wirf zwei Würfel und zähle deine Stufe hinzu. Hast du zudem eine gute Mannschaft, zähle eins hinzu, hast du eine ausgezeichnete Mannschaft, zähle zwei hinzu.

Ergebnis 2-10:	Die Mereszentaur holt euch ein	gehe zu	**419**
Ergebnis 11+:	Ihr entkommt	gehe zu	**236**

452

Du kannst deine Gliedmaßen nicht mehr spüren. Dein Blut ist eiskalt und dein Hunger verwandelt sich von einem nagenden Schmerz in ein Gefühl der Leere und Schwäche. Dunkelheit flackert am Rand deines Blickfelds: Ist dies das Gewand von Nagil, der sich dir im Schnee von hinten mit zügigen Schritten nähert?

Du verlierst 2-12 LEBENSKRAFT-Punkte (wirf zwei Würfel). Wenn du noch lebst, mache einen NATURWISSEN-Wurf mit dem Schwierigkeitsgrad 18.

Erfolgreicher NATURWISSEN-Wurf	gehe zu	**317**
Misslungener NATURWISSEN-Wurf	gehe zu	**7**

453

Dein Schiff wird wie Treibgut umhergeworfen. Als der Sturm nachlässt, ziehst du Bilanz. Vieles ist über Bord geschwemmt worden – du verlierst 1 Ladeeinheit deiner Wahl, sofern du überhaut eine Ladung hast. Entferne sie aus deinem Schiffsladeverzeichnis.

Gehe zu **438**.

454

Der Mann, dessen Name Szgano ist, führt dich nach Norden zur Pyramide des Xinoc.

Auf der Spitze der Pyramide wirft das Licht mehrerer brennender Fackeln ein grünes Leuchten auf die Szenerie. Fünf in Roben gekleidete und mit Kapuzen verhüllte Männer stehen um eine Frau herum, die ausgestreckt auf der Oberseite der Pyramide liegt.

Die verhüllten Gestalten singen auf unheilvolle Weise und eine von ihnen hält einen langen Wurfspieß mit einer Silberspitze in der Hand. Die Frau ist mit Silberketten festgebunden und versucht sich aus ihren Fesseln zu befreien, während sie schreit und auf äußerst undamenhafte Weise flucht.

Du rennst mit Szgano die Stufen hinauf, welche in die Seite der Pyramide gehauen worden sind, und stellst dich den Männern.

„Halt!", rufst du. „Ich werde nicht zulassen, dass Fanatiker eine unschuldige Frau abschlachten."

Die Gefangene hört auf, sich zu wehren und blickt dich mit hoffnungsvollen Augen an, welche so grün sind wie Smaragde. Ihr Haar ist so weiß wie Schnee, auch wenn sie nicht viel älter sein kann als zwanzig. Ihre Haut ist so bleich wie der Mond. Sie ist äußert hübsch.

Der Mann mit dem Wurfspieß wirft seine Kapuze zurück und enthüllt das wettergegerbte Gesicht eines alten Schamanen der Nomaden.

„Du dummer Fremdländer!", brüllt er. „Unschuldig? Sie ist Ruzbahn, die Vampirhexe! Viele der Säuglinge unseres Stammes sind von ihr entführt worden, um ihren monströsen Hunger zu stillen und ihre Jugend zu erhalten. Szgano hier ist nur ihr Sklave, ein Werkzeug, das geschworen hat ihr zu dienen."

„Lügen! Lügen!", ruft Szgano. „Sie ist Ruzbahn, das stimmt. Aber das ist nur ihr Name und sie ist meine Verlobte. Diese stinkenden Totenbeschwörer wollen sie ihrem dunklen Gott opfern, weil sie weißes Haar und grüne Augen hat."

„Stimmt nicht", entgegnet der Schamane. „Dieses Ritual ist die einzige Möglichkeit, um Ruzbahn zu vernichten – mit einem Silberspeer auf dem heiligen Boden der alten Götter."

Du bist einen Augenblick lang verunsichert.

„Pah! Wir haben keine Zeit für so was", sagt der Schamane und wendet dir den Rücken zu. Er gibt seinen Gefährten ein Zeichen und diese ziehen bösartige Dolche und nähern sich Szgano mit wachsamen Blicken.

„Rette mich, rette mich!", fleht die Frau heiser.

„Still, Hexe!", ruft der Schamane und legt ihr eine Hand auf den Mund.

Bekämpfe die Schamanen	gehe zu	**371**
Hilf den Schamanen	gehe zu	**270**

455

Die Schenke Zum Weißen Hexer wird von Magiern und Priestern des Molhern besucht. Die Schenke kostet 1 Shard am Tag. Wenn du verletzt bist, erhältst du für jeden Tag, den du hier verbringst, 1 LEBENSKRAFT-Punkt zurück, bis hin zu deinem Maximalwert.

Du hörst, wie ein Troubadour ein mythisches Lied über den Hochkönig singt. Vor fünfhundert Jahren regierte der Hochkönig über Alt-Harkuna und verteidigte es energisch gegen die Eindringlinge aus Uttaku. Die Uttakiner setzten schwarze Hexenkraft ein, um den König im Raureifsee einzuschließen, wo er und seine Paladine seither im Eis eingefroren sind. Seine Frau und einzig wahre Liebe, Leanora, war eine uttakinische Prinzessin, aber die Maskierten Lords von Uttaku, die sich über ihre Liebe zum Hochkönig ärgerten, töteten sie und zwangen ihren Geist dazu, als gnadenloser Wächter des Hochkönigs zu dienen. Nun ist sie ein schreckliches Gespenst, genannt die Eiskönigin, deren Herz so frostig ist wie der See, in dem sie spukt. Zumindest erzählt man sich das.

Wenn du bereit bist, dann verlasse die Schenke. Gehe zu **274**.

456

Als Geweihter von Tambu weißt du, dass du hier eine Opfergabe zurücklassen kannst, in der Hoffnung, dadurch Tambus Gunst zu erlangen. Der Gegenstand muss wertvoll sein und dir einen Fähigkeits-Bonus (CHARISMA, KAMPFKRAFT und so weiter) von mindestens +1 gewähren.

Objekt mit Bonus +1	gehe zu **641**
Objekt mit Bonus +2	gehe zu **404**
Objekt mit Bonus +3 oder mehr	gehe zu **568**
Verschwinde	gehe zu **118**

457

Der oberste Schamane ist ein kleiner, dicker Geselle, der in Felle gekleidet und mit seltsamen Tätowierungen übersät ist. Wenn du ein Geweihter bist oder dem Tempel 10 Shards spendest, wird er mit dir sprechen.

Geweihter oder Spende von 10 Shards	gehe zu **345**
Verschwinde wieder	gehe zu **33**

458

Der Schamane wirft seinen Kopf zurück und starrt direkt nach oben, als würde er die Antwort aus dem eishellen Muster der Sterne herauslesen. „Ein fremder Herr schläft dort unter dem festen Wasser. Seine Träume sind Träume vom Leben. Wenn das Leben zu einem unerträglichen Albtraum wird, dann wird er erwachen."

Die Legenden von Alt-Harkuna besagen, dass der Hochkönig in der schlimmsten Stunde seines Landes zurückkehren wird.

„Gibt es irgendeine Möglichkeit, um ihn aufzuwecken?", fragst du.

Er wirft dir eine Phiole mit *unheimlichen Salzen* zu. Vermerke diese in deiner Liste der Besitztümer. Die Salze riechen so streng, wie riechende Salze eben riechen.

Der Schamane verfällt plötzlich in einen rauschhaften Schlaf.

Benutze die *unheimlichen Salze*,
um ihn aufzuwecken   gehe zu **319**
Verschwinde und schlafe ein bisschen   gehe zu **394**

459
Nach mehreren Tagen wirst du aufgrund von mangelndem Essen, Wasser und Schlaf bewusstlos. Du gleitest unter die Wellen und ertrinkst.

Gehe zu **7**.

460
Du kannst deinen Verfolgern entkommen. Die Menschenbestien sind wild, wirken aber eher dumm und geben nur schlechte Fährtenleser ab.

Gehe zu **32**.

461
Die sokaranischen Truppen, die durch die Tunnel gekommen sind, warten darauf, dass sie angreifen können. Als sie sehen, wie das Lager im Chaos versinkt, stürmen sie los.

Die Armee der Nördlichen Allianz befindet sich bereits in der Auflösung und der zusätzliche Angriff führt zu absoluter Panik. In all dieser Verwirrung kannst du leicht entkommen.

Gehe zu **218**.

462
Der Tempel von Juntoku ist so gebaut, dass er wie ein riesiger Granithelm aussieht. Juntoku ist der „Krieger der niemals schläft", der Kriegsgott von Akatsurai. Er wird als großer General und Anführer der Menschen verehrt. Er ist nicht der Gott der Schlacht, sondern der Kriegskunst.

Werde ein Geweihter von Juntoku	gehe zu	**96**
Sage dich von ihm los	gehe zu	**23**
Bitte um Segen	gehe zu	**299**
Verlasse den Tempel	gehe zu	**58**

463
Du fragst nach dem Unhold, der dich eines Nachts in deiner Schiffskabine auf dem Violetten Meer besucht hat, und auch nach seiner Bitte, zu diesem Gotteshaus zu gehen. Als du den

Namen Tayang Khan erwähnst, macht der Schamane eilig ein Schutzzeichen.

„Erwähne diesen Namen hier nicht!", gellt er und seine Spucke landet dabei in deinem Gesicht.

Er deutet an, dass die Audienz vorbei ist.

Gehe zu **33**.

464
Der Mann in Schwarz zögert, als du einen klaren, widerhallenden Ton in die rosarote Luft hinausschickst.

Aber nichts passiert und er lächelt bösartig, während er seinen Stab erneut auf dich richtet.

Gehe zu **550**.

465
Du kannst die geisterhafte Gestalt nicht verletzen, egal was du auch versuchst.

Sie greift mit ihren spektralen Händen in deinen Brustkorb hinein und saugt dir das Leben aus, während sie dabei wie wahnsinnig brabbelt. Du wirst sofort ohnmächtig.

Als du wieder zu dir kommst, liegst du auf einem Erdhügel inmitten des Sumpfes – der Turm ist nicht mehr zu sehen. Man hat dir einen Teil deiner Lebenskraft gestohlen.

Du steigst 1 Stufe ab. Wirf einen Würfel und ziehe das Ergebnis dauerhaft vom Maximalwert deiner LEBENSKRAFT ab. (Bist du noch Stufe 1, dann passiert nichts.)

Du setzt deine Reise fort. Gehe zu **92**.

466
Du erhältst das Codewort *Dunkelheit*.

Du kannst eine Karte der Haupttunnel anfertigen. Sie verlaufen von Norden nach Süden unter dem Gebirgsgrat von Harkun hindurch.

Du hast einen geheimen Weg durch die Berge gefunden, ohne den Adlerpass durchqueren zu müssen. Auf jeder Seite gibt es Höhlen, die in die Tunnel hineinführen.

Gehe nach Norden	gehe zu	**558**
Gehe nach Süden	*Das Reich des Krieges*	**3**

467 ❏❏❏
Im Zentrum der Insel steht eine Festung mit konturlosen, grauen Wänden und einem einzelnen Tor. Die Zugbrücke ist unten und das Fallgatter oben, aber auf der anderen Seite steht ein gewaltiger Golem mit Muskeln aus diamanthartem Stein.

„Du musst mir das Passwort sagen", donnert der Golem.

Die Kästchen weiter oben dienen dazu, festzuhalten, wie viele Male du hierhergekommen bist. Kreuze jetzt das erste freie Kästchen an.

Ist dies dein erster Besuch, gehe zu **516**. Ist es dein zweiter, gehe zu **397**. Ist es dein dritter oder mehr, gehe zu **284**.

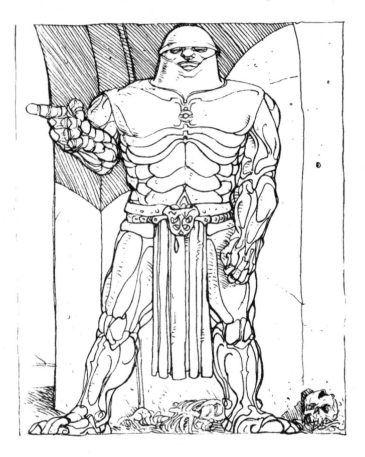

468

Du sagst dem Wächter deinen Namen. Er erkennt dich und sagt dir, dass Avar Hordeth nicht zu Hause ist, dass man aber wie versprochen ein Zimmer für dich bereitgestellt hat. Du kannst hier dein Geld und deine Besitztümer lagern, damit du sie nicht mit dir herumtragen musst. Du kannst dich hier auch gefahrlos ausruhen und alle LEBENSKRAFT-Punkte zurückerlangen, die du verloren hast. Notiere im unteren Kästchen alle Dinge, die du hier aufbewahren möchtest.

Gegenstände in Hordeths Villa:

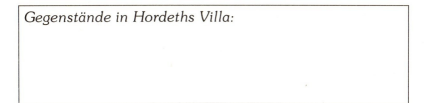

Jedes Mal, wenn du hierher zurückkehrst, wirf zwei Würfel:

Ergebnis 2-11: Dein Besitz ist sicher.
Ergebnis 12: Ein Dieb. Verliere einen Gegenstand (deiner Wahl), den du hier hattest.

Um nach Yarimura zurückzukehren, gehe zu **10**.

469
Aus geheimen Bestiarien weißt du, dass dies ein Schlangendämon ist, von längst verstorbenen Shadar-Priestern dazu verdammt, deren Gräber zu bewachen.

Du sprichst einen Zauber, der gegen solche Dämonen helfen soll. Die Bestie zuckt kurz zurück und grüne Gallenflüssigkeit schießt ihr aus Augen und Ohren heraus. Sie kreischt vor Qualen, stirbt aber nicht. Wütend kommt sie näher.

Schlangendämon:
KAMPFKRAFT 7, VERTEIDIGUNG 7, LEBENSKRAFT 10

Wenn du siegst, gehe zu **215**. Wenn du verlierst, gehe zu **7**.

470
Das Handelsschiff ist eine große Galeone mit einer vollen Besatzung aus Seesoldaten. Die Galeone heißt Meereszentaur. Dein erster Maat verrät dir, dass sie Avar Hordeth gehört – dem Mann, den du in Yarimura ausgeraubt hast.

Die Meereszentaur ändert die Richtung und kommt direkt auf euch zu.

Versuche zu entkommen	gehe zu **451**
Segle ihr entgegen	gehe zu **419**

471
Du hast das Schiff erfolgreich durch die gefährlichen Wasser der Katastrophenbucht navigiert. Vor euch erspäht der Ausguck eine Insel.

„Das ist die Insel Bazalek", sagt dein Maat. „Keiner, der dort an Land gegangen ist, ist jemals zurückgekehrt. Ich rate davon ab, sie zu betreten, außer Ihr habt eine Karte oder so, Käpt'n."

Nach Norden an der Küste entlang Richtung Yarimura	gehe zu **201**
Nach Osten zur Insel der Geheimnisse	gehe zu **120**
Hinaus auf den Grenzenlosen Ozean	gehe zu **305**
Setze Anker und erkunde die Insel Bazalek	gehe zu **673**

472
Du durchquerst die eisige, nördliche Steppe. Schnee bedeckt den Boden und aus der weißen Einöde erhebt sich eine große Pyramide. Sie ist mit seltsamem, gelblichem Marmor vertäfelt und an einer ihrer Seiten befindet sich ein kunstvoll gemeißelter Eingang, der von zwei Idolen flankiert wird. Sonderbarerweise ist sie frei von Schnee, und als du näher kommst, bemerkst du, dass sie eine leichte Wärme ausstrahlt, die ausreicht, um den Schnee und das Eis auf ihr zu schmelzen. Stufen, die man in die Seiten der Pyramide gehauen hat, führen zu ihrer flachen Spitze hinauf. Jenseits der Pyramide liegen die Gipfel am Rande der Welt, gewaltige Berge von schwindelerregender Höhe.

Nähere dich den Toren	gehe zu	**21**
Reise nach Norden zu den Gipfeln	gehe zu	**271**
Reise nach Westen zum Fluss des Schicksals	gehe zu	**91**
Reise nach Osten	gehe zu	**630**
Reise nach Süden	gehe zu	**281**

473

Viele berittene Nomaden umzingeln dich. Ihre undurchschaubaren Gesichter starren ohne Mitleid auf dich herab und sie treiben dich mit den Spitzen ihrer Speere in ihr Lager. Tausende Nomaden haben sich hier für eine Zusammenkunft aller Stämme der Horde der Tausend Winde versammelt.

Gehe zu **272**.

474

Dein wortgewandtes Auftreten stimmt die Nomadenhäuptlinge um und sie laden dich dazu ein, ihr Lager als Gast zu betreten. Du erfährst, dass sie Angehörige des Stammes der Einäugigen Krähen sind, die sich der Horde des Windgepeitschten Eises anschließen wollen, zu welcher sie gehören.

Während die Dunkelheit zwischen den Nomadenzelten zunimmt, zucken und bullern immer mehr Feuer im eisigen Wind.

Ein Barde beginnt von uralten Ruhmestaten zu singen und einige der jungen Männer des Stammes springen auf, um im Feuerlicht zu tanzen.

Bleibe und lausche	gehe zu	**553**
Besuche den Stammeshäuptling	gehe zu	**366**
Suche den Schamanen auf	gehe zu	**523**
Leg dich schlafen	gehe zu	**394**

475

Du überzeugst sie davon, dass das Schiff repariert werden kann – alles, was ihr braucht, ist etwas Holz.

Der erste Maat steht mit einigen der anderen Männer auf. Er erzählt dir, dass die Barke Nixensehnsucht heißt und dass sie ihren Kapitän in dem Sturm verloren haben, der das Schiff an den Strand gespült hat. Sie suchen eindeutig bei dir nach Führung.

„Wir haben die Werkzeuge, um es zu reparieren", sagt der Maat, „aber wo ist das Holz?"

Du beschließt sie auf die Suche nach Holz zu führen, wenngleich die Landschaft karg und trostlos ist.

Mache einen NATURWISSEN-Wurf mit dem Schwierigkeitsgrad 14.

Erfolgreicher NATURWISSEN-Wurf	gehe zu **559**
Misslungener NATURWISSEN-Wurf	gehe zu **681**

476

Du erkennst, dass der Nebel ein Werk von Hexerei ist und dass er Schiffe von der Insel fernhalten soll. Du schaffst es, das Schiff mit deinem magischen Instinkt hindurchzulotsen.

Schließlich verlasst ihr den Nebel und erreicht eine kleine Bucht, wo ihr vor Anker geht. Die Insel ist mit einem heißen, dampfenden Dschungel bedeckt, aus dem sich ein bewaldeter Berg erhebt.

Die Männer wollen nicht an Land gehen, werden aber hier warten, während du die Insel der Geheimnisse erforschst, falls du das willst. Wenn du an Land gehst, dann notiere dir, dass dein Schiff vor der Insel der Geheimnisse ankert.

Um dich allein landeinwärts zu begeben, gehe zu **564**. Um zurück aufs Meer zu segeln, gehe zu **296**.

477
Du begibst dich einen langen Tunnel hinab, bis du in eine Halle kommst, die von eintausend weißen Kerzen erhellt wird und mit Tischen gesäumt ist. Hier wirst du von Männern und Frauen begrüßt, die in Leichentücher gehüllt sind, welche sie wie Togen tragen. Ihre Gesichter sind so blass wie Marmor und ihre Augen sehen aus wie mattgraue Juwelen.

In der tiefen Dunkelheit am anderen Ende der Halle befindet sich eine weitere Präsenz. „Wer geht dort?", donnert eine Stimme, die dich mit Ehrfurcht erfüllt – es ist die Stimme von Nagil, dem Herrn der Toten.

Trägst du den Titel *Erwählter von Nagil*, gehe zu **103**. Wenn nicht, bist du dafür aber ein Geweihter von Nagil, gehe zu **551**. Trifft keines von beiden zu, gehe zu **387**.

478
Auf dem Gipfel findest du die große, weitläufige Ruine einer Bergfestung. Eingestürzte Türme und zerfallene Mauern sind alles, was noch davon übrig ist.

Ein Stimme erschallt wie aus dem Nichts: „Bei Molhern! Du bist es!"

Die Ruine scheint vor deinen Augen zu verblassen und wird durch eine blühende, befestigte Siedlung ersetzt! Am Turm des Tores steht Pyletes der Weise. Du hattest das Buch der Sieben Weisen von den Skorpionmenschen zurückgeholt und es zu Pyletes nach Gelbhafen in Sokara gebracht. Das scheint schon Ewigkeiten her zu sein, aber er hat dich nicht vergessen.

Er öffnet dir die Tore und erklärt dir, dass die Insel der Geheimnisse von Magiern bewohnt wird, die Molhern anbeten, den Gott des Wissens und der Magie. Sie leben lieber in der Abgeschiedenheit und schützen ihre Insel mit Illusionen.

„Aber ein Erleuchteter ist hier immer willkommen", sagt Pyletes.

Du betrittst die Stadt der Geheimnisse. Gehe zu **274**.

479
Du verfügst über genug magisches Wissen, um alle schädlichen Einflüsse des Shadar-Fluchs abzuwehren.

Gehe zu **290**.

480
Die Sonne lodert kühl und blutrot hinter einer Wolkenbank. Das Zwielicht hilft dir dabei, dich über den klirrend kalten Boden heranzuschleichen.

Du kannst jetzt die winselnden Schreie des Gefangenen hören, während die Krähen auf seine Gliedmaßen einhacken.

Mache einen DIEBESKUNST-Wurf mit dem Schwierigkeitsgrad 12.

Erfolgreicher DIEBESKUNST-Wurf	gehe zu **364**
Misslungener DIEBESKUNST-Wurf	gehe zu **515**

481
Mache einen HEILIGKEITS-Wurf mit dem Schwierigkeitsgrad 13.

    Erfolgreicher HEILIGKEITS-Wurf   gehe zu **331**
    Misslungener HEILIGKEITS-Wurf   gehe zu **294**

482
Du nimmst einen Missklang in den Vibrationen der Zitadelle wahr.

Deine magische Intuition bringt dich auf eine Idee – du solltest dazu in der Lage sein, eine eigene musikalische Vibration aufzubauen, deren harmonische Resonanz die brummende Zitadelle zerschmettert und sie über dem Totenbeschwörer zusammenstürzen lässt.

Hast du irgendeine *Flöte* oder *Pfeife*, egal ob sie dir einen Bonus verleiht oder nicht, dann gehe zu **632**.

Ansonsten musst du versuchen den richtigen Ton zu singen. Mache einen CHARISMA-Wurf mit dem Schwierigkeitsgrad 15. Du darfst eins zum Wurf addieren, wenn du ein Barde bist.

    Erfolgreicher CHARISMA-Wurf   gehe zu **329**
    Misslungener CHARISMA-Wurf   gehe zu **464**

483
So lautlos wie ein Schatten kletterst du über den Palisadenwall. Du kriechst durch die Nacht auf einen großen, violetten Seidenpavillon zu. Es ist der größte von allen, daher vermutest du, dass es sich dabei um Beladais Zelt handeln muss.

Noch immer unbemerkt kommst du bis auf wenige Meter an das Zelt heran.

Mache einen ZAUBERKRAFT-Wurf mit dem Schwierigkeitsgrad 14.

Erfolgreicher ZAUBERKRAFT-Wurf	gehe zu **306**
Misslungener ZAUBERKRAFT-Wurf	gehe zu **638**

484

Ihr segelt tagelang umher. Plötzlich jagt das Schiff nach vorn und ist außer Kontrolle! Zu deinem Entsetzen taucht mitten auf dem Ozean ein gigantischer Strudel auf, der euch unaufhaltsam in sich hinabzieht.

Schon bald rast ihr an seinen steilen Wasserwänden spiralförmig nach unten. Der Himmel ist ein kleines, blaues Fenster, das zwischen den hoch aufragenden Säulen des Meeres auf euch herabblickt!

„Wir werden von den Dämonen der Tiefe in das Land unter der Welt gesogen!", heult einer deiner Männer.

Gehe zu *Das Reich der Dunkelheit* **75**.

485

Bakhan begrüßt dich in ihrem Turm. Wenn du etwas *Selenerz* hast, gehe zu **259**.

Wenn nicht, dann kann Bakhan nichts weiter für dich tun, als einen Fluch aufzuheben, falls du unter einem leidest. Das macht sie kostenlos, da du sie von ihrem eigenen Fluch befreit hast. Streiche alle Flüche weg, die du dir notiert hast, und passe deine Fähigkeiten wieder entsprechend an.

Wenn du fertig bist, gehe zu **10**.

486

Hast du das Codewort *Dekoration*, gehe sofort zu **409**. Wenn nicht, lies weiter.

Die Türen werden von einem alten Mann mit langem, weißem Haar geöffnet, das ihm bis zu den Schultern reicht. Er tritt beiseite und winkt dich herein, während er dich mit ängstlichen Augen anblickt. Du betrittst eine Halle aus grauem Stein, an deren Wänden blutrote Fahnen hängen.

„Kümmere dich nicht um den alten Kevar, meinen Diener", dröhnt eine Stimme aus dem hinteren Teil der Halle. „Er ist etwas einfältig, aber dieser Tage ist es schwierig, gutes Personal zu finden."

Mit diesen Worten verfällt die Stimme in Gelächter. Ein Mann tritt aus den Schatten im hinteren Teil der Halle heraus. Er ist groß, gebaut wie ein Hufschmied und komplett kahlköpfig. Seine Augen sind ein trübes, durchdringendes Grün. Er ist in eine verzierte, schwarz-rot lackierte Rüstung gekleidet und hält eine riesige Streitaxt in der Hand.

„Mein Name ist Kaschuf, genannt der Todlose. Ich schätze, du bist ein weiterer dieser Narren, die gekommen sind, um Lady Nastasya zu retten."

Er bekommt erneut einen Lachanfall. Er wischt sich eine Träne aus dem Auge und richtet sich wieder auf. „Also, legen wir los. Ich habe keine Zeit für dich, außer du bist hier, um gegen mich zu kämpfen."

Kämpfe gegen Kaschuf	gehe zu	**87**
Verlasse das Dorf	gehe zu	**398**

487

Ein riesiger, grauer Wurm schlittert aus der Dunkelheit heran und reißt sein Maul auf, um dich zu verschlingen. Du kannst den herben, säuerlichen Gestank seiner Magensäfte riechen – wie warme, ranzige Gallenflüssigkeit.

Hast du das Codewort *Decke*, gehe zu **260**. Wenn nicht, gehe zu **171**.

488

Du erhältst das Codewort *Dreckig*.

Du schüttelst Luroc und Floril die Hand und die Abmachung ist besiegelt. Luroc vereinbart eine Nacht, in der er dich vor der Villa von Avar Hordeth südlich von Yarimura treffen will. Sobald du dort hingehst, wird er auf dich warten.

Du verlässt die Schenke. Gehe zu **10**.

489

Der Mast bricht entzwei und dein Schiff wird wie Treibgut umhergeworfen. Als der Sturm nachlässt, ziehst du Bilanz. Vieles ist über Bord geschwemmt worden – du verlierst 1 Ladeeinheit deiner Wahl, sofern du eine Ladung hattest.

Außerdem ist das Schiff weit vom Kurs abgekommen und der Maat hat keine Ahnung, wo ihr seid.

„Wir haben uns auf dem Meer verirrt, Käpt'n!", stöhnt er.

Gehe zu **390**.

490

Du findest einen sicheren Pfad zu dem schimmernden Licht. Als du dich näherst, erkennst du, dass es von einem versunkenen Glockenturm kommt, von dem nur noch die Spitze aus dem Sumpf herausragt. Du betrittst die Ruine durch ein ehemaliges Fenster.

Im Inneren ist es feucht und muffig und so kalt, dass dir die Knochen gefrieren. In einer verzierten Feuerschale aus Bronze brennt ein kränklich grünes Licht, das in der zunehmenden Finsternis des Abends gespenstisch flackert. Seltsamerweise strahlt es keine Wärme aus, sondern eisige Kälte.

Eine bucklige, geisterhafte Gestalt, die in ehemals üppige, mit Verzierungen bestickte Gewänder gekleidet ist, welche jetzt aber nur noch Lumpen sind, hockt vor den fahlen, smaragdgrünen Flammen.

Sie wendet dir ihren gespenstischen Blick zu und sieht dich mit Augen an, die so schwarz sind wie die Gruben der Hölle.

Die geisterhafte Gestalt krächzt mit flüsternder Grabesstimme: „Wer wagt es, Khotep zu stören, den Wächter des glorreichen Shadar-Imperiums?"

Khotep erhebt sich begleitet von einem ätherischen Windhauch in die Luft und schwebt auf dich zu, während er dir seine schwarzen, vertrockneten Klauen entgegenstreckt.

Mache einen HEILIGKEITS-Wurf mit dem Schwierigkeitsgrad 12.

Erfolgreicher HEILIGKEITS-Wurf	gehe zu **541**
Misslungener HEILIGKEITS-Wurf	gehe zu **465**

491 ❏

Die Nacht bricht herein und es wird immer kälter, während die letzte Wärme der Sonne die Steppe verlässt. Du stößt auf eine uralte Turmruine.

Vom Dach ist nicht mehr viel übrig, aber du kannst dich in einer Ecke zusammenkauern, wo du vor dem kalten Wind geschützt bist.

Ist das Kästchen angekreuzt, gehe sofort zu **321**. Wenn nicht, kreuze es jetzt an und lies weiter.

Du schläfst einige Stunden ohne Störung, wirst aber von einem Rascheln geweckt. Zunächst siehst du nichts, doch dann kannst du einige Meter entfernt zwei kleine, rote Lichter ausmachen, dann zwei weitere und noch mal vier.

Gerade als du erkennst, dass dies gar keine Lichter sind, sondern feuerrote Augen, schleudert eine der Kreaturen einen Feuerball auf den Boden. Der Feuerball erhellt die gesamte Ruine und du kannst sehen, dass du von Rotkappen umgeben bist, einer besonders unangenehmen Art von Kobolden.

Mache einen ZAUBERKRAFT-Wurf mit dem Schwierigkeitsgrad 12.

Erfolgreicher ZAUBERKRAFT-Wurf	gehe zu **283**
Misslungener ZAUBERKRAFT-Wurf	gehe zu **167**

492

Als dein Schiff davonsegelt, scheinen die Geisterpiraten die Verfolgung aufzugeben, so als könnten sie sich nicht allzu weit von der Nebelbank entfernen.

Die Männer jubeln vor aufrichtiger Erleichterung.

Fahrt nach Westen zur Katastrophenbucht	gehe zu **310**
Segelt nach Süden an der Küste von Nerech entlang	gehe zu **50**

493

Die Schlafkammer von Lord Kumonosu liegt in der Spitze des höchsten Turmes des Palasts. Heute Nacht versuchst du dort hinaufzugelangen.

Mache einen DIEBESKUNST-Wurf mit dem Schwierigkeitsgrad 15. Wenn du ein *Seil* hast, zähle eins zum Wurf hinzu. Besitzt du eine *Bergsteigerausrüstung*, zähle zwei hinzu (diese beiden Boni sind jedoch nicht kumulativ).

Erfolgreicher DIEBESKUNST-Wurf	gehe zu **693**
Misslungener DIEBESKUNST-Wurf	gehe zu **230**

494

Eine Bande von Raufbolden geht auf dich los und will dich ausrauben.

Mache einen KAMPFKRAFT-Wurf mit dem Schwierigkeitsgrad 15.

Erfolgreicher KAMPFKRAFT-Wurf	gehe zu **692**
Misslungener KAMPFKRAFT-Wurf	gehe zu **131**

495

Du verfügst über genug arkanes Wissen, um die Tafeln über den Tunneleingängen zu entziffern. Auf ihnen steht „Dweomer", „Kaiserliches Chambara", „Die Bronzehügel" und „Die Pyramide".

Du begreifst, dass es nahezu unmöglich ist, auf dem Weg wieder nach draußen zu gelangen, den du gekommen bist. Du wirst durch einen dieser Tunnel gehen müssen.

Dweomer	gehe zu **656**
Kaiserliches Chambara	gehe zu **518**
Die Bronzehügel	gehe zu **402**
Die Pyramide	gehe zu **623**

496

Du erhältst das Codewort *Däumling*.

Der Raum ist leer – abgesehen von einem Schlüssel aus Obsidian, der auf dem Steinboden liegt. Vermerke den *Obsidianschlüssel* auf deinem Abenteuerblatt.

Du findest einen Lüftungsschacht, kannst hindurchkrabbeln und kommst lebendig, aber ziemlich klein wieder aus der Pyramide heraus. Draußen lässt die magische Wirkung jedoch nach einigen Stunden nach und du hast schon bald deine normale Größe zurück.

Gehe zu **472**.

497
Du watest den Strand hinauf, aber nicht genug deiner Männer folgen dir. Panik setzt ein und die meisten von ihnen schreien „Jeder für sich!" und tauchen ins Wasser hinein.

Verzweifelt versuchst du es mit den Strandräubern aufzunehmen, aber es sind einfach zu viele und deine Männer werden schnell niedergemäht. Du erhältst einen harten Schlag auf den Hinterkopf und alles wird schwarz. Du verlierst 3 LEBENSKRAFT-Punkte.

Wenn du noch lebst, gehe zu **582**.

498
Du beschließt, in dieser Nacht loszulegen. Du musst das Große Tor unbemerkt erreichen und dann ins Windenhaus gelangen, wo du mit dem riesigen Zahnradmechanismus die Tore öffnen und schließen kannst.

Die Gänge der Zitadelle werden regelmäßig patrouilliert, aber das Licht ist schwach und es gibt viele Nischen und schattige Ecken, wo sich eine verstohlene Person verstecken kann.

Mache einen DIEBESKUNST-Wurf mit dem Schwierigkeitsgrad 14.

| Erfolgreicher DIEBESKUNST-Wurf | gehe zu | **674** |
| Misslungener DIEBESKUNST-Wurf | gehe zu | **530** |

499
Die Rubinrote Zitadelle gibt es nicht mehr. Sie wurde durch deine Gerissenheit zerstört. Nur die zerschmetterten Bruchstücke ihres einstigen Ruhmes sind noch übrig. Hier ist nichts mehr außer einer verschlossenen Grünspantür im Boden der ehemaligen Haupthalle.

Wenn du einen *Grünspanschlüssel* hast, kannst du zu **196** gehen. Wenn nicht, bleibt dir nichts anderes übrig, als wieder zu verschwinden.

Reise nach Westen	gehe zu	**630**
Reise nach Osten	gehe zu	**15**
Reise nach Süden	gehe zu	**17**

500 ❏

Ist das Kästchen angekreuzt, gehe sofort zu **699**. Wenn nicht, kreuze es jetzt an und lies weiter.

Du wirst in ein großes, blau-weiß gestreiftes Zelt zu einem Prinzen geführt. Drinnen sitzt vor einem niedrigen Tisch ein Mann auf dem Boden. Als er dich sieht, springt er auf die Beine.

„Beim Großen Tambu!", schreit er. „Du bist es!"

Es ist Akradai, der Prinz des Stammes des Azurblauen Himmels. Du hast ihn einmal in Gelbhafen, Sokara, gerettet. Er stand unter einem Fluch und du hast ihn davon befreit. Er versprach dir daraufhin, dass er dich belohnen würde.

Akradai gibt dir 500 Shards und seine Schamanen heilen jegliche Krankheit oder Vergiftung, an der du leidest (aber sie können keinen Fluch aufheben).

Sie stellen für dich auch ein magisches Elixier her, welches die Nomaden benutzen, um ihren Orientierungssinn zu schärfen – einen *Naturtrank*. Tränke können direkt vor einem Fähigkeitswurf benutzt werden, um die betreffende Fähigkeit für den Wurf um eins zu erhöhen, und sie reichen nur für eine Anwendung. Ein *Naturtrank* erhöht dein Naturwissen um eins.

Am nächsten Tag setzt du deinen Weg fort.

Reise nach Norden	gehe zu	**15**
Reise nach Osten Richtung Yarimura	gehe zu	**280**
Reise nach Süden	gehe zu	**234**
Begib dich nach Westen, tiefer in die Steppe hinein	gehe zu	**17**

501

Wenn du nicht genug Geld in der Bank hast, um für das Lösegeld aufzukommen, gehe zu **285**. Andernfalls nehmen dir deine Häscher das Geld ab und rennen davon. Du wirst in Yarimura freigelassen – gehe zu **10**.

502

Deine Intuition sagt dir, dass hier etwas nicht stimmt. Plötzlich verschwimmt und verblasst die zerstörte Festung vor deinen Augen und wird durch eine blühende, befestigte Siedlung ersetzt. Der blinde Mann hat sich in einen vielmehr gut gekleideten und fülligen Kameraden verwandelt, der nicht einmal mehr blind ist.

„Ah, gut, ich sehe, du kannst es sehen", sagt er.

Er erklärt dir, dass die Insel der Geheimnisse von Magiern bewohnt wird, die Molhern anbeten, den Gott des Wissens und der Magie. Sie leben lieber in der Abgeschiedenheit und schützen ihre Insel mit Illusionen.

„Du kannst genauso gut hineingehen, jetzt, wo du unseren kleinen Trick durchschaut hast", murmelt der Mann.

Du spazierst durch das Haupttor der Stadt der Geheimnisse.

Gehe zu **274**.

503
Der Drache dreht alle drei Köpfe herum und hüllt dich in ein Inferno aus Flammen ein. Du wirst auf der Stelle verbrannt.

Gehe zu **7**.

504
Du versuchst einen Witz über die Situation zu machen, aber sie nehmen ihn als Beleidigung über die Kampffertigkeiten ihres Stammes auf und ihre Gesichter erstarren plötzlich, so als wären sie aus Stein.

Sie packen dich, nehmen dir all dein Geld und deine Besitztümer ab (streiche sie von deinem Abenteuerblatt) und fesseln deine Hände. Dann lassen sie dich loslaufen und jagen dir mit ihren riesigen Vögeln hinterher, welche sie lautstark dazu ermutigen, dich zu treten und wild auf dich einzuhacken. Du verlierst 3-18 LEBENSKRAFT-Punkte (wirf drei Würfel).

Wenn du noch lebst, werden sie des Spieles schließlich müde und lassen dich halbtot und blutend zurück. Du kannst deine Fesseln lockern, aber deine Situation ist aussichtslos – allein in der Steppe mit nichts bei dir.

Gehe zu **698**.

505

Die Runen über dem Durchgang leuchten unheilvoll auf, als du hindurchgehst. Du hast dir einen Fluch aufgeladen. Notiere dir, dass du unter dem „Fluch der Shadar" leidest, und ziehe jeweils eins von deinen Fähigkeiten ZAUBERKRAFT und KAMPF-KRAFT ab, bis du einen Weg gefunden hast, um den Fluch aufzuheben.

Gehe zu **290**.

506

Nach einer Weile des ziellosen Umhertreibens kommst du aufs offene Meer hinaus. Du wirst an einen Ort getragen, den du nicht beeinflussen kannst. Nach einigen Tagen fühlst du dich aufgrund des Mangels an Nahrung und Wasser zunehmend schwächer. Zum Glück liest dich ein Handelsschiff auf.

Wenn du das Codewort *Dorn* hast, gehe sofort zu **98**. Wenn nicht, lies weiter.

Der Kapitän freut sich, dich in den nächsten Hafen mitnehmen zu können.

Hast du das Codewort *Diebstahl*, gehe sofort zu **51**. Wenn nicht, lies weiter.

Nach einer ereignislosen Reise gehst du im Hafen von Yarimura von Bord. Gehe zu **10**.

507
Du rezitierst einige heilige Schriften und die Rotkappen ziehen sich sofort zurück, wobei sie trauervoll jammern. Während sie flüchten, lässt eine von ihnen einen kleinen Beutel fallen. Darin findest du eine *Shadar-Schriftrolle* und etwas *Elfenmet*.

Die Schriftrolle ist nichts Ungewöhnliches, könnte aber für einen Sammler von Antiquitäten der Shadar einen Wert besitzen. Vermerke die Dinge auf deinem Abenteuerblatt.

Der Rest der Nacht vergeht friedlich. Gehe zu **144**.

508
Der Schamane deutet nach Norden, dann nach Süden, Osten und schließlich nach Westen. „Suche alle vier Winkel der Ebene ab und dazwischen wirst du das Gotteshaus finden", kichert er.

Du findest diese Antwort verwirrend, aber nicht viel rätselhafter, als du es von einem Schamanen oder Zauberer erwarten würdest. Da der alte Mann nun müde zu werden scheint, kehrst du ins Lager zurück, um dir ein Bett für die Nacht zu suchen.

Gehe zu **394**.

509
Du kannst deine Besitztümer und dein Geld hier zurücklassen, damit du sie nicht mit dir herumschleppen musst. Du kannst dich hier auch gefahrlos ausruhen und alle verlorenen LEBENSKRAFT-Punkte zurückerlangen. Schreibe alles, was du hierlassen möchtest, in das Feld. Jedes Mal, wenn du hierher zurückkehrst, wirf zwei Würfel – außer du hast Schutzgeld gezahlt oder trägst den Titel *Nachtpirscher*, in welchem Fall dein Haus automatisch sicher ist.

Ergebnis 2-7:   Dein Besitz ist sicher.
Ergebnis 8-12: Du verlierst alles, was du hier hast.

> *Gegenstände im Stadthaus:*

Gehe zu **10**.

510
Es dauert nicht lange, bis du dich vollkommen verirrt hast. Du kämpfst dich wie in einem Traum weiter, ohne zu wissen, wohin du gehst und woher du kommst. Wirf einen Würfel und zähle eins hinzu.

Ist das Ergebnis kleiner oder gleich deiner Stufe, gehe zu **123**. Ist es größer als deine Stufe, gehe zu **254**.

511
Der Sturmdämon lacht über deinen Versuch, die Macht von Elnir zu beschwören. Sein Donner und seine Blitze werden immer heftiger.

Gehe zu **536**.

512
Ein dunkler werdender Himmel kündigt den Sturm an, der sich zusammenbraut. Heftiger Wind peitscht den Regen in Strömen über dein Schiff und die Wellen heben und senken sich erbarmungslos, so dass sie euer Schiff hochwerfen und wieder fallen lassen.

Wenn du eine Segnung hast, die dir „Sicherheit vor Stürmen" gewährt, kannst du den Sturm ignorieren. Streiche deine Segnung weg und gehe zu **438**.

Andernfalls trifft euch der Sturm mit seinem ganzen Zorn. Ist dein Schiff eine Barke, wirf einen Würfel, ist es eine Brigantine, wirf zwei Würfel, ist es eine Galeone, wirf drei Würfel. Zähle 1 zum Wurf hinzu, wenn du eine gute Mannschaft hast; zähle 2 hinzu, wenn du eine ausgezeichnete Mannschaft hast.

Ergebnis 1-3:	Dein Schiff sinkt	gehe zu	**540**
Ergebnis 4-5:	Der Mast bricht	gehe zu	**453**
Ergebnis 6-20:	Ihr übersteht den Sturm	gehe zu	**438**

513 ❏
Ist das obige Kästchen leer, kreuze es an und gehe zu **477**. Ist es bereits angekreuzt, gehe zu **292**.

514
Ein Handelsschiff bewegt sich auf euch zu. Hast du das Codewort *Dorn*, gehe sofort zu **569**. Wenn nicht, dafür aber das Codewort *Diebstahl*, gehe sofort zu **470**. Hast du keines dieser Codewörter, lies weiter.

Das Handelsschiff ist eine große Galeone namens Meereszentaur.

Dein erster Maat sagt: „Das ist das Schiff von Avar Hordeth. Er stammt ursprünglich aus Metriciens, aber er hat eine Villa in Yarimura. Er ist hier einer der reichsten Händler – seine Schatzkammer soll mit Gold und Juwelen überschwemmt sein. Und einige behaupten, er hätte nicht alles davon auf ehrliche Weise bekommen, wenn Ihr versteht, was ich meine, Käpt'n."

Ihr segelt weiter. Gehe zu **236**.

515

Einer der Nomadenkrieger sieht dich, packt dich und zerrt dich auf die Beine. Etwa ein Dutzend von ihnen starren dich an – der strengste Haufen Männer, dem du je gegenübergestanden hast.

Renne um dein Leben	gehe zu **664**
Warte ab, was sie tun	gehe zu **56**

516

Der Golem wartet auf das Passwort, ist aber fair genug, dir drei Möglichkeiten vorzugeben.

Glas	gehe zu **425**
Zink	gehe zu **18**
Eis	gehe zu **351**

517

Als Geweihter von Molhern genießt du den Vorteil, dass du weniger für den Segen und alle weiteren Dienste des Tempels zahlen musst. Ein Geweihter zu werden, kostet dich 50 Shards. Du kannst dies nicht tun, wenn du bereits Geweihter eines anderen Tempels bist.

Wenn du ein Geweihter werden willst, dann schreibe „Molhern" in das Feld Gottheit auf deinem Abenteuerblatt und streiche die 50 Shards weg.

Sobald du hier fertig bist, gehe zu **637**.

518

Als du auf den bogenförmigen Tunnel zutrittst, fällt dir auf, dass die Luft in seinem Eingang bläulich schimmert. Als du hindurchgehst, verspürst du kurzzeitig ein Gefühl der Orientierungslosigkeit. Du gehst stundenlang weiter, bis du an eine Leiter kommst, die nach oben führt. Du steigst hinauf.

Gehe zu *Das Reich der aufgehenden Sonne* **75**. Hast du dieses Buch noch nicht, gehe zurück zu **495** und triff eine andere Wahl.

520
Du stößt einen Schlachtruf aus und hebst deine Waffe, um zuzuschlagen. Sofort geben alle drei einen trillernden Angstschrei von sich, tauchen ins Wasser hinein und schwimmen in die Tiefen davon.

Du zuckst mit den Schultern und gehst zurück.

Die Flut kommt und hebt euer Schiff wieder hoch, so dass ihr weitersegeln könnt.

Gehe zu **471**.

521
Du rutschst aus und fällst in den Sumpf. Der dicke, klebrige Schlamm beginnt dich nach unten zu ziehen.

Hustend und prustend greifst du nach dem Ast eines schwarzen, knorrigen Baums.

Wirf einen Würfel und zähle 2 hinzu. Ist das Ergebnis kleiner oder gleich deiner Stufe, gehe zu **597**. Ist das Ergebnis höher als deine Stufe, gehe zu **7**.

522 ❑
Ist das Kästchen angekreuzt, gehe sofort zu **277**. Wenn nicht, kreuze es jetzt an und lies weiter.

Du hast von diesem Zentaur gehört. Beim Ebenenvolk nennt man ihn Singendes Pferd, die lebende Inkarnation des Nomadengeists, dem Fernweh. Doch dein magisches Wissen ermöglicht es dir, der betörenden Musik zu widerstehen. Während die verzauberten Tänzer an dir vorbeiziehen, hört der Zentaur auf zu spielen. Die Leute sacken erschöpft zu Boden.

Singendes Pferd galoppiert zu dir herüber.

„Nur wenige Sterbliche können sich dem Ruf der Flöte verweigern", sagt er mit einem verschmitzten Lächeln und überreicht dir seine Flöte.

Notiere dir die *Zentaurenflöte* (CHARISMA +3) auf deinem Abenteuerblatt.

Der Zentaur reitet weg. Eine neue Flöte taucht in seinen Händen auf und der Karneval geht weiter. Erfüllt von übernatürlicher Energie, erheben sich die erschöpften Tänzer auf ihre Beine, um erneut ihrem Meister zu folgen.

Gehe zu **224**.

523

Das Zelt des Schamanen steht jenseits der Grenze des Lagers, auf einem Flecken Erde, der von Tierschädeln umgeben ist. Er verabscheut die Benutzung eines Feuers und nagt sein Fleisch roh von den Knochen.

Als er aufblickt, siehst du, dass seine Augen glasig und seine Pupillen geweitet sind, und du fragst dich, ob er einen halluzinogenen Trank zu sich genommen hat.

Du hockst dich neben ihn. Er grüßt dich mit einem desinteressierten Knurren.

Worüber möchtest du mit ihm reden?

Das Lied des Barden	gehe zu **424**
Das Gotteshaus der Vier Winde	gehe zu **508**
Den Raureifsee	gehe zu **458**
Tayang Khan	gehe zu **344**

524

Du bist an einen Kieselsteinstrand gespült worden. Eine Nebelbank hängt draußen auf dem Meer und umgibt die Insel, auf welcher du gelandet bist, wie ein dicker Gifthauch aus widerlichem Dunst. Eine heiße Sonne knallt auf einen diesigen, surrenden Dschungel herab und ein bewaldeter Berg erhebt sich aus dieser Vegetation. Du bist auf der Insel der Geheimnisse gestrandet.

Gehe zu **564**.

525

Ein Sturm zieht herauf und taucht den Tag in Finsternis. Heulender Wind bläst auf dich herab und der Himmel öffnet sich in einem Regenschauer. Blitz und Donner zerschmettern den Himmel. Du kannst nur wenige Schritte weit blicken und es gibt keinen Ort, wo du Unterschlupf suchen kannst. Inmitten des zornigen Sturms meinst du Stimmen zu hören, die nach dir rufen. Oder ist das nur der Wind?

Folge den Stimmen	gehe zu	**628**
Kauere dich hin und sitze den Sturm aus	gehe zu	**327**

526

Du verlierst die Codewörter *Almanach*, *Bürste* und *Entsetzen*, falls du sie hast.

Du kannst hier Geld in Einheiten von 100 Shards investieren. Die Gilde wird mit dem Geld in deinem Namen Waren kaufen und verkaufen, bis du zurückkehrst und es einkassierst.

„Vergiss nicht, dass du auch Geld verlieren kannst", murmelt ein mürrischer Händler, der die Gilde mittellos verlässt.

Investiertes Geld:

Schreibe den Betrag, den du investieren möchtest, in das Feld hier – oder hebe einen Betrag ab, den du zuvor investiert hast.

Gehe anschließend zu **220**.

527

Du legst deine Schulter gegen den Deckel und drückst mit aller Kraft dagegen. Nach mehreren Sekunden bewegt er sich ganz leicht und erzeugt dabei ein tiefes, schabendes Geräusch. Ein trockener Windhauch schlägt dir entgegen ...

Plötzlich schießt der Deckel gerade nach oben. Du stolperst nach vorn und landest im Schoß eines furchtbaren Sargbewohners, der nun aufrecht dasitzt und den schweren Steindeckel über seinen Kopf hält, so als würde dieser nicht mehr wiegen als ein Holzbrett. Er beugt sich mit seinem grauen, grinsenden Gesicht nah an deines heran und sagt mit einem unheilvollen Flüstern: „Plünderer! Die Götter werden dich für solch eine Tat nicht belohnen."

Du verlierst einen Punkt an HEILIGKEIT. Du taumelst von dem widerlichen Atem des Toten zurück, jagst aus dem Grab hinaus und rennst Hals über Kopf durch die winterliche Landschaft, bis du dich erschöpft fallen lässt. Zum Glück hat dich der Kadaver nicht verfolgt.

Gehe zu **226**.

528

Als du den Schlüssel in das Loch steckst, wird er mit einem Zischen hineingesogen und verschwindet. Streiche den *Pyramidenschlüssel* von deinem Abenteuerblatt.

Die Steinplatte hebt sich mit einem Rumpeln wieder nach oben. In der Kammer dahinter krabbeln noch immer Hirschkäfer herum, aber die Wände haben ihr gelbes Leuchten verloren. Alle Ausrüstungsgegenstände, die du letztes Mal hierlassen musstest, sind noch immer da. Notiere dir die Ziffer dieses Abschnitts (**528**). Du kannst deine Ausrüstung zurückholen. Gehe einfach zu **586** und entferne die Sachen, die dort in dem Feld stehen, und übertrage sie wieder auf dein Abenteuerblatt. Wenn du fertig bist, kehre hierher zurück.

Wenn du zum Gehen bereit bist, kracht die Platte wieder herunter, und da der Pyramidenschlüssel nun weg ist, versiegelt sie die Kammer ein für alle Mal.

Gehe zu **472**.

529

„Wie du wünschst", sagt der Dschinn. Er macht in der Luft eine Handbewegung. Rote Energieblitze springen von seinen Augen auf dich über und scheinen sich durch dein Hirn zu brennen. Du verlierst das Bewusstsein.

Als du wieder aufwachst, ist der Dschinn verschwunden, aber du erkennst, dass du ein paar neue Tricks dazugelernt hast. Erhöhe eine Fähigkeit deiner Wahl (CHARISMA, KAMPFKRAFT, NATURWISSEN, usw.) dauerhaft um einen Punkt.

Zu deinem Pech treibst du noch immer ziellos über die Meere. Du hast kein Trinkwasser und wirst bald verdursten.

Wirf einen Würfel und zähle eins zum Wurf hinzu. Ist das Ergebnis höher als deine Stufe, gehe zu **459**. Ist es kleiner oder gleich deiner Stufe, gehe zu **318**.

530

Du wirst von aufmerksamen Wachen auf frischer Tat ertappt und es dauert nicht lange, bis weitere Wächter dazukommen.

Diesmal gibt es kein Entrinnen und auch keine Gnade. Du wirst auf der Stelle bestraft. Man hängt dir ein Schild um den Hals, auf dem steht: „So sterben alle Verräter." Dann hängt man dich in einem Käfig von der Brüstung über dem Großen Tor, wo du als Warnung für die Armee der Nördlichen Allianz langsam verhungerst.

Gehe zu **7**.

531
Ein Händler ist dazu bereit, dich nach Gelbhafen mitzunehmen, aber du brauchst *Das Reich des Krieges*, um dort hinzureisen. Hast du dieses Buch, dann streiche die 65 Shards weg und gehe zu *Das Reich des Krieges* **10**.

Wenn nicht, gehe zurück zu **141**.

532
Die Türen werden von Kevar, dem Diener, geöffnet. Sein langes, weißes Haar ist inzwischen noch länger geworden. Kaschuf selbst – hochgewachsen, kräftig und kahlköpfig wie eh und je – tritt nach vorn. „Habe ich dich nicht schon mal irgendwo gesehen? Egal, ich werde dich in Stücke schneiden, genau wie all die anderen!"

Kaschuf wird vor Entsetzen ganz blass, als du ihm sagst, dass du seine Seele aus einem Medaillon befreit hast, welches du auf einer nicht verzeichneten Insel gefunden hast.

Kevar hüpft schadenfroh von einem Fuß auf den anderen und krächzt: „Kaschuf ist nicht länger todlos! Er kann getötet werden! Er kann getötet werden!"

„Der Kampf ist noch nicht vorüber, alter Mann", brüllt Kaschuf, während er dich grausam anblitzt. „Ich kann noch immer gewinnen!" Kevar erstarrt und legt eine Hand über seinen Mund.

Du musst kämpfen.

Kaschuf:
KAMPFKRAFT 8, VERTEIDIGUNG 8, LEBENSKRAFT 20

Wenn du siegst, gehe zu **158**. Wenn du verlierst, gehe zu **7**.

533
Du betrachtest deine Karten. Die Mannschaft vertraut darauf, dass du das Schiff sicher durch die Katastrophenbucht navigierst.

Mache einen NATURWISSEN-Wurf mit dem Schwierigkeitsgrad 14. Du darfst eins zum Wurf addieren, wenn deine Mannschaft von guter oder ausgezeichneter Qualität ist. Du darfst ebenfalls eins addieren, wenn du eine *Seemannskarte* hast.

Erfolgreicher NATURWISSEN-Wurf   gehe zu **471**
Misslungener NATURWISSEN-Wurf   gehe zu **594**

534
Sie nimmt dich bei der Hand. Du keuchst unfreiwillig; ihre Berührung ist so kalt, dass sie brennt. Dann geht das Gefühl vorüber. Sie führt dich tief in die Erde hinab in eine Festhalle, wo du als einer der ehrenvollen Toten willkommen geheißen wirst. Wenn du den Titel *Erwählter von Nagil* trägst, erhältst du einen Platz zur Rechten des Gottes. Wenn nicht, platziert man dich unter den vermummten Rittern entlang der Tische.

Das ist das Ende. Dir ist ein für jeden Anbeter des Totengottes glorreiches Schicksal zu Teil geworden. Es wird nun Zeit, dass du zurückkehrst und mit einem neuen Charakter von vorn beginnst. Entferne alle Kreuze und Codewörter aus deinen Büchern. Du kannst bei Abschnitt **1** in jedem Buch der Reihe neu anfangen, indem du einen Charakter der entsprechenden Stufe benutzt, wie in den jeweiligen Regeln erklärt.

535

Du reist durch die eisige Ödnis der nördlichen Steppe. Im Norden, unweit der Gipfel am Rande der Welt, siehst du ein rötliches Leuchten, das in der Ferne vom Schnee reflektiert wird.

Könnte das die Rubinrote Zitadelle sein?

Untersuche das Leuchten	gehe zu **340**
Reise nach Westen	gehe zu **630**
Reise nach Osten	gehe zu **15**
Reise nach Süden	gehe zu **17**

536

Die Kreatur stößt von ihrer Wolke auf dich herab und greift dich an. Ihr flackernder und funkelnder Körper ist nur schwer zu treffen.

Sturmdämon:
KAMPFKRAFT 8, VERTEIDIGUNG 10, LEBENSKRAFT 15

Wenn du siegst, gehe zu **262**. Wenn du verlierst, gehe zu **7**.

537

Die Hohepriesterin, die in zeremonielle Seide gehüllt ist, heißt dich herzlich als denjenigen willkommen, der das heilige Relikt des Tempels zurückgebracht hat.

Du kannst im Tempel bleiben, wenn du willst, und dich hier ausruhen, wodurch du alle verlorenen LEBENSKRAFT-Punkte zurückerhältst. Die Hohepriesterin kann auch Vergiftungen und Krankheiten heilen, etwa den Pesthauch von Nagil.

Wenn du bereit bist, gehe zu **58**.

538
Du wirfst das eine Ende des Seils dem Bootsmann zu und das andere dem ersten Maat und stellst dich dem Ritter mitten in den Weg. Deine tapferen Männer begreifen sofort, was du vorhast. Sie eilen jeder zu einer Seite und straffen das Seil, so dass der Löwe darüber stürzt.

Sein Kopf kracht mit betäubender Wucht auf die Planken der Brücke und der Reiter segelt durch die Luft, bis er scheppernd liegen bleibt. Doch schon im nächsten Augenblick stolpert er wieder auf die Beine und zieht benommen sein Schwert, noch immer dazu entschlossen, dein Recht zur Überquerung der Brücke in Frage zu stellen.

Sir Leo:
KAMPFKRAFT 8, VERTEIDIGUNG 20, LEBENSKRAFT 6

Bekämpfe ihn und siege	gehe zu **571**
Zieht euch zum Schiff zurück	gehe zu **191**

539
„Du darfst nicht vorbei", dröhnt der Schakalkopf. Er pustet und du wirst wie ein Blatt im Wind Hunderte von Metern da-

vongeblasen. Du verlierst 1-6 LEBENSKRAFT-Punkte (wirf einen Würfel).

Du rappelst dich wieder auf. Gehe zu **266**.

540

Dein Schiff, deine Mannschaft und deine Fracht versinken im tiefen, dunklen Meer. Streiche sie von deinem Abenteuerblatt.

Du kannst jetzt nur noch daran denken, dich selbst zu retten.

Wirf zwei Würfel. Ist das Ergebnis höher als deine Stufe, ertrinkst du (gehe zu **7**). Ist das Ergebnis kleiner oder gleich deiner Stufe, kannst du etwas Treibholz finden und schaffst es zurück ans Ufer. Wirf einen Würfel und ziehe das Ergebnis von deiner LEBENSKRAFT ab.

Wenn du das überlebst, gehe zu **585**.

541

Du hältst die Stellung und vertraust auf deinen Glauben. Das Phantom weicht zurück und ist von deiner göttlichen Macht eingeschüchtert.

„Ich will doch nur die mir erteilte Aufgabe erfüllen. Bin ich denn nicht der Wächter des Imperiums?", stöhnt es reuevoll unter deinem von den Göttern gesegneten Blick.

„Das Shadar-Imperium ist vor eintausend Jahren im Meer der Zeit versunken und du hättest mit ihm gehen sollen", erwiderst du.

Das Phantom scheint zu zögern und sagt schließlich: „Ich erkenne, dass du die Wahrheit sagst. Vielleicht kann ich jetzt ja endlich ruhen."

Es verblasst mit einem gespenstischen Klagelaut. Die kalten, grünen Flammen erlöschen sofort und du bleibst allein in der Turmruine zurück.

Zwischen den Trümmern findest du eine alte Fahne, auf der eine goldene Sonne prangt, sowie einen grünen Edelstein im Wert von 100 Shards. Du erhältst das Codewort *Dimension*. Notiere dir die *Fahne der Shadar* und die 100 Shards auf deinem Abenteuerblatt.

Du gehst wieder den Weg zurück, den du gekommen bist. Gehe zu **92**.

542
Die Nomadenrast kostet 1 Shard am Tag. Wenn du verletzt bist, erhältst du für jeden Tag, den du hier verbringst, 1 LEBENSKRAFT-Punkt zurück, bis hin zu deinem Maximalwert.

Am Kamin hörst du eine Geschichte über einen Grabräuber, der versucht hat die Stadt der Ruinen zu plündern, eine antike Hauptstadt der Shadar. Er trug eine Flagge oder Fahne der Shadar, welche ihm ein bisschen Schutz verlieh – allerdings nicht genug, denn die Geister, die in den Ruinen wohnen sollen, haben ihn in den Wahnsinn getrieben.

Wenn du bereit bist, gehe zu **10**.

543
Hast du das Codewort *Dreckig*, gehe zu **414**. Hast du es nicht, dafür aber das Codewort *Denunziant*, gehe zu **468**. Ansonsten lies weiter.

Die Villa von Avar Hordeth ist ein weißes Marmorgebäude im atticalischen Stil – verstärkte Wände, die einen offenen Innenhof umringen. Als du dich näherst, hält dich ein bewaffneter Wächter am Tor an.

„Avar Hordeth ist nicht zu Hause", sagt er schroff. „Geh weg."

Du hast keine andere Wahl, als genau das zu tun. Im hellen Tageslicht kannst du hier nicht viel ausrichten.

Gehe zu **280**.

544
Du hast von Orin Telana, dem Kommandanten der Zitadelle, den Auftrag erhalten, General Beladai zu ermorden. Willst du heute Nacht den Versuch wagen, dann gehe zu **396**. Wenn nicht, dann verlasse das Lager – gehe zu **145**.

545 ❑
Ist das Kästchen angekreuzt, gehe sofort zu **369**. Wenn nicht, kreuze es jetzt an und lies weiter.

Du überlegst schnell und bindest das Seil zwischen den knorrigen Stümpfen zwei toter Sumpfbäume fest. Die Hütte jagt mit beängstigender Geschwindigkeit auf dich zu und ein unheimliches Heulen erfüllt die Luft – es ist Gura Goru, die ihre Hütte anspornt.

Doch die Beine bleiben in dem Seil hängen und das gesamte Ding kracht zu Boden.

Ein Wutschrei erschallt aus der Hütte, zusammen mit einem Schauer aus Gegenständen: ein Kochtopf, ein paar Lappen, Feuerholz und dergleichen.

Ein *Kreuzstab* (NATURWISSEN +2) und ein *Grünspanschlüssel* fallen vor deine Füße. Vermerke sie auf deinem Abenteuerblatt.

Gura Goru schreit die Hütte an, sie soll aufstehen, und du rennst davon, solange du noch kannst.

Gehe zu **92**.

546
Entweder segelt ihr direkt auf die Geisterpiraten zu und geht in die Offensive (gehe zu **605**) oder du rufst die Götter an, damit sie das Schiff der Untoten vertreiben (gehe zu **662**).

547
Der Drache wendet sich dir mit allen drei Köpfen zu, als würde er dich jetzt zum ersten Mal bemerken.

„Warte", dröhnt er und hüllt dich mit einem Atem aus warmer, schwefelhaltiger Luft ein. „Ich spüre, dass du in der Tat heilig bist. Wenn auch nicht tot. Hmm. Seltsam. Dennoch muss ich meine Pflicht tun."

Der Drache schiebt sich zur Seite und macht den Weg zur Treppe des Landes unter der Welt frei.

„Übrigens, sobald du den Torbogen durchschritten hast, kannst du nicht mehr auf diesem Weg zurück", fügt der himmlische Drache hinzu.

Steige in die Dunkelheit hinab	gehe zu	**653**
Gehe den Weg zurück, den du gekommen bist	gehe zu	**684**

548

Hast du das Codewort *Dauerhaft*, gehe zu **672**. Wenn nicht, lies weiter.

Das Dorf nennt sich Vodhya. Die Leute starren dich erstaunt an, als du auf den Hauptplatz trittst. Sie wirken wie ein blasser, ungesunder Haufen, von schrecklichem Kummer auf den Beinen gehalten, ihre Gesichter abgehärmt und zusammengekniffen. Dann ziehen sie ihre Felle enger um sich, eilen davon und knallen Türen und Fenster zu, bis du ganz allein bist, abgesehen von einem kleinen Jungen, der dich mit großen Augen anstarrt.

Oberhalb des Dorfes liegt ein großer Hügel, auf dem eine dunkle und windgepeitschte Festung steht, welche die Landschaft dominiert. Du fragst den Jungen, was hier vor sich geht.

Er dreht sich einfach nur um, blickt hinauf zu der düsteren, eisengrauen Festung und flüstert trübsinnig: „Die Lady Nastasya, Kaschuf hat sie gefangen ... und er wird nicht aufhören uns wehzutun, bis sie verspricht ihn zu heiraten. Aber das wird sie nicht, nein, das wird sie nicht. Wie könnte sie den Mann heiraten, der ihren Vater getötet hat?"

Verlasse Vodhya	gehe zu	**398**
Steige hinauf zu Kaschufs Festung	gehe zu	**42**

549
Du wirst nahe der Stadt Yarimura an den Strand gespült. Da du nirgendwo anders hin kannst, begibst du dich in die Stadt.

Gehe zu **10**.

550
Du stürmst auf den Mann in Schwarz zu und hoffst ihn niederstrecken zu können, bevor er seinen Stab einsetzt. Aber eine Kugel aus flüssiger Dunkelheit schießt aus der Spitze des Stabs auf dich zu und wird dabei immer größer. Sie hüllt dich komplett ein.

Innerhalb eines Augenblicks wirst du durch Raum und Zeit in einen anderen Teil der Welt geschleudert.

Gehe zu **613**.

551
Du wirst eingeladen, mit am Tisch zu sitzen und an Speis und Trank der Toten teilzuhaben. Das Essen besitzt keinen Geschmack – wenn doch, dann ist es nur der Geschmack von Luft in einem lange versiegelten Grab. Dennoch ist es sehr nahrhaft. Wenn du verletzt bist, dann erhöhe deine LEBENSKRAFT wieder auf ihren Maximalwert.

Ein hübscher Kadaver neben dir beugt sich heran, um deinen Arm zu berühren. „Es wird Zeit, dass du gehst", sagt er in einem Flüsterton, der dich an trockenes Laub erinnert. „Wenn du zu lange hier bleibst, musst du dich uns für immer anschließen."

Du stehst auf und verbeugst dich vor ihnen, wobei du der erhabenen Gestalt am Ende Halle einen kurzen, respektvollen Blick zuwirfst.

„Mein göttlicher Lord, Damen, Herren ... Ich danke euch für eure Gastfreundschaft."

„Kehre jetzt in die Welt der Lebenden zurück", tönt die Stimme von Nagil. „Falls du jemals in diese Halle zurückkehrst, dann musst du hier bleiben."

Du verbeugst dich und eilst zurück an die Oberfläche. Die Bronzetüren schließen sich geräuschlos hinter dir.

Gehe zu **15**.

552
Auf dem Gipfel findest du die große, weitläufige Ruine einer Bergfestung. Eingestürzte Türme und zerfallene Mauern sind alles, was noch davon übrig ist. Ein niedergeschlagener, alter Mann taucht auf. Er ist blind und in Lumpen gehüllt.

„Nun ist alles weg", murmelt er, „alles weg. Es war einmal eine Stadt der Zauberer, bis diese mit Magie herumgepfuscht haben, die man lieber in Ruhe lässt. Verschwinde, solange du noch kannst, Abenteurer."

Mache einen ZAUBERKRAFT- oder HEILIGKEITS-Wurf (deine Entscheidung) mit dem Schwierigkeitsgrad 13.

Erfolgreicher ZAUBERKRAFT- oder HEILIGKEITS-Wurf	gehe zu	**502**
Misslungener ZAUBERKRAFT- oder HEILIGKEITS-Wurf	gehe zu	**142**

553
Das Lied erzählt von den uralten Helden des Stammes. Der Tanz der Jugendlichen gibt die größten Taten dieser Helden wieder. Die Wirkung ist beinahe hypnotisch, während die jun-

gen Männer, die mit rituellen Körperfarben bemalt sind, über dem Feuer hin und her springen.

Wenn du ein Barde bist, erhältst du das Codewort *Decke*. Gehörst du einer anderen Berufsgruppe an, dann bedeutet dir das Lied nichts.

Gehe jetzt zu **394**.

554

Wenn du ein Geweihter bist, kostet dich Nais Segen nur 10 Shards. Ein Nichtgeweihter muss 25 Shards zahlen. Streiche das Geld weg und notiere dir „KAMPFKRAFT" im Feld Segnungen auf deinem Abenteuerblatt.

Die Segnung erlaubt es dir, erneut zu würfeln, wenn dir ein KAMPFKRAFT-Wurf misslingt. Die Segnung reicht für einen Wiederholungsversuch. Wenn du die Segnung benutzt, dann streiche sie von deinem Abenteuerblatt. Du darfst zu jedem Zeitpunkt nur eine KAMPFKRAFT-Segnung auf einmal haben. Sobald diese verbraucht ist, kannst du zu jedem Zweig des Tempels von Nai zurückkehren, um eine neue zu erwerben.

Wenn du hier fertig bist, gehe zu **58**.

555

Das Kelpie dreht sich um und geht zum Gegenangriff über, während zwei lange, spitze Hörner aus seinem Kopf herausschießen.

Kelpie:
KAMPFKRAFT 6, VERTEIDIGUNG 8, LEBENSKRAFT 12

Wenn du gewinnst, gehe zu **625**. Wenn du verlierst, gehe zu **7**.

556

Du rutschst weg und stürzt mit einem kurzen Schrei auf den harten, eisigen Boden unter dir zu. Es wäre dein sicherer Tod gewesen, hätte nicht eine tiefe Schneewehe deinen Sturz abgefangen. Dennoch verlierst du 3-18 LEBENSKRAFT-Punkte (wirf drei Würfel); du darfst vom Würfelergebnis 1 abziehen, falls du ein Geweihter der Drei Glückseligen bist.

Wenn du noch lebst, rappelst du dich wieder auf und entscheidest, was du als nächstes tun sollst.

Klettere die Felswand hinauf	gehe zu	**221**
Verschwinde	gehe zu	**15**

557

Wenn du *Das Reich der Dunkelheit* hast, dann gehe zu **484** in diesem Buch hier. Wenn nicht, dafür aber *Das Reich der aufgehenden Sonne*, gehe zu **297**. Hast du keines von beiden, dafür aber *Die Meere des Schreckens*, gehe zu **316**. Hast du keines der obigen Bücher, dafür aber *Das Reich des Krieges*, gehe zu **261**. Besitzt du keines der aufgeführten Bücher, gehe zu **439**. (Beachte, dass alle oben aufgeführten Ziffern auf dieses Buch verweisen, *Das Reich des Frosts*.)

558

Du befindest dich am Fuß der Berge des Gebirgsgrats von Harkun, westlich des Adlerpasses. Die Berge ragen als unüberwindbare Barriere vor dir auf. In einer Felsspalte findest du einen kleinen Höhleneingang.

Betritt die Höhle	gehe zu **35**
Verschwinde von hier	gehe zu **145**

559

Ihr sucht das weite Land im Umkreis von mehreren Meilen ab. Schließlich siehst du eine Eule in der Luft und sagst den Männern, dass sie ihr folgen sollen.

„Warum folgen wir einer Eule?", brummt der Maat.

Du erklärst ihm, dass diese spezielle Eule in Bäumen nistet, also muss ein Wald in der Nähe sein. Und genauso ist es. Als ihr die Kuppe eines Hügels erreicht habt, findet ihr einen Tannenwald, der sich nach Norden bis zu den Gipfeln am Rande der Welt erstreckt.

Die Männer können dort genug Holz schlagen, um Reparaturen vorzunehmen, und schon bald ist die Nixensehnsucht wieder seetauglich. Man ernennt dich zum Kapitän. Vermerke die Nixensehnsucht in deinem Schiffsladeverzeichnis. Sie ist eine Barke mit einer Kapazität von 1 Ladeeinheit. Das Schiff hat keine Fracht geladen und die Qualität der Mannschaft ist erbärmlich.

Gehe zu **342**.

560

Du näherst dich dem Eingang der Bruderschaft der Nacht – der Diebesgilde.

Bist du ein Schurke, dann gehe zu **349**. Wenn nicht, lies weiter.

„Was willste?", knurrt einer der Männer, die auf den Stufen faulenzen.

„Verschwinde oder wir lassen dich verschwinden, wenn de verstehst."

Du bist hier eindeutig nicht willkommen. Gehe zu **633**.

561

Deine Männer lassen sich von deiner tapferen Führung anstecken und folgen dir mit blutdürstigem Brüllen den Strand hinauf. Eine erbitterte Schlacht entbrennt, ein verzweifelter Wettkampf auf glitschigen Felsen und salziger Brandung. Der Regen prasselt herab und Blitze zucken über den Himmel.

Du legst dich mit einem riesigen, rotbärtigen Schrank von einem Mann an, der eine gewaltige Eisenkeule schwingt. Du musst gegen ihn kämpfen.

Strandräuber:
KAMPFKRAFT 6, VERTEIDIGUNG 6, LEBENSKRAFT 15

Wenn du siegst, gehe zu **658**. Wenn du verlierst, wirst du getötet, ausgeraubt und als Fischfutter ins Meer geworfen – gehe zu **7**.

562

Blaukappe tobt vor Wut und greift dich mit seiner Spitzhacke an.

Blaukappe:
KAMPFKRAFT 8, VERTEIDIGUNG 6, LEBENSKRAFT 22

Wenn du verlierst, gehe zu **7**. Wenn du gewinnst, gehe zu **248**.

563

Runciman erkennt dich als denjenigen wieder, der für ihn den Runenstein der Shadar gefunden hat. Er hat jedoch keine weiteren Aufgaben für dich und kann dir auch nicht weiterhelfen.

Gehe zu **274**.

564

Du bahnst dir einen Weg durch die Dschungelranken und das seltsame, üppige Blattwerk. Dampf steigt von der feuchten Erde auf und bunte Vögel zwitschern in den Bäumen.

Der Boden steigt langsam an; du beginnst den Berg in der Mitte der Insel hinaufzuklettern.

„Kehrum! Kehrum!", kreischt ein großer, rot-goldener Papagei, bevor er sich in die Luft erhebt und davonfliegt.

Kehr um	gehe zu **407**
Steige weiter den Berg hinauf	gehe zu **122**

565

Seit Avar Hordeths unglücklichem Tod auf See ist seine Villa stark heruntergekommen.

Alles von Wert ist geplündert worden.

Gehe zu **280**.

566
Du hast keine Ahnung, was das für ein Ding ist! Nicht, dass es wirklich von Bedeutung wäre, denn jeder kann erkennen, dass es äußerst feindselig ist.

Schlangendämon:
KAMPFKRAFT 9, VERTEIDIGUNG 9, LEBENSKRAFT 18

Wenn du siegst, gehe zu **215**. Wenn du verlierst, gehe zu **7**.

567
Nach einer Weile ziehen sich die Stufen in den Turm zurück, der mit einem hörbaren Knall verschwindet. Er ist weg und hat keine Spur hinterlassen.

Gehe zu **226**.

568
Du hast die Gunst von Tambu erlangt, dem Großen Geist der Steppe. Schreibe den Titel „Heiliger des Tambu" in das Feld Titel und Ehrungen auf deinem Abenteuerblatt.

Mache eine weitere Gabe	gehe zu **456**
Verschwinde	gehe zu **118**

569
Das Handelsschiff, eine Brigantine, hat die Farben der Händlergilde von Yarimura gehisst. Dein erster Maat verrät dir, dass es einmal ein Schiff in der Flotte von Avar Hordeth war. Seit seinem Tod scheinen seine Schiffe an die Gilde übergegangen zu sein. Es macht einen weiten Bogen um euch und segelt weiter.

Gehe zu **236**.

570

Du findest die Überreste eines armen Wichts, den man an einen Felsen gebunden und für die Aasvögel zurückgelassen hat. Als du ihn entdeckst, sind nur noch gelbe Knochen und ein rostfarbener Fleck getrockneten Blutes von ihm übrig.

Bist du ein Barde, gehe zu **652**. Wenn nicht, gehe zu **52**.

571

Der Ritter ist gefallen und liegt leise stöhnend da. Mit etwas Glück wird er überleben. Sein katzenhaftes Reittier wirft dir einen letzten glühenden Blick zu, knurrt und schleicht dann davon.

Du nimmst dir das *Schwert* (KAMPFKRAFT +2) des Ritters und seinen *Plattenpanzer* (VERTEIDIGUNG +6).

Der Weg ist frei, aber deine Männer haben nicht den Mut, dich weiter zu begleiten.

„Wir decken Euch den Rücken, Kapitän", sagt der Bootsmann dürftig.

Kehre zum Schiff zurück	gehe zu **191**
Gehe allein weiter	gehe zu **467**

572

Du verlierst das Codewort *Darstellung* und erhältst das Codewort *Duplikat*.

Du erkennst diese Stele als den Shadar-Runenstein wieder, dessen Runen du im Auftrag von Runciman, dem obersten Magier der Insel der Geheimnisse, kopieren sollst. Du erledigst deine Aufgabe und verlässt den Ort.

Gehe zu **224**.

573

Du klopfst dagegen und die Steinplatte gleitet nach oben, um ein gähnendes, schwarzes Loch zu offenbaren. Zwei dunkle Gestalten, schwärzer als die Nacht selbst und in Schatten gehüllt, springen heraus.

Alles, was du ausmachen kannst, sind ihre rot leuchtenden Augen und ihr riesiges, silbernes Grinsen, wie Halbmonde, die ihre schattenhaften Gesichter zerteilen. Du erkennst, dass dies Trau sind, die Bewohner der Dunkelheit, das feenhafte Koboldvolk der Unterwelt.

„Ooh, ein Sterblicher. Welch ein Spaß!", sagt einer von ihnen mit tiefer Stimme.

Wenn du etwas *Elfenmet* hast, gehe zu **245**. Wenn nicht, gehe zu **481**.

574

Du betrittst das Gasthaus Zur Abgetrennten Hand. Viele der Stammkunden scheinen tatsächlich ihre Hand verloren zu haben – eine übliche Bestrafung für Diebstahl in der Stadt. Alles verstummt, als du eintrittst, aber jeder wendet sich schnell wieder seinen Angelegenheiten zu.

In den schattigen Ecken des Gasthauses sitzen Leute und unterhalten sich mit gedämpfter Stimme.

Sprich die Einheimischen an	gehe zu **63**
Verlasse die Schenke	gehe zu **182**

575

Du erreichst endlich das Ende der Stufen. Du hast die flache Spitze eines der höchsten Gipfel von allen erreicht.

Im Norden ist nur Schwärze zu sehen, die gähnende, mit Sternen gefüllte Leere der Kluft zwischen den Welten, von der man nur in Mythen und Legenden hört.

Vor dir steht etwas Weiteres aus den Legenden. Es ist ein dreiköpfiger Drache von gewaltiger Größe. Aus seinen drei Mäulern stößt er Rauch und Flammen in den Himmel hinauf – es war der Atem der drei Drachenköpfe, der dich hat glauben lassen, dass dieser Gipfel ein Vulkan wäre. Auf der anderen Seite des Drachen siehst du einen Torbogen, der eine Treppe umrahmt, die in die Schwärze dahinter hinabführt.

Einer der Köpfe wendet dir nun seine funkelnden, bernsteinfarbenen Augen zu. Seine Stimme klingt wie ein Erdbeben.

„Ich bin der Himmlische Drache des Nordens, Sohn des Großen Tambu. Nur Heilige dürfen die Treppe des Landes unter der Welt hinabsteigen."

Trägst du den Titel *Heiliger des Tambu*, gehe zu **547**. Wenn nicht, kannst du wieder gehen (gehe zu **684**) oder den Drachen angreifen (gehe zu **503**).

576

Nach einer Weile des ziellosen Umhertreibens kommst du aufs offene Meer hinaus. Eines Tages siehst du eine Flasche, die auf den Wellen tanzt. Du ziehst sie aus dem Wasser und lässt den Korken herausknallen.

Zu deinem Erstaunen braust ein großer Schwall scharlachroten Rauchs aus der Flasche heraus. Der Rauch verdichtet sich zu einem riesigen, dickbäuchigen Dschinn, der einen Lendenschurz trägt und einen mit Juwelen besetzen Turban aufhat. Seine Haut ist hellrot.

Der Dschinn spricht mit einem grollenden Bariton.

„Ah, endlich frei! Danke, kleiner Mensch, dass du mich befreit hast. Und nun, wie es bei solchen Angelegenheiten üblich ist, gewähre ich dir als Belohnung einen Wunsch. Was möchtest du?"

Teleportation nach Yarimura	gehe zu **190**
Einen Goldschatz in Shards	gehe zu **370**
Wissen in einer Fertigkeit deiner Wahl	gehe zu **529**

577

Du verlierst 2-12 LEBENSKRAFT-Punkte (wirf zwei Würfel). Wenn du noch lebst, bringt dir dein Mut den Respekt der Nomaden ein. Sie senken ihre Waffen und bieten dir die Kameradschaft an.

Gehe zu **246**.

578

Du begreifst, dass du einen Fehler gemacht hast. Die Hütte jagt mit beängstigender Geschwindigkeit auf dich zu und ein unheimliches Heulen erfüllt die Luft – es stammt von Gura Goru, die ihre Hütte anfeuert. Du kannst nirgendwo hinrennen und die dornigen Beine der Hütte werfen dich zu Boden.

Wirf zwei Würfel und ziehe das Ergebnis von deiner LEBENSKRAFT ab.

Wirst du getötet, gehe zu **7**. Wenn du noch lebst, rast Gura Goru grausam lachend davon.

Gehe zu **92**.

579

Die Eisblöcke werden in einer weitläufigen Lagerhalle ganz in der Nähe aufbewahrt. Ein Tornister mit Raureifeis kostet 50 Shards. Du kannst nicht mehr als zwei Tornister tragen. Wenn du etwas davon kaufst, streiche das Geld weg und füge das *Raureifeis* zu deinem Abenteuerblatt hinzu.

Mache eine Führung mit	gehe zu	**22**
Verlasse die Mine	gehe zu	**320**

580

Du segelst unweit vor Yarimura.

Segle nach Süden in die Katastrophenbucht	gehe zu	**310**
Fahre in den Hafen von Yarimura hinein	gehe zu	**141**
Segle nach Osten auf den Grenzenlosen Ozean	gehe zu	**415**
Reise nach Norden in unbekannte Gewässer	gehe zu	**333**

581

Du legst einen Spurt hin und hechtest nur einen Augenblick, bevor die Bronzetüren zuknallen, zwischen ihnen hindurch. Du kauerst auf dem eisigen Boden, saugst dankbar die frische, saubere Luft ein und lauschst dem schwachen Hämmern der Horde auf der anderen Seite der Türen.

Du stopfst den Kelch, den du gestohlen hast, in dein Reisebündel. Er ist 1500 Shards wert; füge diesen Betrag zu deinem Geld hinzu.

Dann wirst du von einer tiefen, schallenden Stimme hochgeschreckt, die aus dem kalten Boden zu dir zu sprechen scheint. „Dringe nie wieder in mein Reich ein, Sterblicher, außer du willst für immer bei mir bleiben. Das nächste Mal werde ich eine meiner Dienerinnen zu dir schicken, um dich zu begrüßen."

Du bist gewarnt worden – von niemand Geringerem als dem Herrn des Todes höchstpersönlich.

Gehe jetzt zu **15**.

582

Du wirst vom trostlosen Schrei einer Seemöwe geweckt, die zum leeren Himmel hinaufkrächzt. Du bist allein auf einer Felseninsel inmitten des Meeres. Um dich herum liegen die Leichen deiner Mannschaft verstreut, die man geplündert und für die Vögel zurückgelassen hat. Dein Schiff und deine Fracht sind verloren und man hat dich ausgeraubt. Du verlierst alle Gegenstände und alles Geld, das du bei dir getragen hast. Streiche diese Dinge, dein Schiff und deine Mannschaft von deinem Abenteuerblatt. Kein Wunder, dass man diesen Ort die Katastrophenbucht nennt!

Aber es ist noch nicht alles verloren. Du sitzt fest, doch es sind genug Holz und Takelage von deinem Schiff übrig, damit du ein Floß bauen kannst. Nach einem Tag harter Arbeit hast du ein brauchbares Floß zusammengezimmert. Du schiebst es aufs Meer hinaus.

Wirf einen Würfel:
　　Ergebnis 1-2:　　　　　　　gehe zu **422**
　　Ergebnis 3-4:　　　　　　　gehe zu **506**
　　Ergebnis 5-6:　　　　　　　gehe zu **576**

583 ❑

Ist das Kästchen angekreuzt, gehe sofort zu **604**. Wenn nicht, kreuze es jetzt an und lies weiter.

Der Abend dämmert und der Mond geht auf, um sein blutrotes Licht auf den Schnee zu werfen. Du kauerst dich dicht an dein Lagerfeuer heran, als ein Mann mit halsbrecherischer Geschwindigkeit in das Licht des Feuers gerannt kommt. Es ist ein Nomade der Steppe und er macht ein blasses, bleiches Gesicht.

Er sinkt vor dir auf die Knie und sagt: „Hilf mir! Hilf mir! Sie haben sie zur Spitze der Pyramide geschleppt. Sie werden sie mit Sicherheit töten."

Folge ihm zur Pyramide	gehe zu **454**
Verweigere deine Hilfe	gehe zu **666**

584
Du hast die Rubinrote Zitadelle erreicht. Sie ist ein bizarr gebauter Turm, scheinbar aus einem einzigen Rubin von gewaltiger Größe gehauen. Der Legende nach soll sie zur Zeit der Alten Götter vom Himmel gefallen sein. Einige sagen, sie war der Palast eines geringeren Gottes, der während des Kriegs der Götter verstoßen wurde, als Harkun selbst starb und vom Himmel fiel. Harkuns Körper erschuf die Welt und sein Blut die Flüsse. Die Zitadelle leuchtet rötlich und wirft einen rosafarbenen Schimmer auf den Schnee. Es ist ein wunderschöner Anblick.

Betritt die Rubinrote Zitadelle	gehe zu **159**
Verschwinde	gehe zu **535**

585
Du wirst an den Strand der Tigerbucht gespült.

Gehe zu **669**.

586
Du kannst deine Besitztümer nicht länger tragen, mit Ausnahme aller Schlüssel, die du hast, welche du gerade so noch mit-

schleppen kannst. Du kannst auch keine Rüstung mehr tragen. Streiche dein Geld und deine Besitztümer (außer deiner Schlüssel) von deinem Abenteuerblatt und übertrage sie in das Feld hier.

Zurückgelassene Gegenstände:

Wenn du fertig bist, gehe zu **377**.

587
Deine Mannschaft weigert sich strikt, auf den Grenzenlosen Ozean zu segeln.

„Da draußen ist kein Land und das Meer wimmelt nur so von Dämonen aus der Tiefe – wenn wir zu weit fahren, fallen wir vom Rand der Welt!", sagt der erste Maat.

Dir bleibt keine andere Wahl, als dein Ziel zu überdenken. Gehe zu **296** und triff eine andere Wahl.

588
Wenn du das Codewort *Drohung* hast, gehe zu **437**. Wenn nicht, lies weiter.

König Nergan hat dich gebeten, mit Beladai zu sprechen und herauszufinden, wie du ihn unterstützen kannst. Die Wachen am Palisadenwall bringen dich zu Beladais Zelt, einem großen Pavillon aus violetter Seide.

Drinnen erwartet dich General Beladai, ein grauhaariger Veteran vieler Feldzüge. Sein Gesicht ist zu einer Miene der zielgerichteten Entschlossenheit erstarrt, gleich einer Granittafel. Um ihn herum stehen die anderen Anführer der Armee. Lek, Schwingenkriegerhäuptling des Mannekynvolks, ist ein kleiner, fledermausflügliger Humanoide mit violettem Fell. Der Kriegsherr der Trau, Marack Mander, kauert in einer dunklen Ecke und ist von Schatten umhüllt. Olog Khan, ein drahtiger Nomade mit einer Falkennase, ist der Anführer der Soldaten der Horde der Tausend Winde.

Sie erklären dir, dass die Zitadelle für ihre Armee uneinnehmbar ist, da sie keine Möglichkeit haben, die Mauern zu durchbrechen.

„Du bist unsere einzige Hoffnung", knurrt General Beladai. „Ein einzelner Spion könnte in die Zitadelle eindringen und das Große Tor von innen öffnen."

Willst du diese Mission annehmen, dann gehe zu **241**. Wenn nicht, bringt man dich nach draußen.

„Komm zurück, falls du deine Meinung änderst", grunzt Beladai.

Gehe zu **145**.

589

Die Villa von Avar Hordeth, die du zusammen mit Luroc Bans ausgeraubt hast, dem früheren Nomaden, der zum Dieb wurde, wirkt so ruhig und friedlich wie zuvor – abgesehen von den

Söldnern, die nun in beträchtlichen Mengen das Gelände patrouillieren. Es scheint, als wolle Avar Hordeth kein Risiko mehr eingehen.

Du zählst mindestens vierzig Wächter, die hier herumstreifen.

Es gibt nichts, was du hier tun könntest, also verschwindest du wieder.

Gehe zu **280**.

590
Die Kreatur zieht traurig davon. Hast du ein paar *unheimliche Salze*, dann gehe zu **303**. Wenn nicht, kannst du keinen Weg durch die Platte finden und musst an die Oberfläche zurückkehren. Gehe zu **320**.

591
Du hast den Platz kaum verlassen, als ein typischer Einheimischer auf dich losgeht – ein riesiger Bär von einem Mann, dessen Atem nach Bier stinkt. Er schwingt einen großen Knüppel und will dich ausrauben. Du musst kämpfen.

Straßenräuber:
KAMPFKRAFT 5, VERTEIDIGUNG 6, LEBENSKRAFT 10

Wenn du siegst, gehe zu **322**. Wenn du verlierst, gehe zu **169**.

592
Du erinnerst dich an die Bitte, die das Gespenst von Tayang Khan in einer furchtbaren Nacht auf dem Violetten Meer geäußert hat. Du rufst in die vier Winde hinein, dass Tayang Khan auf garstige Weise auf dem Meer getötet wurde.

Einen Augenblick lang senkt sich eine unheimliche Stille herab und du meinst im Wind ein leises Gelächter zu hören.

Du verlierst das Codewort *Chronik*.

Gehe zu **683**.

593

Du findest den Weg in die Höhle, aus welcher die Teleportationstunnel der Trau in verschiedene Teile von Harkuna führen. Die Tafeln über den Tunneln sind mit Traurunen verziert, werden aber durch Magie geschützt, wodurch sie sich nur schwer lesen lassen. Du versuchst sie erneut zu entziffern.

Mache einen ZAUBERKRAFT-Wurf mit dem Schwierigkeitsgrad 13.

Erfolgreicher ZAUBERKRAFT-Wurf	gehe zu **495**
Misslungener ZAUBERKRAFT-Wurf	gehe zu **233**

594

Plötzlich hörst du ein unheilvolles Knirschen, als der Kiel deines Schiffes an einigen Felsen entlangschrammt. Dann wirst du gewaltsam nach vorn geworfen, als das Schiff hängen bleibt.

„Wir sind auf Grund gelaufen, Käpt'n", sagt der Maat. „Wir müssen auf die Flut warten, damit sie uns wieder befreit."

Das Schiff sitzt auf einer Sandbank fest.

Gehe von Bord und erkunde die Sandbank	gehe zu **166**
Warte auf die Flut und segle dann weiter	gehe zu **471**

595

Das wenige Wild, das es in dieser Gegend gibt, wird schnell von den Nomaden eingefangen. Du wirst all dein Geschick brauchen, wenn du heute Nacht nicht hungern willst. Mache einen NATURWISSEN-Wurf mit dem Schwierigkeitsgrad 16.

Hast du Erfolg, fängst du ein paar Wühlmäuse ein und kannst dir einen Eintopf zubereiten. Scheiterst du, dann findest du nichts zu essen und verlierst aufgrund von Hunger und Kälte 1 LEBENSKRAFT-Punkt.

Wenn du die Nacht überlebst, gehe zu **65**.

596

Die Wachen weisen dich ab, doch ein steter Strom an Karren und Lasttieren und dergleichen, beladen mit Versorgungsgütern, betritt und verlässt die Zitadelle.

Du könntest an einen Händler herantreten und versuchen ihn zu bestechen, damit du dich dann zwischen seinen Waren verstecken darfst.

Versuche es mit Bestechung	gehe zu **611**
Verschwinde wieder	gehe zu **400**

597

Du hältst dich verzweifelt an dem Ast fest. Es erfordert deine ganze Kraft, dich aus dem Sumpf auf trockenen Boden zu ziehen, wo du erschöpft liegen bleibst und nach Atem ringst.

Als du wieder aufblickst, ist das Licht verschwunden, und in der zunehmenden Dunkelheit kannst du nicht einmal mehr den Felsen sehen, bei dem es geleuchtet hat.

Gehe zu **92**.

598

Der Tunnel ist rund. Dauerfrost hat die Wände härter als Stein werden lassen. Auf halbem Weg den Tunnel entlang gibt es einen Seitengang, vor dem einige Steine aufgetürmt sind.

Lege diesen Seitengang frei	gehe zu **347**
Folge weiter dem Haupttunnel	gehe zu **487**

599

Es gelingt dir, den Flüssen zu folgen und einen Weg durch die Ebene zu finden.

Begib dich nach Westen in die Tigerbucht	gehe zu **669**
Begib dich nach Nordosten zur Pyramide	gehe zu **472**
Reise nach Süden zum Raureifsee	gehe zu **320**
Begib dich nach Osten	gehe zu **281**
Reise nach Südosten	gehe zu **29**

600

Du kannst bei der Händlergilde Geld deponieren, indem du einfach den Beitrag, den du einzahlen willst, in das Feld hier schreibst. (Denk daran, es auf deinem Abenteuerblatt abzuziehen.) Es kann sehr sinnvoll sein, Geld hier einzuzahlen – falls du jemals ausgeraubt wirst, bleibt dein Geld in der Bank unberührt und du brauchst vielleicht dein eingezahltes Geld, um ein Lösegeld zu bezahlen, falls man dich gefangen nimmt. Hast du in einem anderen Buch Geld bei der Gilde deponiert, dann trage die Summe im Feld hier ein und streiche sie aus dem anderen Buch.

Eingezahltes Geld:

Um Geld abzuheben, übertrage es einfach von diesem Feld auf dein Abenteuerblatt. Die Gilde erhebt eine Gebühr von 10% auf jede Auszahlung. (Wenn du zum Beispiel 50 Shards abhebst, dann behält die Gilde 5 Shards als Eigenanteil ein. Kommawerte werden zu Gunsten der Gilde aufgerundet.)

Kehre ins Stadtzentrum zurück   gehe zu **10**
Bezahle ein Lösegeld   gehe zu **501**

601

Luroc ist über deine Entscheidung nicht glücklich. „Du hasenfüßiger Feigling – so jemanden wie dich brauche ich ohnehin nicht!", zischt er, bevor er sich umdreht und in den Schatten der Nacht verschwindet.

Du eilst zur Villa hinüber. Avar Hordeth ist sehr an deiner Geschichte interessiert und seine Wächter ertappen Luroc und Floril auf frischer Tat in seinem Gewölbe. Sie werden in Ketten davongeschleppt, aber nicht bevor dich Luroc als „hinterhältige Klapperschlange" bezeichnet und Rache schwört.

Hordeth, ein untersetzter, listig dreinblickender Mann, ist die Freundlichkeit selbst. Er belohnt dich mit 250 Shards und bietet dir ein Zimmer in seiner Villa an.

„Du kannst hierbleiben, wann immer du willst, und das umsonst!", sagt er.

Du erhältst das Codewort *Denunziant*. Wenn du das nächste Mal zur Villa zurückkehrst, findest du hier einen Ort, wo du deine Ausrüstung lagern und dich ausruhen kannst.

Jetzt musst du aber erst einmal gehen. Gehe zu **280**.

602
Ihr schafft es, euch zu orientieren. Ihr segelt das Schiff nach Westen, bis ihr Land erspäht. Es ist die Küstenlinie der Großen Steppe mit der Hafenstadt Yarimura.

Gehe zu **580**.

603
Die Rotkappen liegen tot zu deinen Füßen. Du stellst fest, dass eine von ihnen einen kleinen Beutel getragen hat. Darin findest du eine *Shadar-Schriftrolle* und etwas *Elfenmet*. Die Schriftrolle ist nichts Ungewöhnliches, könnte aber für einen Sammler von Antiquitäten der Shadar einen Wert besitzen. Vermerke diese Dinge auf deinem Abenteuerblatt.

Der Rest der Nacht vergeht friedlich. Gehe zu **144**.

604
Die Schritte sind die eines tollwütigen Wolfes. Er springt mit Schaum vor dem Mund auf dich zu und hat die Absicht, dir die Kehle aufzureißen.

Tollwütiger Wolf:
KAMPFKRAFT 7, VERTEIDIGUNG 5, LEBENSKRAFT 6

Wenn du siegst, erhältst du ein *Wolfsfell*. Falls du verlierst, gehe zu **7**.

Wenn du fertig bist, gehe zu **666**.

605 ❑

Ist das Kästchen angekreuzt, gehe sofort zu **335**. Wenn nicht, dann kreuze es jetzt an und lies weiter.

Die Mannschaft dreht das Schiff nervös herum. Ihr fahrt direkt auf das Geisterschiff zu. Als ihr euch nähert, scheint dieses zu verblassen und löst sich sofort auf, als ihr hindurchfahrt. Es war nur eine Illusion, wahrscheinlich um Leute von der Insel der Geheimnisse fernzuhalten. Deine Männer atmen erleichtert auf. Sie betrachten dich nun mit neuem Respekt – dein Mut hat sie inspiriert.

Ist die Qualität deiner Mannschaft momentan erbärmlich, kannst du sie zu durchschnittlich aufwerten; eine durchschnittliche Mannschaft kann zu gut aufgewertet werden; und eine gute Mannschaft kann zu ausgezeichnet aufgewertet werden. Vermerke diese Änderung in deinem Schiffsladeverzeichnis. Ist die Mannschaft bereits ausgezeichnet, kann sie sich nicht weiter verbessern.

Wenn du bereit bist, gehe zu **296**.

606

Du erhältst das Codewort *Despot*.

Beladais Männer kämpfen sich den Weg in den Hof frei, aber der Widerstand wird größer, als die Garnison schnell das Tor verstärkt. Ein Dutzend Soldaten stürmen die Treppe des Windenhauses herauf, um die Tore zu schließen. Du wehrst sie lange genug ab, damit Beladais Armee in die Zitadelle gelangen kann. Es dauert nicht lange, bis die Garnison komplett überwältigt ist und sich ergeben muss.

Die Zitadelle ist eingenommen.

Gehe zu **61**.

607

Du wachst auf und findest dich auf einer Straße wieder, unweit der Stadt Yarimura. Zwei Trau haben dich gerade aus einem Loch im Boden nach oben gehievt.

„Dieser Mensch ist zu langweilig geworden", sagt einer von ihnen, als sie wieder unter der Erde verschwinden und dabei das Loch schließen.

Ein Bauer und seine Familie stehen in der Nähe und blicken dich ungläubig und fassungslos an. Du erfährst von ihnen, dass mehrere Monate vergangen sind, seit man dich entführt hat.

Streiche all deinen Besitz und dein Geld von deinem Abenteuerblatt, aber stelle alle verlorenen LEBENSKRAFT-Punkte wieder her. Alle Segnungen, die du hattest, sind weg. Stattdessen trägst du ein *Wolfsfell*, ein paar Edelsteine im Wert von 75 Shards (schreibe dir diesen Betrag gut), eine *Lederrüstung* (VERTEIDIGUNG +1), etwas *Selenerz* und einen *Grünspanschlüssel*.

Obwohl du dauerhaft einen Punkt an HEILIGKEIT verloren hast, hast du einen Punkt an ZAUBERKRAFT dazugewonnen.

Wenn du bereit bist, gehe zu **280**.

608
Dein Schiff, deine Mannschaft und deine Fracht versinken im tiefen, dunklen Meer. Streiche sie aus deinem Schiffsladeverzeichnis.

Du kannst jetzt nur noch daran denken, dich selbst zu retten. Wirf zwei Würfel. Ist das Ergebnis höher als deine Stufe, ertrinkst du – gehe zu **7**. Ist das Ergebnis kleiner oder gleich deiner Stufe, kannst du etwas Treibholz finden und schaffst es zurück ans Ufer. Wirf einen Würfel und ziehe das Ergebnis von deiner LEBENSKRAFT ab.

Wenn du das überlebst, gehe zu **549**.

609
Trotz ihrer gewaltigen Größe liegen die Türen so dicht aneinander, dass nicht einmal mehr ein Haar dazwischen passt. Selbstverständlich sind sie viel zu schwer, um sie zu bewegen, und selbst dein kräftigster Schlag hallt lediglich bleiern wider, ohne eine Delle zu hinterlassen.

Klettere die Felswand hinauf	gehe zu **221**
Setze deinen Weg fort	gehe zu **15**

610
Du findest die Überreste des Schlangendämons, den du hier getötet hast. Sein verwesendes Fleisch verstärkt den Gestank von Verfall, der das Grab durchzieht.

Am anderen Ende der Halle findest du eine große Tafel, auf der steht: „Hier liegt Xinoc der Priesterkönig, in den Himmel erhoben." In der Tafel ist ein kleines Loch.

Wenn du einen *Obsidianschlüssel* hast, gehe zu **434**. Wenn nicht, bleibt dir nichts anderes übrig, als wieder zu gehen.

Besuche die Höhle der Glocken	gehe zu	**657**
Besuche das Gewölbe der Shadar	gehe zu	**107**
Verlasse die Stadt der Ruinen	gehe zu	**266**

611

Am hinteren Ende der Schlange, welche in die Zitadelle will, näherst du dich einem fetten Kerl auf einem Karren, welcher mit Fässern beladen ist. Er will 75 Shards dafür, dass er dich in einem seiner Fässer versteckt.

Hast du das Geld nicht oder willst du nicht so viel zahlen, solltest du besser verschwinden – gehe zu **400**.

Andernfalls wird der Händler sehr aufgeregt, als er merkt, dass du diese Sache tatsächlich durchziehen willst. Er blickt nervös zu den Wachen hinüber. Du wirst ihn überzeugen müssen.

Mache einen CHARISMA-Wurf mit dem Schwierigkeitsgrad 14.

Erfolgreicher CHARISMA-Wurf	gehe zu	**36**
Misslungener CHARISMA-Wurf	gehe zu	**112**

612

„Das Gotteshaus der Vier Winde – das befindet sich im Herrschaftsgebiet der Horde der Donnernden Himmel. Aber es ist Tambu, dem Khan des Endlosen Blau, heilig und du darfst die Wächtergeister des Gotteshauses nicht beleidigen. Jene Geweihte, die die Gunst von Tambu erlangen wollen, bringen ihm dort ein Opfer dar."

Mit diesen Worten verstummt er und deutet an, dass die Audienz vorbei ist.

Hast du das Codewort *Chronik*, gehe zu **463**. Wenn nicht, gehe zu **33**.

613

Du wirst durch eine gähnende Schwärze gewirbelt, die mit Sternen gesprenkelt ist, dann fällst du durch die Luft nach unten. Du schlägst mit einem Krachen auf dem Boden auf und verlierst 1-6 LEBENSKRAFT-Punkte (wirf einen Würfel).

Wenn du noch lebst, stehst du auf und blickst dich um. Dies scheint die Westküste der Steppe zu sein.

Gehe zu **669**.

614

Der Tempel von Nai ist ein robustes, niedriges Blockhaus. Nai ist der Gott der Erdbeben und des Kampfzorns.

Im Inneren steht ein riesiges Idol von Nai, das ihn als mächtigen Krieger zeigt, der mit seinem Bogen, dem Zerschmetterer der Welten, einen Pfeil der Erdbeben abfeuert. Das Idol besteht aus hohler Bronze und die Priester von Nai klettern bei wichtigen Festen hinein. Mit Hilfe von riesigen Metallhämmern erzeugen sie zu Ehren ihres Gottes laute Donnerschläge. Als Bringer der Erdbeben muss Nai vielmehr besänftigt werden als verehrt, aber viele Krieger beten zu ihm, damit er sie im Nahkampf unterstützt.

Werde ein Geweihter von Nai	gehe zu **267**
Sage dich von ihm los	gehe zu **427**
Bitte um Segen	gehe zu **554**
Verlasse den Tempel	gehe zu **58**

615

Im Chaos gelingt es dir, lebendig aus dem Lager zu entkommen.

Gehe zu **218**.

616

Der Mann unter der schwarzen Maske stellt sich als Lochos Veshtu von Aku vor, Meisterschuft der Bruderschaft von Yarimura. Um der Bruderschaft beizutreten, musst du eine Prüfung bestehen.

„Wenn du dich in das Schlafgemach des Palasts von Lord Kumonosu, dem Daimyo von Yarimura, schleichen kannst, dann hast du bewiesen, dass du würdig genug bist, um uns beizutreten", sagt er.

„Und was soll ich stehlen?", fragst du.

„Oh, nichts. Das wäre eher ... unklug. Beweise einfach nur, dass du dazu in der Lage bist, ungesehen hineinzugelangen – das reicht aus."

„Aber woher wollt Ihr wissen, ob ich es geschafft habe oder nicht?"

„Wir werden es wissen, glaube mir, wir werden es wissen", erwidert er rätselhaft. „Komm zurück, wenn du getan hast, worum ich dich gebeten habe."

Du wirst hinausgeführt. Kreuze das Codewort *Draufgänger* an.

Gehe zu **633**.

617

Du kannst dem schlimmsten Teil der Attacke entgehen, aber mehrere gezackte Steinzähne reißen dir den Arm auf.

Du verlierst 1-6 LEBENSKRAFT-Punkte (wirf einen Würfel).

Wenn du noch lebst, gehe zu **172**.

618

Wenn du das Codewort *Dank* hast, gehe zu **537**. Wenn nicht, dafür aber das Codewort *Demut*, gehe zu **105**. Hast du keines dieser Codewörter, lies weiter.

Die Hohepriesterin ist von Kopf bis Fuß in helle, weiße Seide gehüllt – du kannst lediglich ihre Augen sehen, die wie Zwillingskugeln aus Bernstein wirken.

Sie sagt dir, dass der Spiegel der Sonnengöttin, ein heiliges Relikt des Tempels, gestohlen worden ist. Sie glaubt, dass er in die Hände eines Steppennomaden gefallen ist, der zur Horde der Donnernden Himmel gehört, und bittet dich, ihn zurückzuholen. Im Gegenzug wird dich der Tempel belohnen.

„Nur ein Priester ist würdig genug, den Spiegel zu handhaben", fügt sie hinzu.

Wenn du diese Mission annehmen willst, dann kreuze das Codewort *Demut* an.

Du verlässt die Hohepriesterin. Gehe zu **89**.

619

Du befindest dich zwischen den Edelsteinhügeln und der Zitadelle von Velis Corin. Einst hat hier ein riesiges Heer gelagert, das Heer der Nördlichen Allianz, doch jetzt ist es weg.

Gehe nach Süden zur Zitadelle	gehe zu	**308**
Nach Norden in die Edelsteinhügel	gehe zu	**426**
Nach Westen in die Ebene	gehe zu	**668**
Nach Nordwesten in die Ebene	gehe zu	**234**

620

Du bindest das Seil um einen Baumstamm und kletterst nach unten. Das Seil führt dich zu einem Teil des Berges hinab, wo du zu Fuß weitergehen kannst, aber du musst es zurücklassen.

Streiche das *Seil* von deinem Abenteuerblatt. Du glaubst, dass du dich in den Bergen des Gebirgsgrats von Harkun befindest.

Gehe zu **100**.

621

Um dich von Molhern loszusagen, musst du der Priesterschaft als Wiedergutmachung 40 Shards zahlen.

Der Zauberpriester zuckt mit den Schultern. „Wie du willst – wende dich vom Wissen ab, es ist ja nur die Straße zur Macht", wirft er ein.

Willst du deine Meinung noch ändern? Wenn du dazu entschlossen bist, dich von deinem Glauben loszusagen, dann zahle die 40 Shards und entferne „Molhern" aus dem Feld Gottheit auf deinem Abenteuerblatt.

Wenn du hier fertig bist, gehe zu **274**.

622

Bei dem Wrack handelt es sich um die zerstörten Überreste eines uttakinischen Handelsschiffs. In der Nähe ist etwas Fracht an Land gespült worden. Wenn du ein Schiff in der Tigerbucht vor Anker hast, kannst du ein paar deiner Männer holen und so viel Fracht mitnehmen, wie an Bord deines Schiffes passt. Hast du kein Schiff hier, kannst du die Fracht nicht tragen – gehe zu **669**.

❏ Bauholz ❏ Metalle ❏ Minerale

Jedes Mal, wenn du eine Ladeeinheit mitnimmst, kreuzt du das jeweilige Kästchen an. Ist ein Kästchen bereits angekreuzt, dann hast du die betreffende Fracht schon beim letzten Mal mitgenommen. Vermerke jegliche Fracht in deinem Schiffsladeverzeichnis.

Begib dich landeinwärts gehe zu **669**
Besteige dein Schiff gehe zu **336**

623

Als du auf den bogenförmigen Tunnel zuläufst, fällt dir auf, dass die Luft in seinem Eingang bläulich schimmert. Als du hindurchgehst, verspürst du kurzzeitig ein Gefühl der Orientierungslosigkeit.

Du läufst stundenlang aufwärts, bis du zu einer Öffnung im schneebedeckten Boden hinauskommst.

Gehe zu **472**.

624

Du erreichst die Plattform oberhalb eines himmlischen Hafens – dem Eingang in die Unterwelt. Eine Silberbarke ist hier vertäut.

Wenn du die Silberbarke besteigen willst, dann wird sie dich nach unten in den himmlischen Hafen befördern. Gehe zu *Das Reich der Dunkelheit* **199**.

Die einzige andere Möglichkeit, von hier wegzukommen, ist ein Mittel zur Teleportation. Andernfalls wirst du sterben – gehe zu **7**.

625
Du erhältst das Codewort *Dunst*.

Du willst das Geschöpf gerade erledigen, als es sich in einen kleinen, pelzigen Kerl mit Schwimmhäuten an Händen und Füßen und einem dicken, schweren Schwanz verwandelt. Er sinkt auf die Knie und bittet um Gnade.

„Warte!", schreit er. „Verschone mich und ich gebe dir meinen Schatz."

„Wo ist er?", willst du wissen.

„In einer versunkenen Grotte unter dem Fluss. Ich werde ihn holen, wenn du möchtest", sagt er kriecherisch.

Willige ein	gehe zu	**162**
Töte ihn	gehe zu	**701**

626
Luroc führt dich zur Hinterseite der Villa. Nachdem einer der Wächter vorbeigegangen ist, wirft Luroc seinen Enterhaken, welchen er mit einem Stück Stoff umwickelt hat, auf das Dach hinauf. Er klettert wie ein Affe das Seil hoch, setzt sich auf den Giebel und wartet darauf, dass du ihm folgst.

Mache einen DIEBESKUNST-Wurf mit dem Schwierigkeitsgrad 12.

Erfolgreicher DIEBESKUNST-Wurf	gehe zu	**66**
Misslungener DIEBESKUNST-Wurf	gehe zu	**104**

627

Als du dich dem Hügel näherst, tauchen hinter der Kuppe einer niedrigen Erhebung Dutzende weitere Gestalten auf. Als sie dich sehen, brüllen sie vor Blutdurst und stürmen auf dich zu! Es sind so viele, dass dir keine andere Wahl bleibt, als um dein Leben zu rennen.

Wirf einen Würfel und zähle eins hinzu. Ist das Ergebnis kleiner oder gleich deiner Stufe, gehe zu **460**. Ist es höher, gehe zu **180**.

628

Du kämpfst dich weiter durch den Graupel und Regen und folgst der Stimme. Plötzlich explodiert etwas vor deinen Füßen und überschüttet dich mit heißen Partikeln aus geschmolzenem Erz. Du verlierst 1 LEBENSKRAFT-Punkt.

Du blickst auf und siehst eine menschenförmige Kreatur aus grünlichem, flackerndem Licht, die auf einer Sturmwolke durch die Luft fliegt. Ihre Augen sind brennende Kugeln aus blauem Feuer und sie schleudert Klumpen aus geschmolzenem Metall auf dich.

Sie lacht wild – ein Geräusch wie schallender Donner.

Mache einen HEILIGKEITS-Wurf mit dem Schwierigkeitsgrad 14.

Erfolgreicher HEILIGKEITS-Wurf	gehe zu **700**
Misslungener HEILIGKEITS-Wurf	gehe zu **536**

629
Du erkennst, dass du auf der Insel der Geheimnisse gestrandet bist. Die Chancen, dass dich ein vorbeifahrendes Schiff aufliest, sind gering, wenn man die Nebelbank bedenkt, die die Insel umgibt.

Dir bleibt nur eine Möglichkeit – ein Floß zu bauen. Es ist ausreichend Material in der Nähe und nach einigen Tagen harter Arbeit hast du ein brauchbares Floß zusammengezimmert. Du schiebst es aufs Wasser hinaus.

Wirf einen Würfel:
Ergebnis 1-2:	gehe zu **422**
Ergebnis 3-4:	gehe zu **506**
Ergebnis 5-6:	gehe zu **576**

630
So weit im Norden sind die Tage kurz und die Nächte lang. Der Schnee erstreckt sich in alle Richtungen wie eine weiß glänzende Decke. Im Norden steigt der Schnee an und klammert sich an den Flanken der Gipfel am Rande der Welt fest.

Wirf zwei Würfel:
Ergebnis 2-5:	Ein Tunnel im Schnee	gehe zu **278**
Ergebnis 6-7:	Kein Ereignis	gehe zu **226**
Ergebnis 8-12:	Ein Turm in der Luft	gehe zu **385**

631

Ihr findet einen armen, schiffbrüchigen Seemann, der sich an ein Stück Treibholz klammert. Leider ist er tot – sogar im Tod hält er sich noch daran fest. Scheinbar war er mal Kapitän. Ihr findet sein Tagebuch, dessen letzter Eintrag lautet: „Wir haben heute bei gutem Wind Segel gesetzt. Ich mache mir jedoch Sorgen darüber, dass wir uns den Segen des Tempels von Alvir und Valmir nicht leisten konnten."

Ihr segelt weiter. Gehe zu **236**.

632

Du versuchst den richtigen Ton zu treffen. Mache einen CHARISMA-Wurf mit dem Schwierigkeitsgrad 13. Zähle eins zum Wurf hinzu, wenn du ein Barde bist.

Erfolgreicher CHARISMA-Wurf	gehe zu **329**
Misslungener CHARISMA-Wurf	gehe zu **464**

633

Die Straßen sind ein Labyrinth aus verrauchten Gassen und dunklen Durchgängen, die man um einen zentralen Platz herum angelegt hat. Zu diesem Platz gehört ein riesiges Herrenhaus aus baufälligem Stein. Über einer großen Tür, vor der mehrere zwielichtig wirkende Halsabschneider herumlungern, hängt ein Banner, auf dem steht: Bruderschaft der Nacht.

Um den Platz herum ist die Diebesküche in drei Gegenden aufgeteilt: rau, sehr rau und äußerst rau!

Besuche die Bruderschaft	gehe zu **560**
Begib dich in die raue Gegend	gehe zu **591**
Betrete die sehr raue Gegend	gehe zu **494**
Gehe in die äußerst raue Gegend	gehe zu **448**
Verschwinde von hier	gehe zu **182**

634

Der Fischmensch senkt seinen Speer und alle drei kauern sich hin und legen verschiedene Waren vor dir aus. Offenbar wollen sie mit dir handeln! Ihre Sprache ist ein blubberndes Quieken und Klicken, das du nicht verstehst, aber ihr könnt euch durch Zeichensprache verständigen.

Sie bieten dir zwei *Tintensäckchen* an, eine *Seemannskarte* und einen *magischen Dreizack* (KAMPFKRAFT +2). Im Austausch akzeptieren sie *Perlenbeutel*, *Silberklumpen* und *Glimmfische*, jeweils eins gegen eins. Entferne einfach einen der Gegenstände von deinem Abenteuerblatt und füge denjenigen hinzu, den du haben willst. Wenn du fertig bist oder keine der Gegenstände hast, an denen sie interessiert sind, verschwinden die Geschöpfe wieder, indem sie ins Wasser tauchen. Du kehrst zu deinem Schiff und deiner Mannschaft zurück. Die Flut kommt und hebt dein Schiff wieder hoch, so dass ihr weitersegeln könnt.

Gehe zu **471**.

635

Streiche 10 Shards weg. Die alte Frau wirft ein paar schmutzige, alte Knochen in eine Holzschüssel. Sie studiert sie eingehend und fixiert dich dann mit einem wachsamen, starren Blick. „Gehe zum Sitz des Hochkönigs. Dort findest du deine Antwort!", krächzt sie.

Du verlässt den Wald. Gehe zu **280**.

636
Du überquerst die kargen, windgepeitschten Gipfel am Rande der Welt. Im Süden liegt der trostlose Anblick der Steppe, und der Norden wird dich in ein Reich führen, von dem man nur in den Mythen erzählt.

Gehe nach Norden	gehe zu	**362**
Gehe nach Süden	gehe zu	**164**

637
Molhern ist der Gott des Wissens. Hier auf der Insel beten die Magier einen Aspekt des Gottes an, der sich Molhern-Magister nennt und dessen Domäne die magischen Künste sind.

Die meisten Magier aus Sokara und Golnir lehnen die Götter ab. Hier jedoch hat sich eine sonderbare Sekte von Magiern der Anbetung von Molhern verschrieben.

Der Tempel ist ein einzelner Turm, der zum Himmel aufragt und an dessen höchster Spitze ein großes Auge aufgemalt ist.

Ein Zauberpriester heißt dich im Tempel willkommen.

Werde ein Geweihter des Molhern	gehe zu	**517**
Sage dich von ihm los	gehe zu	**621**
Bitte um Segen	gehe zu	**384**
Verlasse den Tempel	gehe zu	**274**

638
Du krabbelst neben dem Zelt des Generals durch das Gras, als du eine magische Falle auslöst. Ein Kreis aus schwarzem Staub ist um das Zelt herum verteilt worden – als deine Haut mit dem Staub in Berührung kommt, leuchtet er hellgelb auf.

Du wirst sofort von den Wachen erspäht und festgenommen.

Die Strafe für Spione und Attentäter folgt auf den Fuß: Tod durch Erhängen – oder „Nagils Tanz tanzen", wie man so schön sagt.

Gehe zu **7**.

639
Er umarmt dich und bietet dir einen Streifen Dörrfleisch an. Auch wenn die Nomaden eine Sprache sprechen, die du noch nie gehört hast, so begreifst du, dass das Wort Fineitri auf Freundschaft hindeutet.

Gehe zu **246**.

640
Der hohe Hügel, wo die Menschenbestien ihr Lager hatten, ist jetzt verlassen. Seit du ihre böse Meisterin, Chizoka von der Schwarzen Pagode, getötet hast, sind ihre Zahlen aufgrund der mangelnden Führerschaft zurückgegangen. Ansonsten gibt es hier nichts.

Klettere zur Küste hinab	gehe zu	**688**
Reise westlich zu Fort Mereth	*Das Reich des Krieges*	**299**
Reise westlich zu Fort Estgard	*Das Reich des Krieges*	**472**
Reise westlich zu Fort Brilon	*Das Reich des Krieges*	**259**

641
Deine Opfergabe wird zurückgewiesen. Tambu ist unzufrieden! Du verlierst eine Segnung (deiner Wahl), sofern du eine hast. Du darfst den Gegenstand mit dem Bonus von +1 behalten.

| Mache eine weitere Gabe | gehe zu | **456** |
| Verschwinde | gehe zu | **118** |

642

Ein dunkler werdender Himmel kündigt den Sturm an, der heraufzieht. Regen wird in Strömen über dein Schiff gepeitscht und die Wellen heben und senken sich erbarmungslos, so dass sie euer Schiff hochwerfen und wieder fallen lassen. Seltsamerweise wird der Nebel, der die Insel der Geheimnisse umgibt, von den starken Winden nicht vertrieben.

Wenn du eine Segnung hast, die dir „Sicherheit vor Stürmen" gewährt, kannst du den Sturm ignorieren. Streiche die Segnung weg und gehe zu **580**.

Andernfalls trifft euch der Sturm mit seinem ganzen Zorn. Ist dein Schiff eine Barke, wirf einen Würfel, ist es eine Brigantine, wirf zwei Würfel, ist es eine Galeone, wirf drei Würfel. Zähle 1 zum Wurf hinzu, wenn du eine gute Mannschaft hast; zähle 2 hinzu, wenn du eine ausgezeichnete Mannschaft hast.

Ergebnis 1-3:	Dein Schiff sinkt	gehe zu	**608**
Ergebnis 4-5:	Der Mast bricht	gehe zu	**489**
Ergebnis 6-20:	Ihr übersteht den Sturm	gehe zu	**580**

643

Grasland – ein endloses Meer aus flacher Ebene. Du fängst an, von Hügeln und Städten voller Menschen zu träumen.

Hier gibt es nur Trostlosigkeit.

Wirf zwei Würfel:

Ergebnis 2-5:	Eine betörende Flöte	gehe zu	**680**
Ergebnis 6-7:	Kein Ereignis	gehe zu	**224**
Ergebnis 8-12:	Ein Steinkreis	gehe zu	**84**

644

Du erzählst Orin Telana von den Tunneln, die durch den Gebirgsgrat von Harkun führen und so den Adlerpass umgehen. Er ist über diese Neuigkeit erstaunt. Er entschließt sich dazu, Soldaten durch die Tunnel zu schicken, um die Flanke von Beladais Armee anzugreifen.

„Sobald wir hören, dass du Beladai getötet hast, greifen wir an. Wir werden sie nicht nur ahnungs- und führerlos erwischen, unser Angriff gibt dir auch eine Chance zur Flucht."

Du verlierst das Codewort *Dunkelheit* und erhältst stattdessen das Codewort *Düsternis*.

Gehe jetzt zu **152**.

645

Ein dunkler werdender Himmel kündigt den Sturm an, der heraufzieht. Heftiger Wind peitscht den Regen in Strömen über dein Schiff und die Wellen heben und senken sich erbarmungslos, so dass sie euer Schiff hochwerfen und wieder fallen lassen.

Wenn du eine Segnung von Alvir und Valmir hast, welche dir „Sicherheit vor Stürmen" gewährt, kannst du den Sturm ignorieren. Streiche die Segnung weg und gehe zu **533**.

Andernfalls trifft euch der Sturm mit seinem ganzen Zorn. Ist dein Schiff eine Barke, wirf einen Würfel, ist es eine Brigantine, wirf zwei Würfel, ist es eine Galeone, wirf drei Würfel. Zähle 1 zum Wurf hinzu, wenn du eine gute Mannschaft hast; zähle 2 hinzu, wenn du eine ausgezeichnete Mannschaft hast.

Ergebnis 1-3:	Gegen die Felsen geworfen	gehe zu	**288**
Ergebnis 4-5:	Der Mast bricht	gehe zu	**358**
Ergebnis 6-20:	Ihr übersteht den Sturm	gehe zu	**533**

646
Du hast eine lange Halle betreten, die mit Wandbildern bemalt ist, welche das Leben von Xinoc dem Priesterkönig zeigen. Der Durchgang am gegenüberliegenden Ende wird komplett von einem massiven Steinblock versiegelt. Dahinter liegt die Kammer, in der du deine Ausrüstung zurücklassen musstest, als du auf magische Weise geschrumpft bist. Auf dieser Seite fällt dir ein kleines, dreieckiges Loch im Steinblock auf.

Hast du einen *Pyramidenschlüssel*, gehe zu **528**. Wenn nicht, verschwindest du wieder. Gehe zu **472**.

647
Die Sonne schwebt im Westen wie eine flackernde Kerze und wirft tiefe Furchen aus Schatten über die trostlose Landschaft. Sie berührt den Horizont und Frost beginnt den Boden zu überziehen.

In der zunehmenden Dämmerung siehst du eine Gruppe von etwa vierhundert Nomaden. Sie reiten auf Tieren, die aus der Ferne wie Bullen aussehen, doch als sie näher kommen, siehst du, dass ihre Schnauzen wie breite, haarige Parodien menschlicher Gesichter wirken.

Die Vorhut steigt ab und starrt dich an. Du kannst in ihren Augen das Misstrauen der Nomaden gegenüber Fremden erkennen. Sie stellen sich zwischen dich und ihre Wagen. Dann schlagen sie mit ihren Speeren auf den Boden und stimmen ein schrilles Lied an.

„Wir machen den Kao-kaon – eine Zeremonie, um die Grenzen unseres Lagers zu markieren", knurrt einer von ihnen. „Verschwinde, Fremdländer!"

Um sie davon zu überzeugen, dass du während der Nacht bei ihnen bleiben darfst, musst du einen CHARISMA-Wurf mit dem

Schwierigkeitsgrad 15 machen (oder Schwierigkeitsgrad 13, falls du ein Wanderer bist).

Erfolgreicher CHARISMA-Wurf	gehe zu **474**
Misslungener CHARISMA-Wurf	gehe zu **595**

648

Hast du das Codewort *Demut*, gehe sofort zu **189**. Wenn nicht, lies weiter.

Der tote Nomade hat rote Flecken im ganzen Gesicht und seine Augen sind ihm von den Vögeln ausgehackt worden.

Durchsuche ihn	gehe zu **332**
Lass ihn in Ruhe	gehe zu **698**

649

„Einst war sie ein großer Versammlungsort für die Goldenen, jenes Volk, das man die Shadar nannte. Unser Volk geht dort inzwischen nicht mehr hin, denn die Stadt ist verflucht – das Heim von Geistern und Gespenstern. Selbst Tambu meidet sie."

Mit diesen Worten verstummt er und deutet an, dass die Audienz vorbei ist.

Gehe zu **33**.

650

Du erklärst, dass du eine dringende Botschaft für Lochos Veshtu hast, den Kopf der Bruderschaft hier in Yarimura, und zwar vom Meister der Schatten, dem Kopf der Bruderschaft in Aku.

Man bringt dich zu Lochos, der dich rätselhaft unter der schimmernden, schwarzen Maske hervor anstarrt, welche er aufhat. Du trägst die Botschaft vor, die du auswendig gelernt hast, auch wenn du ihre Bedeutung nicht kennst.

Lochos versteht sie jedoch und wirkt aufgewühlt. Er dankt dir aber und entlohnt dich mit 500 Shards.

Du verlierst das Codewort *Eilbote*.

Du verlässt die Bruderschaft. Gehe zu **633**.

651
Du hast zuvor bereits schwierige Kletterpartien in Angriff genommen. Jetzt wird dir die Bedeutung von „unmöglich" bewusst. Der Felsen hier ist so glatt wie polierter Stahl.

Mache einen NATURWISSEN-Wurf mit dem Schwierigkeitsgrad 21; du darfst 1 zum Wurf addieren, wenn du ein *Seil* oder eine *Bergsteigerausrüstung* besitzt.

Erfolgreicher NATURWISSEN-Wurf	gehe zu	**70**
Misslungener NATURWISSEN-Wurf	gehe zu	**399**

652
Während du über das unbekannte Verbrechen des Opfers und den Grund für diese derart brutale Bestrafung nachdenkst,

komponierst du eine Ballade, welche du später einer Nomadenfamilie vorsingst. Sie ist davon so berührt, dass sie dir Unterschlupf, Essen und Trinken gewährt, solange du willst. Wenn du verletzt bist, darfst du deine LEBENSKRAFT wieder auf ihren Maximalwert erhöhen.

Gehe anschließend zu **52**.

653

Du hast den Unmut von Tambu auf dich gezogen, denn er hat erlassen, dass nur die Toten den Bogen passieren dürfen. Streiche den Titel „Heiliger des Tambu" aus dem Feld Titel und Ehrungen.

Du steigst die Stufen aus schimmerndem, schwarzem Marmor hinab, welche nach unten zu einer Plattform führen.

Hinter dir ziehen sich die Stufen in die steilen Flanken der Gipfel am Rande der Welt zurück und schneiden dir so den Rückweg ab.

Gehe zu **195**.

654

Die Hütte zieht sich mit einem garstigen Sauggeräusch aus dem Morast heraus und eine kratzige, raue Stimme von uralter Bösartigkeit gellt dich von drinnen an:

„Ich werde dich lehren, meine Ruhe zu stören, unverschämter Mensch!"

Spitze Dornen springen aus den gelenkigen Beinen der Hütte hervor, während diese auf dich zugetrampelt kommt.

Hast du dein *Seil*, gehe zu **545**. Andernfalls gehe zu **578**.

655

Du erhältst das Codewort *Despot*.

Beladais Männer kämpfen sich den Weg in den Hof frei, aber der Widerstand wird größer, als die Garnison schnell das Tor verstärkt. Doch dann müssen viele der Soldaten zur anderen Seite der Zitadelle geschickt werden.

Beladais Männer haben die Tunnel durchquert, welche du entdeckt hast, und greifen die Zitadelle nun von hinten an. Es dauert nicht lange, bis die Garnison komplett überwältigt ist und sich ergeben muss. Die Zitadelle ist eingenommen.

Gehe zu **61**.

656

Als du auf den bogenförmigen Tunnel zutrittst, fällt dir auf, dass die Luft in seinem Eingang bläulich schimmert.

Als du hindurchgehst, verspürst du kurzzeitig ein Gefühl der Orientierungslosigkeit, bis du an eine Leiter kommst, die nach oben zu einem Kanaldeckel führt.

Gehe zu *Die Meere des Schreckens* **716**. Hast du dieses Buch noch nicht, gehe zu **495** und triff eine andere Wahl.

657

Die Höhle der Glocken ist in Wirklichkeit eine große Kathedrale. In ihrem höhlenartigen Innern hängen Dutzende von riesigen Bronzeglocken. In alle Glocken sind Shadar-Runen eingeätzt; sie tragen Namen wie Der Donnerer, Totengeläut, Schellen-in-der-Dunkelheit und so weiter.

Hast du das Codewort *Elster*, gehe zu **704**. Andernfalls wähle eine der folgenden Optionen:

Läute eine zufällige Glocke	gehe zu	**68**
Besuche das Gewölbe der Shadar	gehe zu	**107**
Besuche die Gruft der Könige	gehe zu	**298**
Verlasse die Stadt der Ruinen	gehe zu	**266**

658

Dein Gegner fällt deinem überlegenen Kampfgeschick zum Opfer. Du wirfst dich in die Schlacht und schnell wird klar, dass die Strandräuber verlieren werden, von der Wildheit und Stärke eures Angriffs überrumpelt. Sie kämpfen bis zum letzten Mann, da sie wissen, dass Gefangenschaft gleichbedeutend mit Hinrichtung ist – das Gesetz kennt keine Gnade für Verbrecher.

„Schlimmer als Piraten, dieser Abschaum!", brüllt dein erster Maat, während er mit einem Belegnagel auf einen Strandräuber einschlägt.

Nach dem Kampf ziehst du Bilanz. Dein Schiff und dessen Fracht sind für immer verloren – streiche sie von deinem Abenteuerblatt.

Auf der anderen Seite der Insel ist jedoch das Schiff der Strandräuber vertäut. Es ist nur eine Barke, aber die sollte ausreichen. Vermerke sie auf deinem Abenteuerblatt und gib ihr einen neuen Namen, wenn du willst: Momentan heißt sie Aasfresser. Sie besitzt eine Kapazität von 1 Ladeeinheit, hat jedoch keine Fracht geladen. Du findest aber ein paar andere Dinge von Wert an Bord: eine Truhe mit 100 Shards und einen *Sextanten* (NATURWISSEN +3).

Zudem hat der Kampf die Moral und Erfahrung deiner Mannschaft verbessert. Du kannst die Qualität deiner Mannschaft um eine Stufe erhöhen. Eine erbärmliche Mannschaft wird durchschnittlich, eine durchschnittliche Mannschaft gut und eine gute Mannschaft ausgezeichnet. Eine ausgezeichnete

Mannschaft kann nicht noch besser werden. Vermerke diese Mannschaft bei der Barke in deinem Schiffsladeverzeichnis.

Anschließend macht ihr euch bereit, Segel zu setzen. Du besitzt ein neues Schiff, aber du hast noch immer das Problem, dass du durch die Katastrophenbucht navigieren musst. Wohin sollst du von hier aus segeln?

Gehe zu **533**.

659
Du wirst gegen sie kämpfen müssen.

Untote Krieger:
KAMPFKRAFT 8, VERTEIDIGUNG 7, LEBENSKRAFT 16

Wenn du siegst, gehe zu **78**. Wenn du verlierst, gehe zu **7**.

660

Das Lager ist riesig. Nomadenkrieger, geflügelte Mannekyns, Soldaten des Königs von Sokara und viele Trau kommen hier zusammen, Letztere nur bei Nacht. Es ist ein Leichtes, ins Lager zu gelangen – du bist einer von vielen, die von den wirtschaftlichen Möglichkeiten, welche diese Armee bietet, angezogen werden.

Im Zentrum des Lagers befindet sich ein Palisadenwall, hinter dem General Beladai und die anderen Heerführer ihre Zelte haben. Dieser Palisadenwall wird gut bewacht. Es gibt hier viele Waffen- und Rüstungsschmiede, die für die Armee Waren kaufen und verkaufen.

Rüstungen	Kaufpreis	Verkaufspreis
Lederrüstung (VERTEIDIGUNG +1)	50 Shards	45 Shards
Panzerhemd (VERTEIDIGUNG +2)	100 Shards	90 Shards
Kettenrüstung (VERTEIDIGUNG +3)	200 Shards	180 Shards
Schienenpanzer (VERTEIDIGUNG +4)	400 Shards	360 Shards
Schuppenpanzer (VERTEIDIGUNG +5)	800 Shards	720 Shards
Plattenpanzer (VERTEIDIGUNG +6)	–	1440 Shards

Waffen (Schwert, Axt, usw.)	Kaufpreis	Verkaufspreis
Ohne KAMPFKRAFT-Bonus	50 Shards	40 Shards
KAMPFKRAFT-Bonus +1	250 Shards	200 Shards
KAMPFKRAFT-Bonus +2	500 Shards	400 Shards
KAMPFKRAFT-Bonus +3	–	800 Shards

Wenn du mit Kaufen oder Verkaufen fertig bist und das Codewort *Donner* hast, gehe zu **544**. Wenn nicht, dafür aber das Codewort *Angriff*, gehe zu **588**. Ansonsten kannst du nichts weiter tun, als das Lager zu verlassen.

Gehe zu **145**.

661
Sie foltern dich, bis du alles gestehst. Sie erfahren, dass du der Champion des Königs und der Mörder von Marlois Marlock,

dem Gouverneur von Gelbhafen, bist. Die Rache folgt auf dem Fuß und du wirst hingerichtet.

Gehe zu **7**.

662
Du hebst deine Arme und beschwörst die Macht der Götter herauf, um dieses Zerrbild des Lebens, dieses böse Schiff der Geister zu vertreiben. Leider zeigen deine Bemühungen keinerlei Wirkung.

Tatsächlich scheinen die Gespensterpiraten nun noch entschlossener zu sein, dein Schiff zu plündern.

Eine Welle der Furcht scheint von dem Geisterschiff auszugehen und schüchtert sowohl dich als auch deine Mannschaft ein. Ohne auf deinen Befehl zu warten, wenden deine Männer das Schiff und flüchten.

Gehe zu **492**.

663
Du betrittst die Dunkelheit. Es ist hier viel kälter, eine knochige, bittere und beißende Kälte, die mit Klauen aus frostigem Eisen in deine Brust greift und dein Herz zusammendrückt.

Du brauchst eine Laterne oder eine Kerze, um weiterzugehen, andernfalls ist es zu dunkel und du musst umkehren – gehe zu **22**.

Hast du eine Lichtquelle, gehst du weiter in das Tunnellabyrinth hinein.

Mache einen NATURWISSEN-Wurf mit dem Schwierigkeitsgrad 13.

Erfolgreicher NATURWISSEN-Wurf   gehe zu **273**
Misslungener NATURWISSEN-Wurf   gehe zu **140**

664

Die Nomaden spannen eilig ihre Bögen und veranstalten einen kleinen Wettkampf. Auf der kargen Ebene gibt es wenig bis keine Deckung und du wirst von mehreren Pfeilen durchbohrt, bevor du außer Reichweite bist. Wirf vier Würfel und ziehe den VERTEIDIGUNGS-Bonus deiner Rüstung (falls du eine trägst) von der Summe ab; das Ergebnis ist die Anzahl an LEBENSKRAFT-Punkten, die du verlierst.

Wenn du noch lebst, gehe zu **52**.

665

Trägst du den Titel *Hatamoto*, dann gehe zu **256**. Wenn nicht, lies weiter.

Du wirst an den Palasttoren abgewiesen. Nur Mitglieder vom Clan des Weißen Speeres dürfen hinein.

Gehe zu **10**.

666

Die Sonne wird hinter den Horizont gezerrt und wirft ihre blassen Strahlen auf die flache und trostlose Steppe. Du schlägst dein Nachtlager auf. Hast du ein *Wolfsfell*, dann hilft es dir dabei, dich warmzuhalten. Wenn nicht, verlierst du 1 LEBENSKRAFT-Punkt.

Du musst nach Nahrung jagen. Mache einen NATURWISSEN-Wurf mit dem Schwierigkeitsgrad 11. Hast du Erfolg, findest du ein Wildkaninchen, das du essen kannst. Scheiterst du, musst du hungern und verlierst 1 LEBENSKRAFT-Punkt.

Reise nach Norden	gehe zu	**472**
Nach Westen zu den Flüssen	gehe zu	**91**
Reise nach Süden	gehe zu	**29**
Reise nach Osten	gehe zu	**383**

667

Luroc ist über deine Entscheidung nicht glücklich. „Du hasenfüßiger Feigling. So jemanden wie dich brauche ich ohnehin nicht!", zischt er, bevor er sich umdreht und in den Schatten der Nacht verschwindet.

Du kehrst in die Stadt zurück. Gehe zu **10**.

668

Du reist über die Ebene. Im Süden liegen die Berge des Gebirgsgrats von Harkun, wo der Himmelsberg mit seiner weißen Spitze alle anderen Gipfel überragt.

Die Nacht sinkt herab und du schlägst dein Lager auf.

Die Ebene ist flach und trostlos und du musst nach Nahrung jagen. Mache einen NATURWISSEN-Wurf mit dem Schwierigkeitsgrad 11.

Hast du Erfolg, findest du ein Raufußhuhn, das du essen kannst. Scheiterst du, musst du hungern und verlierst 1 LEBENSKRAFT-Punkt.

Wenn du noch lebst, bricht ein neuer Tag an. Der Himmelsberg wirft seinen morgendlichen Schatten auf dich.

Reise nach Westen	gehe zu	**266**
Reise nach Osten	gehe zu	**145**
Reise nach Norden	gehe zu	**44**
Erklimme den Himmelsberg	gehe zu	**175**

669

Du befindest dich an der felsigen, vom Wind gepeitschten Küste der Tigerbucht. Eisschollen zieren die Bucht und der Himmel ist grau und wirkt so kalt wie Eisen. Du entdeckst die zerstörte Hülle eines Schiffes, das auf die grausamen Felsen gespült wurde.

Hast du in der Tigerbucht ein Schiff vor Anker und willst du in See stehen, gehe zu **336**. Andernfalls kannst du:

Das Wrack untersuchen	gehe zu	**181**
Nach Osten in die Flussebene reisen	gehe zu	**91**
Nach Südosten zum Raureifsee reisen	gehe zu	**320**

670

Du hast von General Beladai der Nördlichen Allianz einen Auftrag erhalten. Deine Aufgabe ist es, die Tore der Zitadelle zu öffnen. Willst du das jetzt versuchen, dann gehe zu **498**. Wenn nicht, gehe zu **152**.

671

„In der Nacht ist die Steppe kalt genug, um dein Blut gefrieren zu lassen. Nimm immer gute Felle mit", murmelt er. „Bereite dich auf eine schwere Jagd vor. Mache dir die Nomaden nicht zum Feind – keinen einzigen von ihnen! Aber vor allen Dingen, beleidige nicht den Großen Tambu."

Mit diesen Worten verstummt er und deutet an, dass die Audienz vorbei ist.

Gehe zu **33**.

672

Vodhya erblüht unter der gütigen Herrschaft der Herzogin Nastasya, die du aus den bösen Fängen von Kaschuf befreit hast. Die Dorfbewohner heißen dich als ihren Retter willkommen. Du kannst hierbleiben und alle verlorenen LEBENSKRAFT-Punkte wiederherstellen.

Herzogin Nastasya wird auch dafür sorgen, dass du von allen Vergiftungen und Krankheiten geheilt wirst, an denen du eventuell leidest, etwa dem Pesthauch von Nagil.

Du kannst hier auch kostenlos eine Segnung von der örtlichen Priesterin herhalten. Notiere dir „NATURWISSEN" im Feld Segnungen auf deinem Abenteuerblatt. Die Segnung erlaubt es dir, erneut zu würfeln, wenn dir ein NATURWISSEN-Wurf misslingt. Die Segnung reicht für einen Wiederholungsversuch. Wenn du die Segnung benutzt, dann streiche sie von deinem Abenteuerblatt. Du darfst zu jedem Zeitpunkt nur eine NATURWISSEN-Segnung auf einmal haben.

Wenn du bereit bist, den Ort zu verlassen, gehe zu **398**.

673

Du gehst vor Anker und nimmst eine kleine Gruppe von Männern in einem Ruderboot mit an Land. Ihr klettert einen Kiesstrand hinauf und seht eine Reihe von Höhlen, die sich in der Klippenwand befinden.

Betretet eine Höhle	gehe zu	**6**
Lauft weiter landeinwärts	gehe zu	**41**

674

Du schleichst durch die Schatten der Nacht, um in den Hof vor den Toren zu gelangen. Auf jeder Seite der massiven Stahltüren winden sich Treppen in die schweren Steintürme hinauf, welche diese Tore flankieren. Das Windenhaus befindet sich im Turm zu deiner Rechten.

Du kletterst die Stufen hinauf, bis du das Windenhaus erreichst. Im Inneren befinden sich riesige Zahnräder, Seile und Hebel, um die Türen zu bedienen.

Zwei Wächter haben hier Dienst; du musst sie lautlos beseitigen.

Mache einen KAMPFKRAFT-Wurf mit dem Schwierigkeitsgrad 15.

Erfolgreicher KAMPFKRAFT-Wurf	gehe zu **119**
Misslungener KAMPFKRAFT-Wurf	gehe zu **530**

675

Die schnappenden Kiefer beißen dir mit klinischer Präzision den Kopf ab. Dein kopfloser Leichnam sackt zu Boden.

Gehe zu **7**.

676

Du schlägst dein Nachtlager auf. Wenn du ein *Wolfsfell* hast, hilft es dir dabei, dich warmzuhalten. Hast du keines, verlierst du aufgrund der Kälte 1 LEBENSKRAFT-Punkt.

Du musst nach Nahrung jagen. Mache einen NATURWISSEN-Wurf mit dem Schwierigkeitsgrad 11. Hast du Erfolg, findest du einen Schneehasen, den du essen kannst. Scheiterst du, musst du hungern und verlierst 1 LEBENSKRAFT-Punkt.

Wenn du noch lebst, dann hat sich am nächsten Tag dichter Nebel über dem Fluss des Schicksals im Westen gebildet.

Nach Westen in den Nebel hinein	gehe zu **91**
Begib dich nach Norden	gehe zu **281**
Begib dich nach Osten	gehe zu **118**
Begib dich nach Süden	gehe zu **643**

677
Du versuchst ihn von deinem Kopf zu reißen, aber das verfluchte Teil hat sich irgendwie an dir festgehaftet. Schreckliche Ranken schießen aus der Innenseite des Helms heraus und bohren sich durch deinen Schädel in dein Gehirn hinein.

Alles wird dunkel. Gehe zu **7**.

678
Der Rukh ist endlich besiegt. Im Nest siehst du die Überreste eines früheren Opfers. In einem Tornister findest du eine *Silberflöte* (CHARISMA +2) und 100 Shards. Hier liegen auch mehrere Rukh-Eier, aber sie sind zu groß, um sie zu tragen.

Bleibt nur das Problem, dass du jetzt von diesem abgelegenen Gipfel zurück zum Erdboden gelangen musst. Hast du ein *Seil*, gehe zu **620**. Wenn nicht, realisierst du, dass du hier festsitzt, denn das Nest liegt auf der Spitze einer Felsnadel.

Du wirst hier verhungern – gehe zu **7**.

679
Du rennst auf die Türen zu, wirst aber von mehreren Brocken erwischt. Du verlierst 3-18 LEBENSKRAFT-Punkte (wirf drei Würfel). Deine Rüstung hilft dir etwas – ziehe ihre VERTEIDIGUNG vom Würfelergebnis ab.

Bist du tot, gehe zu **7**. Wenn du noch lebst, stolperst du auf den Ausgang zu und hoffst, nicht erneut getroffen zu werden.

Gehe zu **441**.

680

Du triffst eine Truppe aus Leuten, die durch die Steppe marschiert. Sie besteht aus Nomaden, Stadtbewohnern und sogar Seeleuten, falls du dich nicht verguckt hast. Ihre Kleidung ist zerfetzt, aber sie tanzen unermüdlich dahin, einen wahnsinnigen, unkontrollierbaren Blick in ihren Augen.

Ein weißer Zentaur mit einem langen, weißen Bart führt den fröhlichen Tanz. Halb Pferd, halb Mensch, spielt er auf seiner Silberflöte eine eindringliche Melodie.

Seine Musik ist so betörend, dass sie dein Herz mit dem schrecklichen und sehnsüchtigen Verlangen füllt, ihm zu folgen, wo auch immer er hingehen mag.

Mache einen ZAUBERKRAFT-Wurf mit dem Schwierigkeitsgrad 18.

Erfolgreicher ZAUBERKRAFT-Wurf	gehe zu **522**
Misslungener ZAUBERKRAFT-Wurf	gehe zu **408**

681

Ihr sucht das Land im Umkreis von mehreren Meilen ab, könnt aber nicht die Spur eines Baumes finden. Die Männer verlieren das Vertrauen in dich und kehren zum Wrack zurück, wo sie weiteres Holz vom Schiffsrumpf reißen, um es zu verbrennen.

„Lass uns einfach in Ruhe", sagt der Maat. „Wir brauchen keine falschen Hoffnungsträger, die uns aufbauen wollen."

„Ja!", brüllt ein anderer. „Geh und spring in einen Fluss!"

Du zuckst mit den Schultern und verschwindest. Gehe zu **669**.

682

Dir gelingt es, auf halber Höhe einen Felsvorsprung zu erreichen, wo du dich ausruhst. Plötzlich hageln Kieselsteine auf dich herab. Ein Dutzend geflügelter Kreaturen schweben über dir in der Luft und bewerfen dich mit kleinen Steinen. Es sind kleine Affen mit violettem Fell und ledrigen, fledermausartigen Schwingen – Mannekyns. Sie tragen einfache Lederkleidung und kleine Wurfspieße.

„Verschwinde, du großer Ochse!", kreischt einer von ihnen.

Hast du das Codewort *Altruist*, gehe zu **368**. Andernfalls gehe zu **445**.

683

Du kommst zu einer von Menschenhand gemachten Vertiefung im Boden. In deren Mitte befindet sich ein Schrein, der mit den Gaben der Gottesanbeter der Nomaden geschmückt und mit den Symbolen des Gottes Tambu verziert ist, dem Großen Geist der Steppe.

Um dich herum heult der Wind und attackiert dich von allen Seiten. Du hast das Gotteshaus der Vier Winde gefunden.

Hast du das Codewort *Chronik*, gehe zu **592**. Wenn nicht, bist du dafür aber ein *Geweihter von Tambu*, gehe zu **456**. Ansonsten lies weiter.

Du bemerkst, dass einige der Gaben recht wertvoll sind.

Verschwinde	gehe zu **118**
Plündere den Schrein	gehe zu **389**

684

Du bist hoch oben in den Gipfeln und kämpfst dich durch wirbelndes Schnee- und Eisgestöber. Du verlierst aufgrund der rauen Bedingungen 2-12 LEBENSKRAFT-Punkte (wirf zwei Würfel). Wenn du jedoch das Codewort *Calcium* hast, verlierst du nur 1-6 LEBENSKRAFT-Punkte, da du die dünne Luft ganz normal atmen kannst.

| Steige weiter nach oben | gehe zu | **575** |
| Steige wieder nach unten | gehe zu | **271** |

685
Du setzt den Stab ein, verschwindest in einem grellblauen Lichtblitz und tauchst in Yarimura wieder auf. Verringere die Ladungen des Stabs um eins. Hat er nun keine Ladungen mehr, dann ist er verbraucht und zerspringt – streiche ihn von deinem Abenteuerblatt.

Gehe zu **10**.

686
Du findest das Haus von Etla. Im Inneren stößt du auf eine grausige Szene. Etla liegt tot auf einem Tisch – man hat ihm die Kehle aufgeschlitzt – und hält eine Notiz in der Hand.

Du nimmst sie an dich und liest: „An den Träger von Etlas Karte. Triff mich in Kunrir, Uttaku, und wir teilen den Schatz. Du findest mich im Haus der Süßen Ruhe." Sie ist mit Nyelm Sternhand unterzeichnet.

Entferne das Codewort *Dolch* und kreuze das Codewort *Delikt* an.

Du verlässt den blutigen Schauplatz. Gehe zu **77**.

687
Seit der Hochkönig erwacht ist, ist der Raureifsee fast komplett getaut und das Land um ihn herum ist grün und saftig.

Das Eis hat sich zurückgezogen und nach fünfhundert Jahren der Abwesenheit ist der Frühling zurückgekehrt. Gänse und Enten schwimmen auf dem Wasser. Man wird den See wohl umbenennen müssen! Die Holzgebäude des Minenkomplexes stehen aber noch.

Besuche die Eismine	gehe zu	**440**
Gehe nach Norden in die Flussebene	gehe zu	**91**
Begib dich in die Berge *Das Reich der Masken*		**35**

688

Ein vorbeifahrendes Handelsschiff erspäht dich am Ufer. Man glaubt, dass du dort gestrandet bist, und schickt ein kleines Boot aus, um dich aufzusammeln. Der Kapitän bietet dir an, dich nach Yarimura im Norden zu bringen.

Fahre mit	gehe zu	**10**
Klettere die Klippe hinauf	gehe zu	**32**

689

Du erinnerst dich an etwas, das du während deiner Tage als Seefahrer auf dem Violetten Meer in einem alten Tagebuch über die Pyramide gelesen hast: „Man kann nur hineingelangen, wenn die Götter nicht hinschauen."

Du gehst kein Risiko ein und wuchtest die Idole herum, so dass sie vom Eingang wegblicken. Dann gehst du hinein.

Gehe zu **172**.

690

Du hast Anweisung von Lord Shiryoku, dem Meisterspion des Shoguns, alle Informationen zu sammeln, die du kannst. Während du im Palast bist, nutzt du die Zeit, um die neuesten

Gerüchte aufzuschnappen und die allgemeine Lage des Clans des Weißen Speeres in Erfahrung zu bringen.

Du verlierst das Codewort *Feindschaft* und erhältst das Codewort *Dogge*.

Anschließend verlässt du den Palast. Gehe zu **10**.

BAKHAN DIE ZAUBERIN

691

Du schiebst die *Hexenhand* und den *Papageipilz* über den Tisch zu Bakhan. Streiche sie von deinem Abenteuerblatt. Bakhan zischt entzückt und schlurft aus dem Raum hinaus.

Einige Stunden später kommt eine heitere, schöne Frau mit eisblauen Augen und langem, schwarzem Haar herein.

„Ich bin Bakhan", sagt sie mit einer Stimme wie Honig. „Ich kann dir nicht genug danken. Bring mir etwas Selenerz und ich werde dir als Zeichen meiner Dankbarkeit ein Geschenk anfertigen."

Du erhältst das Codewort *Dämon*.

Wenn du etwas *Selenerz* hast, gehe zu **259**. Wenn nicht, dann verlasse den Turm.

Gehe zu **10**.

692

Du hast sie vertrieben und dabei einige von ihnen getötet. Bei den Leichen findest du 15 Shards und einen Satz *Dietriche* (DIEBESKUNST +1).

Wenn du mit Plündern fertig bist, gehe zu **182**.

693

Du kletterst an der Seite des Turms hoch. Unter dir breitet sich die Stadt aus wie ein Teppich – feurige Lichtpunkte, die den Sternenhimmel nachahmen.

Du beendest deinen schwindelerregenden Aufstieg und erreichst einen Fenstersims nahe der Spitze des Turms. Die Fensterläden stehen offen, um die warme Nachtluft hereinzulassen, und du stiehlst dich wie ein Schatten in die Schlafkammer des Daimyos hinein.

Er liegt schlafend auf einem gewaltigen Bett, eine Konkubine an seiner Seite, und schnarcht laut. Auf einem nahen Tisch steht ein offenes Kästchen. Darin befindet sich eine Halskette aus sagenhaften Juwelen, die in Reichweite deiner Hände liegt.

Nimm die Halskette	gehe zu	**177**
Klettere wieder nach unten	gehe zu	**38**

694

Der schwarze Hengst führt seine Herde direkt auf dich zu. Mache einen KAMPFKRAFT-Wurf mit dem Schwierigkeitsgrad 15.

Erfolgreicher KAMPFKRAFT-Wurf	gehe zu	**207**
Misslungener KAMPFKRAFT-Wurf	gehe zu	**16**

695

Er scheint die Fahne wiederzuerkennen.

„Du darfst vorbei, Freund", donnert er und verblasst dann.

Du betrittst die Ruinenstadt über eine Straße, die von gigantischen Steinköpfen gesäumt wird. Du marschierst an Trümmerhügeln und wilden, wuchernden Gärten vorbei. Der Wind pfeift ein trauriges Klagelied durch die verlassenen Straßen und zerfallenen Häuser.

Du kommst auf einen großen, zentralen Platz, in dessen Mitte sich ein breites, rundes Mosaik befindet, das eine Karte der Stadt zeigt. Die meisten Orte, die auf der Karte zu sehen sind, gibt es nicht mehr, aber einige haben die Zeit überdauert.

Besuche die Höhle der Glocken	gehe zu	**657**
Besuche das Gewölbe der Shadar	gehe zu	**107**
Besuche die Gruft der Könige	gehe zu	**298**
Verlasse die Stadt der Ruinen	gehe zu	**266**

696
Mache einen HEILIGKEITS-Wurf mit dem Schwierigkeitsgrad 13.

Erfolgreicher HEILIGKEITS-Wurf	gehe zu **324**
Misslungener HEILIGKEITS-Wurf	gehe zu **286**

697
Du verirrst dich und streifst ziellos durch den eiskalten Nebel. Wirf einen Würfel, um herauszufinden, wo du landest.

Ergebnis 1:	Weiterhin in der Flussebene	gehe zu	**91**
Ergebnis 2:	Die Küste	gehe zu	**669**
Ergebnis 3:	Eine Pyramide	gehe zu	**472**
Ergebnis 4:	Ein See	gehe zu	**320**
Ergebnis 5:	Die Ebenen	gehe zu	**281**
Ergebnis 6:	Die Ebenen	gehe zu	**29**

698
Du schlägst dein Nachtlager auf. Wenn du ein *Wolfsfell* hast, hilft es dir dabei, dich warmzuhalten. Wenn nicht, verlierst du aufgrund der Kälte 1 LEBENSKRAFT-Punkt.

Du musst nach Nahrung jagen. Mache einen NATURWISSEN-Wurf mit dem Schwierigkeitsgrad 11. Hast du Erfolg, findest du einen Schneehasen, den du essen kannst. Scheiterst du, musst du hungern und verlierst 1 LEBENSKRAFT-Punkt.

Wenn du noch lebst, geht die Sonne auf. Ihre blassen Strahlen schaffen es kaum, die Morgenluft zu erwärmen.

Reise nach Norden	gehe zu **630**
Reise nach Westen	gehe zu **281**
Reise nach Süden	gehe zu **118**
Reise nach Osten	gehe zu **17**

699
Du wirst zu Akradai gebracht, dem Prinzen des Stammes des Azurblauen Himmels. Er ist ein alter Freund von dir und seine Schamanen heilen dich von jeder Krankheit und Vergiftung, an der du leidest (aber sie können keinen Fluch aufheben). Nach einem feinen Abendessen am Tisch eines Prinzen der Steppe ziehst du dich ins Bett zurück, gewärmt von Kvass, dem berauschenden Schnaps der Nomaden. Am nächsten Tag setzt du deinen Weg fort.

Reise nach Norden	gehe zu	**15**
Reise nach Osten Richtung Yarimura	gehe zu	**280**
Reise nach Süden	gehe zu	**234**
Begib dich nach Westen, tiefer in die Steppe hinein	gehe zu	**17**

700
Du bist dir der Herkunft dieser flackernden Kreatur der Wolken genau bewusst. Es ist ein Sturmdämon, ein Reiter der Donnerwolken, welcher es genießt, unter den Sterblichen Chaos zu säen. Elnir, der Gott der Himmel, missbilligt diese Geschöpfe, denn sie verursachen Blitz und Donner ohne seine Zustimmung.

Du versuchst Elnirs Macht heraufzubeschwören, indem du ihn in einem Gebet anrufst. Mache einen HEILIGKEITS-Wurf mit dem Schwierigkeitsgrad 16. Wenn du ein Geweihter von Elnir bist, zähle 2 zum Wurf hinzu.

Erfolgreicher HEILIGKEITS-Wurf	gehe zu	**43**
Misslungener HEILIGKEITS-Wurf	gehe zu	**511**

701
Du hebst gerade deinen Arm, um das Geschöpf zu erledigen, als es ein paar Münzen und einen Krug auf den Boden wirft.

Du zögerst einen Augenblick, was dem Kelpie genug Zeit verschafft, um sich umzudrehen und zu fliehen, indem es mit einem Klatschen in den Fluss taucht. Am Flussufer findest du 50 Shards und einen Krug mit *Elfenmet*.

Gehe zu **676**.

702
Du stößt auf die Leiche eines Nomaden. Dem Geruch nach zu urteilen, scheint er schon eine Weile tot zu sein.

Untersuche den Leichnam	gehe zu **648**
Lass ihn in Ruhe	gehe zu **698**

703
Du duckst dich zur Seite, packst die Lanze und drückst sie nach oben. Der Vogelreiter wird aus dem Sattel gehoben und kracht mit dem Kopf voran zu Boden. Er kommt nicht mehr hoch. Die anderen Reiter zügeln ihre Reittiere und mustern dich von oben bis unten. Dein Mut und dein Geschick haben sie beeindruckt.

Mache einen CHARISMA-Wurf mit dem Schwierigkeitsgrad 13.

Erfolgreicher CHARISMA-Wurf	gehe zu **449**
Misslungener CHARISMA-Wurf	gehe zu **504**

704 ❑
Ist das Kästchen angekreuzt, gehe sofort zu **147**. Wenn nicht, kreuze es jetzt an und lies weiter.

Du erinnerst dich an einen alten Shadar-Kodex, den du in den Eiszapfenwäldern entdeckt hast. Er erzählte von der Höhle der Glocken und den antiken Ritualen der Priesterkönige der Shadar. Diese läuteten zuerst immer eine Glocke namens Der Flüsterer, also gehst du zu ihr hinüber und schlägst ihren Schwengel.

Zunächst gibt es kein Geräusch, doch dann beginnen die anderen Glocken zu läuten und weben dabei einen harmonischen Klangteppich.

Am anderen Ende der Kathedrale gleitet eine Holzplatte zur Seite. Du gehst hindurch und betrittst eine große Granitkammer, wo du 2000 Shards findest, einen *Schuppenpanzer* (VERTEIDIGUNG +5), ein *verzaubertes Schwert* (KAMPFKRAFT +4), ein *heiliges Goldsymbol* (HEILIGKEIT +3) und das *Szepter der Könige*.

Das Szepter besteht aus hartem, bläulichem Metall und seine Spitze ist in Form eines Habichtskopfs gefertigt.

Besuche die Gruft der Könige	gehe zu **298**
Verlasse die Stadt der Ruinen	gehe zu **266**

705
Ein bunt bemalter Wohnwagen, der von Pferden gezogen wird, kommt rumpelnd in Sicht. Er hält an und die Wagenführer öffnen die Rückseite, um dir ihre Waren zu zeigen. Es sind reisende Händler.

Rüstungen	*Kaufpreis*	*Verkaufspreis*
Lederrüstung (VERTEIDIGUNG +1)	50 Shards	45 Shards

Panzerhemd (VERTEIDIGUNG +2)	100 Shards	90 Shards
Kettenrüstung (VERTEIDIGUNG +3)	200 Shards	180 Shards

Waffen (Schwert, Axt, usw.)	Kaufpreis	Verkaufspreis
Ohne KAMPFKRAFT-Bonus	50 Shards	40 Shards
KAMPFKRAFT-Bonus +1	250 Shards	200 Shards
KAMPFKRAFT-Bonus +2	500 Shards	400 Shards

Weitere Gegenstände	Kaufpreis	Verkaufspreis
Flöte (CHARISMA +1)	200 Shards	180 Shards
Kompass (NATURWISSEN +1)	500 Shards	450 Shards
Seil	50 Shards	45 Shards
Laterne	100 Shards	90 Shards
Wolfsfell	100 Shards	90 Shards
Papageipilz	100 Shards	90 Shards
Unheimliche Salze	100 Shards	90 Shards
Shadar-Schriftrolle	100 Shards	90 Shards

Wenn du fertig bist, fahren sie weiter. Gehe zu **676**.

706
Du kommst an eine hohe Doppeltür aus Bronze, die sich in der blanken Felswand befindet. Hast du das Codewort *Druck*, gehe zu **343**. Wenn nicht, gehe zu **609**.

707
Hast du das Codewort *Dimension*, gehe sofort zu **237**. Wenn nicht, lies weiter.

Die Dämmerung legt ihr zwielichtiges Gewand über die Steppe, als du ein Leuchten bemerkst – ein flackerndes, perlmuttartiges Licht bei einem Felsen, der scheinbar halb im Sumpf versunken ist.

Sieh es dir näher an	gehe zu	**431**
Ignoriere das Leuchten	gehe zu	**92**

708
Du kommst nicht sehr weit. Einer der Käfer schafft es, dein Bein zu packen, dann klammert sich ein weiterer an dir fest. Du stürzt hin und die Insekten schwärmen über dich hinweg. Innerhalb von Minuten wirst du aufgefressen.

Gehe zu **7**.

709
Du erzählst General Beladai von den Tunneln, die unter dem Gebirgsgrat von Harkun entlangführen und somit den Adlerpass umgehen. Er ist über diese Neuigkeit erstaunt.

Er entschließt sich dazu, eine kleine Truppe durch diese Tunnel zu schicken, um die Zitadelle von der südlichen Seite aus anzugreifen.

„Sobald du die Tore geöffnet hast, werden einige der Mannekyns über die Zitadelle fliegen, um unserer Truppe dort Bescheid zu geben. Wir werden sie zerschmettern wie eine Eichel in einem Nussknacker!"

Du verlierst das Codewort *Dunkelheit* und erhältst stattdessen das Codewort *Düsternis*.

Gehe jetzt zu **145**.

710
Die Hohepriesterin ist überglücklich, als du ihr den Spiegel gibst. Streiche ihn von deinem Abenteuerblatt. Entferne auch das Codewort *Demut* und erhalte dafür das Codewort *Dank*.

Sie belohnt dich mit 150 Shards und dem Segen der Göttin der Sonne, Nisoderu. Du steigst eine Stufe auf. Das bedeutet, du erhältst dauerhaft 1-6 LEBENSKRAFT-Punkte hinzu. Erhöhe dazu deinen Maximalwert an LEBENSKRAFT um einen Würfelwurf. Vergiss nicht, dass sich durch den Stufenaufstieg auch deine Verteidigung erhöht.

Danach verlässt du den Tempel. Gehe zu **10**.

ABENTEUER-TAGEBUCH
(für deine Notizen und Aufzeichnungen)

METAL HEROES –
and the Fate of Rock

Hey, letzte Chance, es ist noch was frei im Rock-Olymp! Doch wenn du den Platz dort einnehmen willst, dann musst du als Beweis deiner Göttertauglichkeit zunächst eine taufrische Metal-Band zum größten Act des Planeten aufbauen ...

Oktober 2014 – ISBN: 978-3939212607

Metal Heroes – and the Fate of Rock nutzt dabei alle Fettnäpfchen und Klischees, die die Musik-Szene bietet. Mit einem ordentlichen Schuss Humor und übertriebener Härte gilt es diesmal das etwas andere Spielbuch zu meistern.

Neben dem ungewöhnlichen Setting spielt dieses einzigartige Werk jedoch auch seine besondere Verbindung zur Musik aus: Die beiliegende Soundtrack-CD beinhaltet etliche Top-Bands der Genres Symphonic-, Thrash-, Black- und Power-Metal!

Unter anderem mit Auftritten von
Jill Janus (Huntress) & Charlotte Wessels (Delain)

SCHNUTENBACH
DER ZIRKUS DES SCHRECKENS

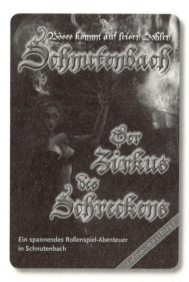

Das lautstarke Rumpeln und Poltern von Karren und Pferdewagen kündigt ein frohes und unverhofftes Ereignis für Schnutenbach an: Denn der Wanderzirkus von Bela Benedek macht hier Rast und wird die Dorfbewohner mit seinen vielfältigen Attraktionen und einer unvergleichlichen Vorstellung das Staunen lehren. Oder aber die nackte Furcht, denn in diesem Zirkus ist nicht alles so, wie es zu sein scheint und schon bald wird offenkundig, dass es unter den geheimnisvollen Schaustellern so mancherlei unheimliche Gestalten gibt. Als dann auch noch ein Mord geschieht, bricht in Schnutenbach das heillose Chaos aus ...

Unzählige düstere Geheimnisse, zahlreiche Legenden und Geschichten und nicht zuletzt gut verborgene und längst vergessene Schätze warten hier – am Rande der bekannten Welt – nur darauf, entdeckt zu werden!

Dieses universelle Rollenspiel-Abenteuer für Schnutenbach beinhaltet:

- Den vollständig ausgearbeiteten Wanderzirkus des mysteriösen Bela Benedek mit seinen vielen faszinierenden Attraktionen.
- Über 25 sofort spielbereite Zirkus-Charaktere mit Porträt und detaillierter Beschreibung.
- Ein spannendes Szenario um einen heimtückischen Mord in der farbenfrohen Welt der Schausteller.
- **Bonus-Material:** Das ausführlich beschriebene Gasthaus „Zum Galgenhügel" mit seinen illustren Gästen und einem dunklen Geheimnis.

MANTIKORE
VERLAG

LEGENDEN VON HARKUNA
DAS REICH DER MASKEN

Betrete **DAS REICH DER MASKEN** und werde zum unsterblichen Helden dieses **Fantasy-Spielbuchs**.

Einst überzogen die Uttakiner das Land mit Krieg, stürzten den Hochkönig von Harkuna und halten sein Reich bis heute besetzt. Ihrer größter Einfluss geht von Aku aus, der Hauptstadt von Uttaku. Beherrscht wird sie von einer Kaste dekadenter Adliger, die ihre Gesichter hinter Masken verbergen und im Überfluss leben. Kannst du die Gunst der Adligen von Aku gewinnen, um so eine Audienz beim Gesichtslosen König zu erhalten, oder du hilfst dem Hochkönig dabei, die Besetzung durch die Uttakiner zu beenden und Alt-Harkuna wieder aufzubauen?

Entdecke die riesige und offene Fantasywelt von Harkuna, in der du nach Belieben zwischen den Büchern dieser einzigartigen Spielbuch-Reihe hin und her reisen kannst. Erlebe grenzenlose Abenteuer, schaffe dir mächtige Freunde und Feinde und steige zum Helden auf. Dann wirst auch du eines Tages zu einer der
LEGENDEN VON HARKUNA!

Das Lied von Eis und Feuer
Das Game-of-Thrones-Rollenspiel

◆ NACHTWACHE ◆
2014

CHELSEA MONROE-CASSEL & SARIANN LEHRER

Essen ist eines der großen Vergnügen des Lebens, und ich bin ein großer Verfechter jeder Form von Vergnügen.
George R. R. Martin

George R. R. Martin – Das Lied von Eis und Feuer

A GAME OF THRONES
DAS OFFIZIELLE KOCHBUCH

VORWORT VON
GEORGE R. R. MARTIN

Bestsellerautor George R. R. Martin kann zwar nicht kochen, dafür kann er sich jedoch für die Helden und Schurken seiner Fantasysaga *Das Lied von Eis und Feuer* umso raffiniertere Köstlichkeiten ausdenken. Seine detailreichen Beschreibungen von üppigen Gelagen, exotischen Spezialitäten und alltäglichen, einfachen Speisen lassen Westeros auch in kulinarischer Hinsicht zum Leben erwachen.
24 Seiten, Hardcover, ISBN 978-3-938922-43-9, 24,90 Euro

WWW.ZAUBERFEDER.COM
WWW.ZAUBERFEDER-SHOP.DE